이병주 장편소설

정도전

나남
nanam

이병주 李炳注(1921~1992)

호는 나림(那林). 경남 하동에서 태어났다. 일본 메이지대 전문부 문예과와 와세다대 불문과 재학 중 학병으로 끌려갔다. 해방 후 진주농대와 해인대(현 경남대) 교수를 거쳐 〈국제신보〉 주필 겸 편집국장으로 활발한 언론활동을 했다. 5·16 때 필화사건으로 복역 중 출감한 그는 1965년 월간 〈세대〉에 감옥생활의 경험을 살린 〈소설·알렉산드리아〉를 발표, 문단에 신선한 충격을 던지며 등단하였다. 그 후 1977년 장편 〈낙엽〉과 〈망명의 늪〉으로 한국문학작가상과 한국창작문학상을, 1984년 장편 〈비창〉으로 한국펜문학상을 수상하였다.

일제 강점기로부터 해방공간, 남북 이데올로기 대립, 정부 수립, 한국전쟁 등 파란만장한 한국 현대사를 온몸으로 겪은 그의 작가적 체험은 누구보다 우리 역사와 민족의 비극에 고뇌하게 했고, 이를 문학작품으로 승화시킨 원동력이 되었다. 대표작으로는 〈관부연락선〉, 〈지리산〉, 〈산하〉, 〈소설 남로당〉, 〈그해 5월〉, 〈정도전〉, 〈정몽주〉, 〈허균〉 등의 대하장편이 있으며, 1992년에 화려한 작가생활을 마무리하고 타계하였다.

나남창작선 116

정도전

2014년 3월 16일 발행
2014년 3월 16일 1쇄

지은이_ 李炳注
발행자_ 趙相浩
발행처_ (주) 나남
주소_ 413-120 경기도 파주시 회동길 193
전화_ (031) 955-4601 (代)
FAX_ (031) 955-4555
등록_ 제 1-71호 (1979. 5. 12)
홈페이지_ http://www.nanam.net
전자우편_ post@nanam.net

ISBN_ 978-89-300-0616-3
ISBN_ 978-89-300-0572-2 (세트)

책값은 뒤표지에 있습니다.

이병주 장편소설

정도전

나남
nanam

이병주 장편소설

정도전

차 례

유배지의 나날

전라도 회진會津의 겨울은 촌로村老들의 한숨 소리에 말려 찾아온다. 개경서 남으로 천여 리 내려온 한촌寒村의 초겨울 날씨는 금년 따라 차고 매웠다. 산등성이를 쓸고 내려온 북풍은 살을 에고 뼈를 깎는 듯한 기세를 올렸다.

삼봉三峯은 움막 속에 웅크리고 앉아 삐죽이 벌어진 벽 틈으로 밖을 내다보았다. 건너편 낮은 등성이의 노송老松들이 바람에 부대끼어 이리저리 꿈틀대고 있다. 어느 한 둥치인들 성한 것이 없다. 봄에는 빈농들이 껍질을 벗기고 여름에는 송진을 짜내고 겨울에는 북풍이 몸 둘 바를 몰라 하게 몰아붙인다.

지난 5월, 이곳 회진의 적소謫所로 유배 왔을 때부터 느낀 바이지만 물량이 풍부하기로 삼한三韓 제일이라는 이곳이 극도의 굶주림 속에 허덕이고 인심이 말할 수 없이 흉흉하였다. 땅에서는 오곡이 풍성하고 바다에서는 갖가지 생선이 더미로 잡혀도 촌민들의 굶주림은 날이 갈수록 심하였다. 요 근래의 왕조에 이르러 그 굶주림은 눈에 띄게 심하였다. 먹을 것이 적으니까 인심이 흉흉하고 인심이 흉하니까 사람 수가 줄어들었다.

살기가 어려워 바다에 몸을 던지는 사람의 수가 파도에 휩쓸려 고기밥이 되는 숫자와 걸맞게 떨어지고, 외지外地로 살길을 찾아 떠나는 사람의 수가 초근목피草根木皮 죽물 연명으로도 명을 잇지 못해 목을 매달거나 병으로 쓰러지는 숫자와 어깨를 나란히 하였다.

농사철이 그렇듯 추수철은 농민들의 즐거움이 하늘을 찌를 듯할 텐데도 그들은 추수철이 차라리 오지 않는 것만 못하다고 한탄하였다. 대부분이 전호佃戶거나 병작자인 이들은 추수한 곡식의 칠, 팔 할을 뜯기거나 갖다 바치고 쭉정이 곡식을 갉아 물에 타서 훌훌 마시고 돌아서서 허기진 배를 움켜쥐었다.

누렇게 부황이 든 얼굴은 춘삼월의 보릿고개가 아니라도 흔하디 흔한 회진의 풍경이었다.

부자富者들은 산천을 경계로 삼고 넓디넓고 기름지고 기름진 땅을 차지하고 호의호식을 하는데 빈자貧者들은 송곳 꽂을 땅 한 뼘이 없어 굶주림에 쓰러지고 있다.

단말마인 이 왕조의 적나라한 모습이 회진에서 곧바로 돋보였다. 그 위에 왜구倭寇들이 때와 장소를 가리지 않고 쳐들어와 닥치는 대로 약탈하고 불사르며 부녀자들을 겁탈하곤 하였다. 일 년 내내 여일이 없는 이 땅의 한 모퉁이였다.

정도전은 눈을 지그시 감고 어금니를 꾹 물었다. 적소로 올 때 걸쳤던 무명 바지저고리가 군데군데 해지고 낡아 틈이 환하게 졌는데 그 사이로 시퍼렇게 언 살이 삐죽이 내다뵈었다. 이까짓 추위쯤은 아무것도 아니라는 듯 그는 가을바람을 보냈고 겨울바람을 맞았다.

밖에서 인기척이 울렸다.

그는 퍼뜩 눈을 뜨고 밖을 내다보았다. 혹시 황黃 노인일는지 몰라 귀를 모으기도 하였다. 아침나절이 아니면 해거름할 무렵께 약초 바구니를 들고 이 앞을 지나치는 그는 연 사흘째 얼굴을 내뵈지 않았다. 아들을 왜구의 손에 잃고 몸져누운 아내와 어린 손주녀석의 호구 해결을 위해 매일 산을 오르내리는 모양이 왠지 자꾸만 보고 싶어졌다. 빈 바구니 하나에 생계를 건 시들고 굶주린 모습이 더없이 다감하게 보였던 것이다.

열 살 남짓한 손주녀석이 성장해서 제 조부모의 생계를 대신 꾸려갈 때까지는 좋든 싫든 약초 바구니를 들 수밖에 없다는데 얼마나 답답했던지 적소의 죄인인 정도전의 생활을 더없이 부러워했다.

정도전은 늘 눈곱이 달린 그의 쭈글쭈글한 눈을 응시하며,

"삼남의 부자들 얼굴을 구경이나 해봤습니까? 영감님."

이렇게 물었더니 고개를 절레절레 흔들었다.

"나주목羅州牧에서 오래 살지 못해서 목사 나으리의 얼굴을 구경 못했습니다."

"허이."

"……."

정도전은 기침을 두어 번 하며 몸을 일으켰다. 허리춤에 두 손을 얹고 방안을 서성거렸다. 하마나 황 노인의 헛기침 소리가 들릴까 싶어 스무남은 걸음을 천천히 걸어 움막의 이쪽저쪽을 왔다 갔다 하

였다.

"나으리, 저녁상을 지어 올릴까요?"

노비 순조順兆가 움막 밖에서 안에 대고 이른다.

정도전은 약간의 실망기를 느낀다.

순조의 잔시중 큰시중은 고맙지만 이럴 때는 안 그랬으면 좋겠다. 개경서부터 그를 옹위하며 따라온 관노官奴였다. 아까 지게를 지고 뒷산으로 올라갔었는데 그새 나뭇짐을 해온 모양이다. 그도 추위에 떨고 굶주림에 허덕이긴 마찬가지일 텐데 정도전은 그가 너무 가엾다는 생각을 해봤다.

"이리 들어와 몸을 녹이고 저녁 준비를 하여라."

안쪽이라야 바깥과 다를 바가 없다. 적소의 움막은 밭가에 지은 움막 그것이다. 수수깡으로 벽을 얽고 짚을 깔았는데 바닥은 습기가 축축하고 벽은 바람이 거침없이 드나들었다. 밤이면 그 틈으로 별이 총총하였고, 비가 내릴 때는 얼굴이 간지럽다간 따갑기까지 하였다.

"소인이야 괜찮죠만, 나으리께서 이 추위에 … ."

"나도 괜찮다."

"더운 물을 끓여 올릴까요?"

"그러려무나 …. 참, 순조야."

"예?"

"황 노인, 황 노인이 왜 안보이지?"

"황 영감요? 몸져누웠다더군요."

"으음."

황 노인 소식을 듣는 그 순간 정도전의 눈앞에 한 무리의 어둠이 밀려왔다. 어둠은 그의 눈앞을 여러 번 가렸다가 사라졌다. 죽음, 바로 그것의 표정이었다. 이 추위에 드러눕는 날에는 영락없이 고드름이 돼 버린다.

"어디 가서 술 한잔 마련해 오지 않겠느냐? 순군이나 병사들께 안 들키게 말이다."

그를 감시하는 나주목의 순군은 며칠 만에 한 번씩 올라온다. 낡고 초라한 적소에 와봤자 별 탈이 없어 식량 따위를 살피고 정도전의 동정을 살펴 보고하면 그만이기 때문이다. 여태껏 반년 남짓 동안 말썽의 근원이 될 만한 것을 찾지 못해서 좀 싱거운지 요새는 그냥 왔다간 바로 돌아간다.

순조가 장만한 술은 정도전의 우울해 있던 기분을 풀어주고 얼어 있던 몸을 풀어준다.

'나쁜 놈들! 이 왕조를 좀먹고 백성을 도탄에 빠지게 하는 나쁜 놈들.'

정도전의 입에서 이런 욕이 거침없이 새어 나왔다. 나쁜 놈이 한둘이 아닌 세상이다. 개경은 그런 놈으로 득실거렸다. 조정 안에는 하늘의 별보다 많았다. 전국의 농토는 모두 그놈의 소유이다. 절寺의 재산이 아니면 재상 중신들의 재산이었다. 원元나라에 빌붙어서, 선왕이 이뤄놓은 과업을 송두리째 망해트리고 다시 원나라 그 오랑캐들과 붙어먹으려는 놈들!

정도전은 자신의 적소 유배를 가져오게 된 이유가 바로 그런 데에 있음을 생각할 때는 딸꾹 죽고만 싶은 충동을 느낀다.

이인임李仁任·염흥방廉興邦·임견미林堅味·경복흥慶復興의 무리가 개경을 주름잡는 한 이 왕조의 여일은 없다. 그들에 의해 밀려난 고우故友 정몽주도 적소에 묻힌 몸이 되었다. 달가達可의 유배는 뼈아픈 상처의 하나였다. 그마저 제물이 되어 정도전처럼 언양彦陽에 유배되었다.

신돈辛旽의 비첩 반야般若의 몸에서 태어난 모니노牟尼奴를 공민왕의 후계 군왕으로 선정 등극을 시킬 때에도 이미 이인임 일당의 횡포는 열기를 더해가고 있었다.

태후 홍씨太后 洪氏와 시중侍中 경복흥 등이 모니노의 대업 불가함을 주장하였지만 이인임은 말하였다.

"선왕의 고명顧命이 지엄하였거늘 이제 와서 종친 중에서 군왕을 선정하겠다함은 선왕에 대한 불충일뿐더러 5백 년 사직에 대한 일대 반역인 줄 압니다. 고로 소신 등은 선왕의 지엄한 고명을 받들어 강녕대군의 등극을 극구 주장함과 동시에 그 절차를 밟도록 하겠습니다. 통촉해 주시옵소서."

이제 겨우 열 살 된 우왕禑王을 옥좌에 올려놓고, 태후로 하여금 수렴청정 섭정하는 형식으로 한 뒤 그들은 대권을 한손에 쥐고 흔들었다.

그들은 여태껏 공민왕을 중심으로 한 유학자들에 의해 이뤄놓았던 반원친명反元親明 선린정책善隣政策을 뒤엎고, 1백여 년간 고려를 괴롭혀 오던 북원北元을 대종주국大宗主國으로 하는 사대정책을 수립

하려 하였다.

정도전은 정몽주와 권근權近 등과 더불어 그것의 불가함을 극력 반대하였다.

"명明을 버리고 북원과 다시 친하려고 하는 것은 강국을 배신하고 약자를 향하는 처사이며, 순리順理를 버리고 역리逆理를 좇는 것이니 국가를 불측不測의 화禍에 빠뜨리게 하려는 비계非計다."

유학자들의 의논議論이 강경해지는 것과 대조적으로 이인임 일당의 태도도 강력하기만 하였다.

정도전은 연일 정몽주·권근·박상충 등과 더불어 대원정책의 불가함을 논박하였다. 그와 아울러 경연經筵에 나아가 어린 왕에게 《대학》大學을 강의하는 틈틈이 친명정책의 지당함을 논하였다.

어린 우왕은 국사를 논할 처지가 아니었으나 그가 성장함에 따라 국책을 바꿀 수 있도록 《대학》의 강설 못잖게 그 점에다 역점을 두었다. 그와 아울러 태후 홍 씨를 알현할 기회를 되도록 많이 포착하고는 이인임 일당의 대원정책이 불가함을 논전論展하였다.

"삼봉의 강론講論은 과연 듣던 바대로 포은을 능가하는구려. 그렇지만 국가대사는 명강론名講論만으로는 안 되오. 대세가 이를 정립결정하는 것이지, 말이 이를 결정하는 건 아니오."

태후의 태도는 늘 애매한 듯이 보였다. 그러기에 정도전은 더욱 열을 올려 친명이 사대가 아님을 역설하였다.

"선왕께서는 일찍이 원으로 건너가셔서 그곳에서 유소년 시절을 보냈습니다. 그리고 그곳에서 왕비를 맞으셨습니다. 사가私家로 말할 때는 처가妻家가 되는 원나라인데도 선왕께서는 대고려국의 체통과 국익國益을 위해 과감히 반원의 기치를 높이 쳐들었습니다. 중원은 이미 주원장의 수중으로 넘어갔으며, 원은 만주 쪽으로 밀려나 쇠퇴일로에 있습니다. 중원의 새로운 강자가 장차 고려왕국과의 국교를 맺고자 할 터인데 장차의 일은 어떡하시려고 이러시는지요? 소신은 포복졸도할 것만 같습니다, 태후마마."

"언설言舌이 지나치오."

태후의 태도는 조금도 누그러지지 않았다. 소신이라거나 고집 때문이 아니다. 대사를 돌볼 기운이 없어서였다. 대사에서 손을 떼어 여생을 편안히 보내고픈 여성다운 태도 그 때문인 듯싶었다. 우왕을 책립할 그 당시 시중 경복흥 대감을 앞세워 우왕의 왕위계승이 불가함을 논진할 때의 기개가 거의 없다시피 하였다.

그래도 태후의 요즘 일과는 매일 대전에 나아가 중요 국사를 의논, 윤허를 하고 있다.

"소신의 언설을 국가대사와 왕업의 무궁한 창달을 위한 분골쇄신의 충언으로 받아주시옵소서. 국가시책이란 장기적인 안목을 갖고 시행해야 할 줄 아옵니다. 목전의 소리小利에 급급한 시책은 국가의 반석을 흔들어 놓고 백년대계百年大計 시발을 오도할 위험이 있습니다. 금일의 조정이 이러할진대 어찌 소신이 좌시座視할 수만 있겠사옵니까."

"어허어. 정말 대란大亂을 맞을 말씀을 하시는구려."

태후는 정도전의 언설을 감당해 내지 못하겠다는 듯이 자리를 피해 버렸다.

정도전은 그런 데에 개의치 않았다. 태후가 지적한 대란이 무엇을 뜻하는지 그는 이미 감지感知하고 있었다.

돌이켜 회고하건대 오늘이 있기까지 그는 고난의 길을 걸어왔달 수가 있다. 목은 이색牧隱 李穡의 문하에서 수학하면서의 경제적인 곤핍과 교우 사이의 외로움은 학문 속에 더욱 몰두하게끔 만들었다. 동문同門 중 유독 뛰어난 학문과 재주를 가졌으면서도 별로 빛을 보지 못하고 외직外職 아니면 한직閑職에 머물면서 남의 주목을 끌지 못하였다. 더구나 그에게 재산을 남겨두지 못하고 병들고 노쇠한 노비 셋만을 물려준 어버이의 상喪을 당해 3년여간 관계官界를 떠나 초로에 묻혀 지냈다.

비단 그런 것 때문만이 아니면서도 그는 동문들에 비해 출세의 길이 멀었고 결코 탁월하지 못한 사람이 곧잘 중용重用이 되는 일들을 너무 흔하게 봐 와서 그의 속은 차디찬 것으로 꽁꽁 뭉쳐 있었다.

특히 포은 정몽주가 너그러운 인품과 명강론 등에 힘입어 언제나 중용되는 것을 볼 때는 두 눈에 불길이 이는 걸 참을 수 없었다.

사부師父 목은牧隱 선생이 일찍이 지적하였듯이 정도전의 강론이 결코 포은에 뒤지지 않는 것이다. 학문적인 깊이는 견줄 바가 아니다. 그런데도 늘 외로움 속에 처진 채 빛을 보지 못하였다.

이제 경연에 드나들 기회를 잡았는데 당대에 두각을 나타낼 시기가 도래한 것이다.

태후 홍 씨도 그 점을 십분 이해하고 있다. 그것은 다른 중신들 역시 정도전이 국가대사에 꼭 필요한 인물 중의 하나라는 뜻과도 일치하는 것이었다.

'언설이 지나치다 ….'

정도전은 그 말을 되씹으며 경연을 나왔다. 듣는 그 순간은 가슴이 섬찟하였지만 곧 대수롭잖게 씻어버렸다. 대외적으로 양 대국의 틈바구니에 끼여 갈피를 못 잡는 이 왕조에 대내적으로는 이인임 일당의 농간이 백주의 개경거리를 휩쓸고 있는 이 차제에 곧고 바른 소리를 안 하고 어떻게 이 왕조를 지키나.

그러나 태후의 한마디는 이듬해 봄에 십분 적중이 되었다.

조정에서는 새로 등극한 우왕의 즉위를 알리는 글을 보내려는 움직임이 있었다. 조정백관이 연서하여 사자使者 편에 보내 우왕의 등극을 윤허해 달라는 것이었다.

"전의부령典儀副令이 표문의 초를 잡아주시오. 아울러 서명하여 주시오."

정도전은 일언지하에 거절을 하였다. 수시중 이인임은 어안이 벙벙한 채 다음 말을 잇지 못하였다.

"수시중 대감, 저간의 일을 잊으셨습니까. 누차에 걸쳐 진언을 올렸는데 말직末職의 소신으로는 그 일을 감당하지 아니할 것이오이다."

"무엄하구먼. 전의부령의 학식을 가상히 여겨 이 대사의 주역으로 등용시키려는 내 충정을 거절하다니 …."

"수시중 대감, 역사를 내다보는 형안炯眼을 가지십시오. 대세는 이미 명조明朝 쪽으로 기울어졌습니다. 머잖아 중원을 통일하고 북으로 달아나 망부亡府 북원을 멸망시킬 것입니다. 훗날 어떻게 하시려고 이러십니까!"

정도전이 표문의 불가함을 역설하며 거둬주기를 누누이 강조하였다. 그와 아울러 이인임을 비롯한 중신들의 사대근성을 하루 빨리 거두도록 충언을 하였다.

"태후마마의 엄명이신데도 마다할 거요?"

"태후마마께도 누차에 걸쳐 진언을 올렸습니다."

이인임은 더 말을 못하고 물러섰다. 그 바로 직후 문하부에서 작성한 표문이 하달되면서 서명해 올리라는 통보가 내려졌다.

"선왕의 시책은 이미 사남事南과 통교를 하기로 하였는데 새삼스레 사북事北을 끌어들인다는 것은 신하의 도리가 아닌 줄 아뢰니다. 돌이켜보건대, 금일의 중신은 이미 선왕에게 충성을 맹세하였던 신하였기에 선왕의 뜻을 저버리는 것은 불충의 대역大逆을 저지르는 것과 진배가 없을 줄 압니다."

정도전은 끝내 서명을 거부하였다. 그뿐이 아니고 좌대언左代言 임박林樸과 전교典敎 박상충朴尙衷 등을 종용해서 함께 서명을 거부토록 하였다. 그들은 정도전과 뜻을 같이 하였지만 정도전이 기대를 가장 깊이 걸었던 정몽주·권근 등이 서명한 데에 서운함을 금치 못하였다.

목은의 같은 문하생으로서 우정이 돈독한 친구의 사이로서 대명정책에 뜻을 같이 하면서도 그 문제에 소극성을 띤 것은 이해되지 않았을뿐더러 서운하기 짝이 없었다.

그 문제로 어수선한 한 달을 지난 5월이었다. 정도전은 경연에 나아갔다. 돌아오는 길에 염흥방의 부름을 받았다. 요 근래에 들어 정도전에게 가장 깊은 관심을 보이는 염흥방은 술상까지 차려놓고 정도전이 오기를 기다리고 있었다. 들리는 말로는 경연에 나아갈 수 있도록 길을 터준 사람이 염흥방이라는데 그게 사실이기나 한 것처럼 사석에서 술을 권하여 교분을 맺기를 바라는 것이었다.

정도전은 그의 별실을 찾아갔다. 5월의 화창한 날씨 아래에 잘게 다듬어지고 길게 들어선 그의 사저는 대궐만큼 화려하고 웅장하였다. 그의 아버지 염제신이 공민왕의 장인이었기에 염흥방도 그 그늘에서 호사스런 생활을 누리고 있다. 더군다나 우왕 등극 이후로는 임견미의 수족처럼 이인임의 노복처럼 온갖 행패를 부리고 있다. 좌대언을 거쳐 밀직부사의 자리에 올라 있는데 정도전은 그와 술상을 같이 해야 할 이유가 뭔지를 사랑방의 술상을 보고야 비로소 깨닫고 방을 도로 나왔다.

그 일이 있은 직후였다. 5월의 모란이 탐스럽게 핀 개경의 수창궁은 정원의 요사스런 꽃들만큼이나 어수선한 분위기에 들떠 있었다. 북원의 사자가 온다는 통문이 전해진 것이다. 명의 세력에 밀려 북으로 밀려난 북원이 고려와 손을 잡고 명을 협공하기 위한 교섭을 벌일 사절단이었다.

조정의 권신들은 그를 환영할 채비를 서두르고 있었다. 이 기회에 어정쩡한 대원관계를 회복하고 일부 유학자들의 태도를 누그러뜨릴 방법들을 찾고 있었다.

정도전은 큰일 났다 싶었다. 이번 기회에 북원을 멀리하지 않으면 명과의 관계는 어렵게 틀어지고 그 보복이 필경 있을 것으로 보았다. 또 한 번 치욕의 역사를 되풀이할지 모르는 것이다.

그는 서둘러 김구용金九容 · 이숭인李崇仁 · 권근 등을 불러 모아 북원 사자의 접견이 가져다 줄 파문을 역설하였다.

"우리들은 이대로 앉아 북원의 사자를 맞을 수는 없는 일이오. 북원과의 관계는 이 기회로 끝장을 내야 합니다. 이미 서기瑞氣가 가셔진 쇠망하는 북원을 끌어들여 화를 자초할 이유가 어디에 있었습니까. 지하에 있는 현릉玄陵에 대해 면목이 없을뿐더러 5백 년 사직의 일대위난을 가져오기 십상인데 젊은 유생들이 이를 막지 않으면 누가 나선단 말이오."

평소부터 친명정책을 지지하며 권신들의 어리석음을 탓해왔던 점에 유생들은 그 길로 경연에 나아가 북원과의 관계가 불가함을 아뢰었다.

중신들의 얼굴이 하얗게 바래졌다. 원元에 관한 정책이 입안될 적마다 쌍수를 들어 불가함을 논하는 젊은 유생들의 태도는 오만하다 못해 불충을 거침없이 해낸다. 중요 국사는 중신들의 소임이지 젊은 유생들이 간여할 바가 아닌데도 그들은 위계位階를 무시하고 나서기를 예삿일로 여긴다. 당장 요절을 내어 먼 데로 귀양을 보내도 시원찮을 것이었다.

경복흥이 분노를 참지 못하여 이를 갈고 있는 바로 건너편 자리에

선 수시중 이인임이 마른기침을 캑캑 하곤,

"모두들 물러가오. 이미 원의 사자는 이 땅을 향해 출발하였소. 유생들의 충정은 충분히 알았지만 이미 때가 늦었소. 속히 채비를 서둘러야 할 판이니 누가 그를 맞으러 나가겠소?"

그는 정도전을 똑바로 내려 보며 말을 마쳤다.

"전의부령 정도전이 그 적임자인 줄 아뢰오."

"전의부령?"

태후가 놀라며 정도전과 염흥방을 번갈아 돌아보다간 경복흥에게 시선을 돌렸다.

"전의부령은 속히 채비를 서둘도록 하라. 경상境上까지의 길은 사흘 밤낮을 달려야 한다. 화급을 다투는 일이니 지체 말고 나서라."

경복흥이 우렁찬 소리로 하교를 내리곤 자리를 뜨려 하였다.

"그렇게 하도록 하오."

태후가 따라 엄명을 내렸다.

정도전은 잠자코 있었다. 대전은 일제히 정도전의 태도를 주시하느라 숨소리만이 들렸다.

"태후마마!"

정도전이 침착한 어조로 또박또박 말을 이어간다. 이미 그의 안중에는 경복흥 · 이인임 따위는 없었고 태후와 명나라만이 있는 듯하였다.

"소신은 그 임무를 수행함에 있어 차마 못할 인륜을 저버릴까 두렵습니다. 소신은 북원의 사자를 맞아 그에게 칼을 겨누고 그 목을 베어 명국의 태조 앞에 진상할 것입니다!"

권신들이 소스라치게 놀라 웅성거리고 태후의 입가에 작은 경련이 일었다. 고려 5백 년 역사에 이토록 독을 품은 강골의 신하는 없었던 것으로 태후는 기억한다.

대大를 위해 소小를 저버리는 신하의 충성이 역사의 흐름에 따라 판단이 달라질 수는 있어도, 지금 이 시간의 정도전의 직언은 어떤 의미로도 충을 떠난 윗자리에 대한 모독이었다.

"무엄한 일인지고. 이런 일은 전대前代엔 일찍이 보니 못하였던 불충이오."

태후의 탄식에 따라 중신들도 저마다 한마디씩을 뇌까린다.

정도전은 그런 데에 개의치 않았다. 한번 쏟아놓은 물을 다시 담지 못하듯 그의 열려진 입은 좀처럼 다물어지지 않는다.

"소신은 말할 나위 없거니와 군왕전하와 중신대감들은 일찍이 선왕의 은총을 입으사 오늘의 영일을 갖게 되었습니다. 선왕전하께서 이뤄놓은 위업을 송두리째 짓밟아 버리는 이번 처사는 지하에 계신 현릉 전하공민왕을 가리킴가 통곡해 마지않을 일인 줄 압니다. 소신은 차라리 대역을 저지르는 한이 있어도 이번 일은 못하는 줄로 아룁니다. 아울러 원의 사신을 물리치시도록 간하옵니다."

이인임이 허탈에 빠진 듯 헛소리처럼 중얼거렸다.

"내 일찍이 전교부령의 영특함을 눈여겨 봐왔거늘 이제 와서 다시 살펴보니 내가 사람을 잘못 본 것 같구려. 어째서 하나만 알고 둘은 짚지를 못하는지 그저 답답하구려. 안타깝도록 답답하구려."

정도전은 그를 흘깃 돌아보곤 코웃음을 쳤다. 그리곤 옥좌의 두 주인공을 향해 다음 말을 이었다.

"태후마마. 소신도 아뢴 적이 있습니다만, 우왕 전하의 등극을 전후한 시기에도 태후마마께서는 선왕의 고명을 저버리셨습니다. 이 사직은 선왕의 대업을 이어 5백 년의 긴 역사를 이뤄왔습니다. 어찌해서 이번 일을 굳이 시행하려 하시는지 소신은 몸 둘 바를 모르겠습니다. 통촉하여 주옵소서."

태후가 비틀 쓰러질 듯 놀란다.

가늘게 떨리는 입술을 놀려 간신히,

"전교부령, 가증스럽기 짝이 없소. 조정 안에 전교부령 같은 관리를 발붙이게 한 중신을 꾸짖어야 좋을지, 전교부령을 꾸짖어야 할지 의아할 따름이구려. 모두들 물러들 가오."

이 말을 마친 태후는 깊은 한숨을 여러 번 쉬다간 옆자리에서 태후의 눈치를 번거롭게 살피는 우왕을 재촉해서 안으로 들어가 버린다.

'고얀 놈들, 어리석은 사람들, 못난 사람들.'

정도전의 입에서 이런 말이 쉴 새 없이 뻗어 나왔다. 분노로 이글거리던 눈매가 차츰 식어지면서 눈물이 글썽 고였다.

회진 적소로 떠나기 바로 직전 염흥방이 사람을 보내왔다.

"무슨 일이냐?"

술잔을 기울이던 정도전이 빽 소리를 치듯 물었다.

"대감께서 서찰을…."

하인이 전해준 서찰을 펴들었다.

'이 서찰을 받는 즉시 하인을 따라오시오. 만나서 사연을 말씀드리겠소.'

정도전은 서찰을 구겨 한구석으로 던졌다. 하인의 눈이 휘둥그레진다.

"가서 일러라. 삼봉은 아무도 만나고 싶지 않다고 네 주인에게 똑바로 일러라."

하인이 돌아간 얼마 뒤 어둠이 개경의 거리에 착 가라앉았을 무렵 말발굽 소리가 문밖에 멎고 염흥방이 유들유들한 웃음을 띤 얼굴로 대문을 들어섰다.

생각하기보다 초라한 네 칸 집이었다. 녹봉이 보잘것없어서는 아닐 텐데 정도전의 생활은 검소하기 짝이 없었다. 햇보리쌀로 빚은 보리술을 마시고 앉은 품이 더욱 검소하고 초라하기까지 하다.

정도전은 그를 거들떠보지 않았다.

염흥방이 정도전의 옆자리에 붙어 앉으며 손을 끌어 쥐고 힘을 준다.

"시중 대감을 만나고 오는 길이오. 아직 노여움이 풀리지 않아 긴 말은 못하였소만 떠나는 길을 거두도록 해주시오, 삼봉."

그의 어조는 퍽 느긋하였고 정도전의 귀를 솔깃하게 하였다.

정도전은 씁쓸한 웃음을 허공에 던졌다.

"염 대감, 뜻은 감사하오. 하지만 삼봉은 대의에 어긋나는 일을 고집하지는 않소. 시중 대감의 노여움이나 삼봉의 진언은 모두 대의를 알고서 한 짓이오. 모두 이 왕조를 위해서였는데 어떻게 대의를 거둬야 되겠소. 이미 왕명이 내려진 처사가 아니오이까. 소용없는 일입니다."

"아니오. 이번 일은 하극상이 빚어낸 감정의 문제요. 시중 대감의 노여움은 사사로운 감정에서 비롯된 것이오. 나는 삼봉의 대의大義를 십분 이해하고 지지하는 바이오."

정도전은 그를 물끄러미 건네 봤다. 사람이 저토록 간사하고 표리부동해서야 어디에 쓰겠나 싶은 것이었다.

"물러가오. 삼봉은 이미 회진의 적소에 가 있는 몸이오."

"삼봉!"

"……."

그는 묵묵히 술잔을 기울였다.

"삼봉은 그게 탈이오. 이보 전진을 위한 일보 후퇴를 삼봉이 모를 리가 있겠소. 강골은 어느 역사 속에서도 외롭게 마련이오. 적을 만들기보다는 적을 회유하는 길을 택하시오."

"……."

"삼봉 같은 인물이 필요한 조정이오. 태도를 바꾸어 시중 대감을 찾아뵙고 사과의 말을 올리도록 하오. 어떻소?"

정도전은 머리를 절레절레 흔들었다. 있을 수 없는 일이었다. 대의를 위해 목을 내건 사람 앞에 이 무슨 해괴한 대안代案이냐.

"포은이나 목은을 보시오. 최영 판삼사를 보시오. 모두들 처신을 원만히 하고 있잖소. 대장부란 꼭 한 번 대의를 위해 죽을 수는 있어도 사사로운 데에 몸을 던져서는 안 되오. 우리 몸은 하나였지 두셋은 아니지 않소."

"……."

정도전이 여전히 대꾸를 않았다.

목은 · 포은 · 최영이 처신을 어떻게 하건 그건 전혀 별개의 문제였다. 세상이 그들을 대장부라 일컫고 조정이 그들을 충신이라 일컫는데도 정도전은 개의할 바가 아니었다. 하나의 대의를 위해서는 백만의 적이 있대도 물리쳐야 하는 게 대장부의 기개요 충신이 할 짓이다. 수의 과다에 따라 대의가 달라지는 세상은 파국破局을 안고 도는 모순덩이의 세상이다. 대의는 대의일 따름이지 그 이하도 그 이상도 아니다.

염흥방은 벌겋게 화가 동해서 돌아갔다.

겨울이 깊어짐에 따라 추위가 꽤나 성가시게 움막을 집적거린다. 노비 순조가 병이 들어 드러눕더니 기동을 못한다. 순군부에 알릴까 하였더니 나주목에서 사람이 나와 그를 데리고 갔다.

정도전은 혼자 적소의 움막 안에 웅크리고 앉아 주자학의 경전을 펼쳐들었다. 콩을 듬성듬성 섞은 보리밥이나마 때맞춰 먹을 때는 추위를 덜 느꼈는데 순조가 가고 없는 지금은 끼니때가 돌아오는 게 두려웠다. 보리쌀 한 말에 콩 두 되, 간장 한 됫박이 그의 식량의 전부인데 한 달 서른 날이 스무 날쯤으로 줄었으면 좋으련만 세월의 흐름은 시간의 한 치 틀리지 않는 치차를 물고 흘러간다.

동지 팥죽을 쑤는 날이었다. 회진현의 하늘 위로 실연기가 가늘게 피어올랐다. 이맘때쯤이면 집집마다 연기가 피어올라야 하는데 왜구들의 극성이 한 겹을 더 떠서 올해는 두어 집 건너 한 집만 연기를 피운다.

가엾은 백성들이다. 콩을 섞은 보리밥에 간장을 손가락으로 찍어 먹는 것도 다행스럽다. 끼니를 그래도 헤아려 먹고 독서에 탐닉하니 이보다 더한 신선놀음은 없나 보았다.

어디서 망치질하는 소리가 들렸다. 아주 가까운 자리에서였다. 이 엄동에 누가 목수 일을 하려나? 토목 일은 땅이 얼어 어려울 텐데 계절의 변화를 무감지無感知하는 사람이 적소에 말고 또 있다는 말인가.

밖으로 고개를 내밀고 살폈더니 장정 대여섯이 삽이랑 톱을 들고 초옥을 짓는 모습이 언덕 아래의 양지바른 곳으로부터 보였다. 산짐승이 종종 놀러왔다 온몸을 녹이고 간다는 양지바른 대추골이었다.

해가 지고 어둠이 적소의 적막을 두 겹 세 겹 쌀 시각이었다.

인기척이 멀리서부터 들려오길래 지나는 나그네겠지 하였다. 아직 저녁 끼니를 마련치 못하였는데 한 술 밥을 달래면 어떡하나?

가슴을 죄고 부뚜막에 엎드려 있으려니까 두툼한 솜바지를 입은 사내가 움막을 기웃거렸다. 그의 등 뒤에는 커다란 봇짐이 달려 있고 또 무엇인가를 안고 있다.

"나으리, 안에 계시오?"

어디서 듣던 목소리였다. 황 노인은 아니고 순조도 아니고 그럼 누굴까? 나주목의 병정일까?

희끄무레한 빛을 띤 사내가 움막 가까이로 조심조심 다가왔다.

"나으리, 안에 계시옵니까요?"

"아니…"

정도전이 무심결에 그렇게 내뱉고는 움막 밖으로 나갔다. 그의 노복 인고仁固다. 안으로 기어들어가던 목소리로 알아들을 듯 말 듯 주인을 섬기던 목소리에 기운이 서려 있고 윤기가 흐른다.

"나으리, 소인을 용서해 주십시오."

정도전을 알아본 인고가 손에 든 그릇을 땅바닥에 내려놓고는 그대로 엎드려 울음을 터뜨렸다.

"아니, 네가 웬일인가?"

"이 추위에 여북 고생이옵니까. 나으리를 찾아 바로 온다는 것이 그만… ."

정도전은 아무 소리를 안 하고 돌아서 방안으로 들어왔다.

이미 10여 년 전에 풀어준 노비였다. 아버지 운경云敬이 유산으로 물려준 노비 셋 중의 하나였다. 그는 병들고 허약해서 소작이나 부쳐 먹고 살라고 그의 외딸 소윤小尹과 함께 자유로운 몸으로 풀어주었다. 집안에 둬봤자 하잘 것 없는 녹봉만 축낼 테니까 차라리 굶어 죽어도 눈에 안 뵈는 곳으로 가서 죽어달라고.

그런데 병약하던 몸이 엄청 건강해지고 차림이 전만 같지 않았다. 신수가 의외로 핀 모양이다.

"나으리, 소인이 마련한 솜옷을 입으시고 동짓날의 팥죽을 드옵소서."

그는 먼 길을 달려온 노독도 잊은 듯 마련해 온 두툼한 솜옷 두 벌과 솜이불을 풀어놓고, 식은 팥죽을 따습게 데워 동치미와 함께 들고 왔다.

이런 대접을 받으려고 풀어준 노비가 아니었다. 상전과 하인의 차이를 거부하는 극빈이 그를 긍휼이 여겨 풀어놓게 하였다. 회진에 와서 다시 느낀 것이지만 노비 세 사람을 때맞춰 놓아주어 자유로이 생업에 종사토록 허락한 것이 퍽이나 다행이라 여겼다.

모두가 가난에 찌드는데 극소수의 구족舊族 관리들이 토지의 전부를 차지하고 배를 불리고 있으며, 수도에만 전념해야 할 탈속脫俗한 승려들이 절간 재산을 가공할 숫자로 불리고 있다.

땅과 엎드려 생사고락을 같이 하는 백성들은 굶주림과 병고에 시달리고 땀냄새 흙냄새가 뭔지를 모르는 족속들은 반찬투정 밥투정을 일삼고 있다.

내가 가난하였기에 가난이 가상케 여겨짐이 아니었다. 눈에 비치는 가난을 망막에서 떨어버릴 수가 없고, 안으로 깊이 파고들어 정도전을 괴롭혀 드는데, 백성을 저버린 관리가 무슨 정치를 하고 가난을 외면한 학자가 무엇을 연구한다는 거냐. 함께 슬퍼하고 배고파보고 웃어보는 속에서 학문이 깊이를 더해가고 뼈대가 서는 것이 아닌가.

정도전은 밤을 꼬박 새우며 인고가 넘겨준 교훈을 두고두고 생각하였다.

"나으리, 이사하셔야 하겠습니다. 움막을 버리고 초옥으로 드십시오."

대추골 양지받이의 초옥 세간이 다 되었다 할 무렵, 인고의 턱수염이 조용히 움직였다. 정월의 눈바람에 날려서가 아니다. 주인을 위하려는 노비의 뜨거운 눈물이 수염을 적셨던 것이다.

정도전은 망설였다.

지난 뒤의 일이고 바로 당하는 일인데, 인고의 재력이 어디서 비롯되는지 이제사 궁금해졌다. 그도 도무지 회진 밖의 일들을 입 떼지 않았다. 아무리 다그쳐 물어도 그저 품삯을 받아 모은 재물이라 하였다.

정도전은 허탈에 빠져 방안에 벌렁 자빠져버렸다. 무슨 말 못할 기막힌 사연이 있길래 늙은 인고가 저토록 눈물을 흘리며 대답을 삼키고 있나.

'그럴 리가?'

벌렁 누웠던 정도전이 자리에서 벌떡 몸을 일으켰다. 그럴 리가 없다. 이 애가 벌써 어른이 되고 꽃다운 아름다움을 피울 미인으로 성장하여 어진 주인을 얻어 느긋한 생을 누릴 리가 없다. 자신의 영일을 옛 주인 정도전의 후덕厚德으로 알고 보은報恩의 화신이 되었을 리가 없다.

그러나 지나간 세월을 헤아려보니 소윤의 나이가 벌써 스물을 넘어섰다. 어른이 되고도 남았고 복사꽃처럼 환하게 피어나고도 남을 것이었다. 헤어질 그때에 이미 보조개 피는 얼굴이 반들거리게 빛나고 예뻤는데, 주위 사람들은 까맣게 그을린 그 얼굴의 웃음을 그렇게 말하며 놀려댔었다.

철부지여서 그랬던가. 우직해서 그랬던가. 이들 부녀가 이제는 옛 주인을 뒤에서 보살핀다. 노비로의 생활에 미련이 있어서는 아닐 것이리라. 해방을 시켜줄 그때에 두 부녀가 울음을 터뜨리며 돌아서지 않으려고 버티었었다.

"나으리, 어째서 소인을 저버리려 하십니까. 소인은 나으리와 생사고락을 같이 할 것을 신명께 맹세한 지 오래 되었습니다. 나으리, 소인을 죽여주십시오."

눈물을 찔끔거리는 인고의 뒤에서 옷소매를 쥐고 함께 눈물을 흘리던 소윤의 모습은 지금도 눈에 선하다.

정도전의 눈앞에는 새카맣던 소윤의 모습이 비켜나면서 성장해서 환하게 아름다움을 풍기고 있는 소윤의 모습이 아련히 떠올랐다.

그는 그래서는 안 된다며 초옥 밖으로 나왔다. 백설이 끝없이 덮어진 회진의 산야는 스산한 정도전의 맘을 한층 설레게 만들었다.

소윤이 무엇을 하였고 무엇이 되었길래 옛 주인을 물량으로 적소의 고역을 덜어주나?

개경을 떠난 지 벌써 1년, 세월 참 빠르다.

조정 안의 어지러운 형편을 멀리 피해 살피노라니 맘은 절로 적막강산寂寞江山을 달리고, 몸은 불혹不惑의 둔덕에 놓여 외기外氣에 둔감해진다.

뒷산에 핀 진달래가 무리 진 채로 아름다워도 정도전의 눈에는 밤잠을 못 잔 눈알처럼 벌겋게 보였고, 바람을 타고 들려오는 두견의 외로운 소리만이 적소의 외진 객을 구슬프게 만드는 듯하였다.

권근이 귀양을 가고 폐서인으로 쫓겨났다는데, 달가는 어떻게 되었을까? 그에게 일찍이 《맹자》孟子를 보내주며 학문을 깊이 터득토록 권장한 고마운 친구인데, 아직도 적소에서 두견 소리 벗 삼아 이 밤을 보내는지 정도전의 맘은 그저 답답하기만 하였다.

여름이 모기 소리를 따라왔다간 슬그머니 사라지고, 황국黃菊이 뜰아래에서 고고하게 피기 시작한다. 인고의 손질이 부드러워서인지 한 뿌리 썩지 않고 그대로 자라더니 향기로운 꽃을 송이송이 피우고 있었다.

황국은 탐스럽게 피었는데 인고는 시름시름 앓고 있다. 정도전이 걱정할까 봐 숨기는 눈치가 역력하였다.

"이대로 죽어간들 여한이 있겠습니까마는, 하나 남은 여식이 가엾어서 … ."

말을 앞세워 눈물부터 흘렸다. 그의 입을 통해 비로소 어렸던 소윤의 얘기가 나와 정도전은 절로 숙연해졌다. 소윤에 관한 얘기는 말할 것도 없고 생각을 뻗쳐도 맘이 설레져 숙연해지려 애를 쓰는 요즘의 변해진 모습이다.

정도전이 오랫동안 말을 않으니까 인고가 참다못해 다음 말을 잇는다.

"지금쯤 개경에 있을 터인데 … 남경에 와 있을지도 모르겠구먼요."

하곤 북녘 하늘을 우러러본다.

"많이 달라졌겠지! 얼마큼 컸을까?"

"벌써 어른이 되었습니다. 팔자가 사나워서 … 혼자 된 지 2년이 넘었습죠. 내가 있을 땐 그래도 외롭지 않았는데 객지로 나오는 바람에 홀몸인 채로 … ."

"보고 싶구먼, 그 애를."

정도전은 별 뜻이 담기지 않는 말을 중얼거렸다.

인고가 귀를 바싹 세웠다.

"나으리를 뫼시고 싶어 안달을 하였습니다만, 나이가 차서 소인이 만류하였습죠."

"……."

"술 한잔 받아 올릴까요, 나으리?"

"……."

인고가 어슬렁어슬렁 풀숲 길 사이로 해서 초옥에서 멀어졌다.

개경에서 서북으로 뚫린 길은 꽤나 넓다. 서경西京으로 통하는 그 길은 행인의 왕래가 빈번하고 물자를 실은 수레와 우마牛馬가 끊이지 않고 지나간다.

백주白洲에 자리 잡은 개원사는 이들 행인의 대부분을 흡수하고 있다. 고려조의 명 사찰로는 흥국사興國寺·회암사檜巖寺·보제사普濟寺·관음사觀音寺 등 거불巨佛들이 지키고 있는 절이 꼽히지만, 사찰을 찾는 불제자의 수와 사찰 재산에 있어서는 개원사를 따를 사찰이 없다. 매년 거둬들이는 곡물이 십여만 석이 되고 공양미가 만 석이 된다는 거찰이다.

3월이 다 가는 날의 개원사로 통하는 길은 아지랑이 속에서 춤을 추듯 꿈틀거렸다. 아지랑이가 춤을 추니까 그 길이 따라 함께 춤을 추듯 하였다.

소윤小尹은 소복단장을 한 채 개원사의 경내에 들어섰다. 그녀는 곧장 주지승이 기거하는 방으로 올라갔다.

법당 주변에는 개원사를 찾은 많은 신자들이 주지스님의 설법 한 마디를 들으려고 진종일 기다리고 있었지만, 주지승이 기거하는 방문은 굳게 닫힌 채 열릴 줄을 모른다.

"오 왔구먼, 게 앉거라."

아직 쉰 살이 채 안된 주지승 박천朴泉은 가사적삼을 풀어 젖히며 소윤을 방 아래쪽으로 내려가 앉게 한다.

"무슨 급한 일이길래?"

소윤의 새카만 눈이 박천의 아래위를 조심스레 훑어간다. 너무 아름답다. 두 눈이 몸살이 날 지경으로 잘 다듬어진 용모며 미모였다.

박천의 둥글넓적한 얼굴에 그들만이 아는 미소가 얼핏 스쳐가고 옷깃 스치는 소리가 어지럽게 들렸다.

박천은 무언가를 쉴 새 없이 중얼거리며, 소윤의 목을 껴안고 입을 맞춘다. 소윤이 미간을 찌푸려 마다하는 눈치를 보인다.

"왜 그러나?"

후끈 몸이 달아 덤벼들던 박천이 엉거주춤 몸을 세우곤 소윤을 노려본다. 요즘 들어 소윤의 태도가 쌀쌀맞다 하였더니 이제 면전에서 성깔을 부린다. 평양 영명사永明寺에서 굶주림에 허덕이는 소윤을 첫눈에 보고 됨됨이가 쓸 만하다 하여 땟물을 벗기고 재물을 안기고 지혜의 눈을 뜨게 하였더니 이제는 은인을 따돌리려 한다.

신돈이 이렇듯 반야를 위하지는 않았을 것이다. 사찰 재산을 뒤로 빼돌려 금은보화와 비단으로 소윤의 몸을 감싸게 하였더니 이제는 제 분수를 모르고 멋대로 굴고 있다.

소윤이 동그란 눈을 아래로 내리깔고 손가락을 조몰락거리자 박천은 금방 불끈 솟았던 화가 누그러지면서 소윤의 아름다운 모습에 매료되어 끌려간다. 소윤은 언제 봐도 아름답다. 차분히 가라앉은 틀어진 모양이 더 아름답다고나 할까.

박천의 입에서 침 넘어가는 소리가 꿀꺽 나며 방안을 울린다.

"몸이 좀 불편해서 … ."

"진즉 그렇게 말하지."

박천이 뒤로 물러앉으며 소윤의 안색을 찬찬히 살피다간 고개를 끄덕인다. 몸을 돌려 벽장문을 열었다. 두툼한 보자기에 싸인 상자 하나를 꺼내더니 소윤 앞에 내밀었다. 생긴 모양이 마치 사리함 같았는데 꽤나 듬직한 무게를 지니고 있었다.

소윤은 그래도 찌푸린 얼굴을 풀지 않았다.

박천의 눈이 의혹으로 빛난다. 불편한 몸에는 금은보화가 약이런가 하였는데 그것도 아니다. 정말 싫어진 걸까?

"불공을 좀 드려주세요. 저를 위하고 이 왕조의 앞날을 위해 주세요."

"… 그런 건 왕사王師나 하는 거지, 나 같은 사판승事判僧이 무슨 불공은 … ."

"대암大巖 스님을 찾아갈까요?"

"꼭 그래야 될 이유가 무엇인가?"

"꿈자리가 사나워요."

"꿈?"

"예."

박천은 아무 소리를 안 하고 몸을 뒤로 젖히더니 지그시 눈을 감았다. 소윤은 살그머니 자리를 떠 대웅전으로 올라갔다.

'징그러운 녀석.'

소윤은 그렇게 내뱉고는 대자대비의 부처님 앞에서 열심히 불공을 드린다. 그녀의 입에서 사바세계를 벗어난 극락에의 승천을 염원하는 독경이 뇌어지는 게 아니라, 삼봉 정도전의 안일을 위하고 무궁한 먼 장래를 축수하는 염念을 외고 왼다.

그분 곁을 떠난 지 벌써 10여 년, 작년 초봄께 맘을 도사려 먹고 한차례 찾아뵙고 싶어 날짜를 잡아 기다리고 있었는데 그만 적소로 내려 보내졌다. 애간장이 녹아나는 일이었다. 조금만 일찍 서둘렀더라면 … .

안타까워 밤잠을 못 자고 여러 달을 지냈다. 그녀는 생각다 못해 아버지 인고를 그곳으로 내려 보냈다. 박천의 손에서 풀려날 날이 머잖을 것으로 알고 그때까지 만이라도 대신 돌봐달라고 하였던 것이다.

회진에 내려간 아버지 인고로부터는 그저 아무 탈 없이 잘 있다는 소식이 인편을 통해 전해왔다. 절대로 얘기를 말아 달라는 부탁을 소윤은 사람을 내려 보낼 적마다 당부했는데, 인고가 그를 잘 지켜 주어 아직도 정도전은 소윤의 소식을 모르고 있다 한다. 그뿐이 아니라 개경에 남은 여섯 자녀와 부인의 생계를 돌봐주는 그것까지도 모르고 계신다 한다. 인고의 품팔이 삯을 모은 재물로만 알고 있다니 다행이긴 한데 한편으로는 서운한 느낌도 찾아들었다.

정도전처럼 매사에 용의주도하고 예민한 분이 설마 그 눈치쯤 못 챘을까. 알고도 모른 체하는 거겠지 하였다.

개경으로 돌아온 소윤은 건넌방에 마련한 부처님 앞으로 나아가 그분을 위해 꿇어앉아 빈다. 사판승에 의해 더럽혀진 이 몸뚱어리와 이생의 온갖 업보 중 궂은 것은 모두 내게로 돌리고 복된 것은 모두 그분을 향해지도록 빌었다.

그분을 위하는 길이 설령 가시밭길 험난하대도 소윤은 마다않고 그 길을 택하리라 하였다. 이 생의 모든 죄악을 혼자 몸으로 받고, 그분에겐 어떤 화禍도 미치지 않으면 그것으로 그녀는 족하리라 하였다.

봄기운이 한결 누그러지면서 속적삼이 축축이 젖는 초하初夏의 더위가 개경의 산야를 타고 밀려왔다. 남쪽에서 불어오는 산바람은 혹시 회진을 거쳐 온 거나 아닌지, 소윤은 먼 길 떠난 임을 기다리는 마음으로 자세를 다소곳이 가다듬고 남쪽을 향해 꿇어앉았다.

개원사를 찾는 길이 요새 들어 아주 뜸해졌다. 박천도 맘이 달라졌는지 소윤을 찾는 횟수가 뜸해졌다. 그와 때를 같이 해서 그에게 새로운 비첩이 생겼다는 풍문이 들렸다. 듣던 중 반가운 소식이긴 한데 혹시 박천의 행패가 있을까 봐 밤잠을 지나치며 문밖의 발소리를 지켰다.

여러 날 여러 밤을 그랬더니 눈병이 돋아 눈곱이 끼고 발갛게 물이 들고, 사지가 축 늘어져 기동을 하기가 싫어졌다. 하녀가 의원을 찾아가 약첩을 지어오고 약탕에 불을 댕겼지만 별로 차도가 나지 않았다.

아주 절간으로 들어가 다시 중이 될까? 암자 하나를 마련하고 깊이 묻혀버릴까? 온갖 맘이 베갯머리를 맴돌며 갈피를 잡지 못하게 한다.

"아씨, 회진서 사람이 왔습니다."

하녀가 뜰아래에서 아뢰는 소리를 소윤은 희미하게 듣고 꿈이런가 하였다. 재차 알리는 소리에 생시인 줄로 알고 창황히 일어나 앉았다. 회진서 올라온 소식은 놀라운 것이었다.

아버지 인고가 큰짐승에게 물려 큰 화를 입었다는 것이었다. 아마 지금쯤은 이승 사람이 아닐지 모른다고 하였다.

"무엇이 어떻게 되었다고?"

다시 들어도 같은 말일 따름이었다. 적소 부근에 무슨 큰짐승이 있어 화를 입었는지 자세한 내막은 없고 그저 그렇다고만 한다.

그녀는 마침 잘됐다며 개경을 떠나 일로 남으로 향했다. 아버지의 화를 기화로 정도전 나으리를 알현하고, 아울러 박천의 시야에서 아주 사라질 수 있다는 생각이 그녀의 머릿속에 꽉 차 있었다. 하인의 등에 지워진 짐 속에는 몇 년은 먹고 지낼 노자가 마련이 돼 있다. 개경의 도처에 묻어둔 재물에 비하면 보잘것없었지만 회진의 벽지에서의 생활은 어렵잖게 꾸려갈 수 있을 것이었다.

정도전은 소윤을 맞는 순간 말이 안으로 숨어들어가 입이 열려도 소리가 나지 않았다.

소박한 데라곤 한 곳도 없는 소윤에게서 찾을 수 있는 것이란 구족 중신들의 사저私邸에서 흔하디흔하게 봐온 부인네들의 모습 그것뿐이었다. 어디서 무엇을 하며 지냈는지 첫눈에 알아볼 수 있었다. 구족 중신의 비첩 노릇은 아니하였을 터이고, 대사찰 주지의 비첩 노릇은 하였을지 몰랐다.

말이 승려이지 속가의 세상사는 그들이 먼저 타락을 시키듯이 보였다. 신돈 같은 요승妖僧이 나와 조정을 휩쓸어 유혈극을 밥 먹듯 벌이지를 않나, 개원사의 박천 같은 주지승은 비첩을 한꺼번에 너덧씩 거느리고 주지육림 속에서 가가대소呵呵大笑하는 생활을 누리고 있지 않나.

불제자가 언제부터 이리 되었는지 정도전은 불승佛僧을 생각할 적마다 치가 떨렸고 구역질이 울컥 치밀었다. 불승만이 아니고 불교 그 자체가 혼미한 세상의 요술처럼 보여 불佛 자만 들어도 박살을 내고픈 심정이었다.

그래도 불승이 참다운 자세를 찾아 속세를 떠나 수도에 진력한다면 한두 번쯤 고갯짓을 해줄 수 있는 일이기는 하였다.

"게, 인고 있느냐?"

정도전은 생각다 못하여 헛간방에 웅크리고 앉은 인고를 불러들였다.

"예, 소인 여기 대령하였습니다."

겁에 질려 벌벌 떠는 인고가 뜰아래에 서서 정도전의 눈치 살피기에 여념이 없다.

"그 요사한 계집은 어디 있지?"

"예?"

"네 딸년 소윤이 말이다."

"회진현에 묵고 있습니다요, 나으리."

"회진을 썩 떠나도록 하여라. 내 눈앞에서 사라지도록 하여라. 요사한 것들."

"……."

"어디서 무엇을 하며 굴러먹다가 이제 적소의 죄인을 홀리려고 왔다더냐? 그 애 몸에서 썩은 고기 냄새가 나는데, 넌 왜 나를 우롱하는 거냐?"

"나으리, 그 그게 아 아니오라 … ."

인고가 땅바닥에 풀썩 주저앉아 머리를 조아렸다. 울고 있는 게 아니고 눈빛을 안으로 모아 뭔가 묘안을 골똘히 다듬고 있다.

"그럼 뭐냐? 내게 냉큼 바른대로 아뢰어라."

"저 … 소인의 비천한 딸은 사바세계를 등진 적은 없는 줄로 압니다. 그저 사판승의 양녀로 지혜의 눈을 뜨고 있는 줄로만 압니다요, 나으리.”

“양녀?”

“예, 제 일신의 현안을 얻으려고 그랬을 뿐 불가와는 인연을 안 맺었다고 합니다. 소인도 그 점은 알고 있습니다.”

“그럴 수도 있다더냐? 모를 일이구먼.”

얼어붙었던 정도전의 맘이 한 가닥씩 스르름 녹아난다. 턱없이 오해하고 분개하였던 자신에 책망이 일고 안쓰러움이 얼굴을 붉히게 한다.

“그렇더라도 이 적소 부근에는 얼씬 않도록 하여라. 나주목의 눈이 이곳을 떠나지 않고 있는데 여색이 드나든다면 나는 정말 죄인으로 몰려 효수를 면치 못할 것이다.”

말이 좀 지나친 듯하였지만 정도전의 성격은 그렇게까지 하지 않고 못 배긴다.

인륜을 어긴 죄인이 적소 안의 죄인보다 몇 곱절 더 무거운 죄인임을 정도전은 누구보다 잘 알고 있다. 이 왕조하에서 죄악시하지 않는 불륜의 초두初頭도 정도전에게 큰 죄악으로 여겨질 따름이다.

인고가 분부대로 따를 것을 맹세하고 자리를 물러갔다.

뜰아래에 아무도 없는 줄 그도 익히 알고 있지만, 마치 인고가 큰 고집을 피우며 버텨 있는 것만 같은 착각에 오래도록 사로잡혀 있었다. 차라리 좀 그래 주었으면 싶은, 까닭이 분명치 않은 생각도 어렵잖게 들었다.

아까운 애였다. 노비라는 굴레가 씌워졌던 애였기 때문에 장래는 암담하고 현실은 암울하다. 티 없이 맑은 얼굴에 찍혀진 낙인은 소윤을 오래도록 놔두지 않는 모양이다. 적어도 베 2백 필은 받을 수 있는 그들 부녀父女를 자유로운 몸으로, 양민良民의 신분으로 올려준 이면에는 어리고 착한 소윤의 장래가 가련해서이기도 하였는데 이렇게 자라서 곁으로 가까이 찾아와 심중을 어지럽히니 정도전도 맘의 갈피를 잡지 못한다.

지금 적소에 잡힌 몸만 아니라도 비첩婢妾으로 가까이 두고 싶은데, 경복흥 일당의 엄명을 받은 나주목에서 정도전을 곱게 놔줄 리가 없기 때문에 혀를 깨무는 아픔을 씹으며 멀리 하여야만 되었다.

천 리 길을 멀다 않고 달려온 소윤이었다. 그녀는 하마나 나으리를 알현할 기회가 다시 있을까 하고 기다렸다. 해가 지고 밤이 깊어도 인고는 그림자도 나타내지 않았다.

바싹바싹 애가 말랐다. 무슨 기별이라도 있어야 하는데 꿈쩍을 않아 그녀의 기다림은 애처로운 병처럼 뵈기도 한다.

아버지 인고가 아무렇게나 소식을 주어 이리로 불러 내린 게 아닐 것이다. 인고의 몸이 노경의 병약으로 견뎌내기 힘든 까닭에 딸의 손을 빌리기 위해 부른 것도 필경 아닌 것이다.

소윤이 보기에도 하루 이틀쯤 쉬고 나면 쾌유할 몸살 정도인데 궂은 물 더운 바람에 단련된 몸이 그까짓 병고에 지쳐질까.

그럼 뭘까? 나으리께 말씀을 올렸고 나으리의 허락과 보살핌이 있었기에 칭병을 핑계로 소식을 준 것이 아닐까?

소윤은 그렇게 믿었다. 그렇게 믿으니까 나으리 소식이 한층 궁금해진다.

사흘 만이었다. 회진에 내려온 지 닷새가 되는 날, 오후 늦을 무렵 인고가 소윤을 찾아왔다.

축 늘어진 어깨가 소윤의 맘을 얼어붙게 한다.

"개경으로 올라가거라. 이 아비가 어리석었다."

"… 왜요? 아버지."

"우린 노비가 아니었나."

소윤의 가슴이 철렁 내려앉았다.

"나으리가 그런 분이시던가요, 아버지?"

"……."

"아니지요? 좋은 분이시지요?"

소윤이 꿀 먹은 벙어리처럼 대꾸를 못하는 인고의 팔을 잡아 흔들며 다그쳤다.

"네가 그냥 보고 싶었던 모양인데, 혹시 중놈의 비첩이 아니었나 하고 의심하시더라."

"그래서요?"

"아니라고 하였지. 중의 양녀로 들앉았었다고 거짓말을 하였어."

"그랬더니요?"

"기분이 좀 풀리시는 것 같더라."

휴우, 소윤은 저도 모르게 마른 숨을 길게 내뿜었다. 사그리 무너져 버릴 것만 같은 기대가 한 가닥 남아 있었던 것이다. 그녀의 눈가에 작은 이슬이 맺혔다. 기쁨에 겨운 눈물이었다.

인고는 그런 딸을 물끄러미 바라본다.

"이젠 됐어요. 나으리의 마음을 알았으니 이대로 앉아 죽는대도 한은 없을 거예요. 아버지!"

"응?"

"언제쯤 그분이 절 찾을까요?"

"그만 올라가거라. 유배생활이 풀릴 때까지는 어려울 것이 아니겠느냐?"

"어려워요?"

"생각을 잘 해서 처신해라."

인고는 무뚝뚝하게 잘라 말하고 방을 나섰다.

"아버지 잠깐만."

돌아서 나가는 인고를 뒤따라 나간 소윤이,

"언제 또 오실래요?"

매달리듯 하였더니 인고는 딸의 얼굴을 가만히 쓸어주고는 손을 뿌리치고 어둠 속으로 사라졌다.

충격이 이만저만 아닌 인고의 행동이었다. 소윤은 그래도 인고가 들려준 정도전 나으리의 맘이 좀 풀렸다는 그것에 기대를 걸고 기다렸다.

하마나 올까 하던 인고는 열흘이 지나도록 나타나지 않았다. 부녀지간의 정마저 끊고 상전의 뜻을 따를 인고로 보지 않고 소윤은 기다렸다. 좋은 소식 궂은 소식을 마다않고 전해주기를 기다렸다.

황국이 시들어 땅속에 묻히고 하늘이 뿌옇게 바람을 맞는 계절이 돌아왔다. 주위에서는 겨우살이 채비에 분주한 사람들이 오갔다.

소윤은 생각다 못해 야음을 틈타서 정도전의 오막살이를 찾아 나섰다. 불이 꺼진 초옥이 정적에 무겁게 싸여 있었다. 길섶의 마른풀이 바람에 부대끼며 칼날 같은 소리를 낸다.

"딸자식도 자식인데 …. 자네에게는 금은보화만큼이나 귀할 텐데 돌봐주지 않는가?"

마당가 쪽으로 가까이 다가갔더니 안쪽으로부터 정도전의 부드러운 말소리가 들려왔다.

그녀는 나무둥치 뒤에 몸을 세우고 귀를 기울였다. 바람 소리가 귀찮도록 시끄러워도 말소리는 분명히 들렸다.

"더러운 놈에게 귀한 자식이 어딨습니까, 죽지 않았으면 살았겠지요."

인고의 말에는 다분히 물기가 배 있었다.

"불원천리 먼 길을 찾아온 자식인데 …. 참 양부한테서 성姓은 받았느냐?"

"나으리께서 …."

"아, 그랬던가."

"전全가로 정해 주시지 않았습니까요."

'그랬던가, 전소윤 ….'

소윤의 가슴은 쿵덕방아처럼 뛰었다.

나으리의 맘속은 가마솥처럼 넓고 뜨겁다. 앞으로 나아가 그의 품에 안기고픈 충동이 쉴 새 없이 일었다. 한발을 떼려고 안간힘을 쓴다. 발이 천 근 무게가 되어 꼼짝할 수가 없었다.

간신히 바람에 날려 넘어지듯 그 자리에 풀썩 주저앉았다가 일어나 마당가로 나갔다.

말소리가 뚝 그쳐졌다.

"나으리, 소윤이옵니다."

의혹에 찬 두 사람 앞에 소윤은 나지막이 뇌었다.

"이 밤중에 웬일인가?"

"달이 밝기에 혹시나 하여서."

"벌써 보름이던가?"

구름 사이에 가렸던 달이 슬그머니 얼굴을 빼내어 마당 위에 나선다. 달빛을 받은 소윤의 모습은 선녀의 모습 그대로였다.

정도전은 넋을 놓고 그녀를 바라보고 있었다.

"그만 가보아라. 여긴 아무 탈이 없다."

인고가 딸을 나무라며 돌려세운다.

정도전은 그제야 정신이 퍼뜩 돌아와 자세를 바로 고쳐 앉았다.

"무엄한 일이구나. 여태 네 여식을 돌려보내지 않고 무얼 꾸물댔느냐?"

얼굴을 하얗게 굳힌 정도전이 불호령을 내렸다.

"나으리, 죽을죄를 지었습니다."

"곤장을 맞기 전에 당장 내쫓아라. 내 비록 죄인으로 적소에 묶였긴 하였지만 너희들의 곤장쯤은 칠 수가 있다."

정도전이 방문을 탁 닫아걸었다. 그리고 눈을 감고 꼿꼿이 앉아 고르지 못한 숨을 할딱거렸다.

소윤이 치솟은 설움을 참지 못해 애절한 울음을 터뜨리며 마당에 엎드려버린다. 여인의 애절한 울음이 바람결에 날려 멀리까지 퍼져간다.

인고는 그런 딸애의 등을 어루만지며 함께 눈물을 찔끔거렸다.

"진즉 내 말을 들었음 이런 일이 없었지 않느냐. 널 이대로 내버려둔 나를 원망해야 옳은지 너를 원망해야 좋을지 모든 게 원망스럽다."

"나으리, 소녀를 죽여주십시오. 소녀를 가엾게 살피시고 선처해 주옵소서."

"……."

안쪽의 정도전은 대꾸가 없다.

"어서 일어나거라. 이 길로 바로 개경으로 올라가거라. 이 아비 걱정일랑 말아라. 나으리가 적소에서 풀려나시면 함께 개경으로 올라가마. 내 죽을 때까지 나으리를 모실 테니 네 한 몸이나 잘 돌보아라."

"아버지!"

소윤이 인고의 가슴팍에다 얼굴을 묻고 다시 흐느낀다.

북행길은 쓸쓸하였다. 산야가 하얀 눈으로 뒤덮인 북행길을 나서는 소윤의 마음은 눈물로 흥건히 적셔져 있었고 얼굴은 눈덩이처럼 차고 하얗게 바래져 있었다.

그녀는 나주목의 외곽을 벗어날 때까지 말도 없었고 표정도 변하지 않았다.

“나으리, 소녀를 너그러이 받아주옵소서. 천리 북향에서 나으리를 위해 독경을 외고 있으렵니다. 다시 만나 뵐 때까지 귀체무후하옵소서.”

길섶의 하얀 눈이 깔린 바닥에 엎드려 정도전이 있는 곳을 향해 절을 하였다.

그녀는 북을 향해 돌아섰다. 걸음이 떼어지지 않았다. 이 길이 어디로 가야 할까 막연한 것이다. 당장 숨을 끊고만 싶은 절절한 가슴을 안고는 어디에도 못 갈 것 같았고 가고 싶지도 않았다.

천 리 길이 멀다하지 않고 찬바람 마시며 달려간 분이었다. 지척에 두고도 말 한마디 나누지 못하고 몰려나듯 돌아서 버렸으니, 이제는 노구에 지친 아버지와 인연을 멀리하듯 그분과 헤어진 몸이 되었다.

이제는 이 세상 어디에도 인연을 달 사람이 없다. 개경 그곳으로 올라간대도 백사白蛇 같은 박천이 기다리고 있을 뿐이었다. 박천 말고는 아무도 없다. 그녀가 찾아가 기댈 사람조차 없는 것이었다.

눈바람이 양 볼을 매섭게 치고 손발을 마비시키고 있다. 소윤은 추위를 이기지 못해 길가의 움푹한 곳을 찾아가 바람을 피한다. 햇살이 비치다간 숨어 버리고 숨었다간 비친다.

“너무 추웠던 모양이구먼….”

전신이 녹아나는 통증에 눈을 떴다. 난생 처음 대하는 것들이 희미한 윤곽을 갖고 소윤의 눈앞에 어른거렸다. 흙바름한 벽에는 빈대 피가 굳어진 채 얼룩덜룩하고 수염투성이의 비쩍 마른 노인이 소윤을 내려다보고 있다.

"어디지요, 여기가?"

"동사凍死할 뻔하였소."

"예?"

"푸근히 쉬구려. 내가 시중을 들리다."

따뜻한 미음이 소윤의 마른입을 녹인다. 양지바른 그곳에서 깜박 잠이 들었다간 추위에 쓰러진 것이었다. 피로와 시장기를 이기지 못한 데다 추위마저 성가셔 그리된 것이다.

소윤은 의아로운 눈으로 노인을 멍청히 살핀다. 의로운 데만이 아니라 어질고 깊은 데가 있어 뵈는 노인이었다.

"어디를 다녀오는 길이오? 내 보아하니 덕목德目이 예사 아니신 분인데 … ."

"……."

"말하기가 어려운가 보군요. 먼 길을 갈 때는 천기를 잘 살펴야지요. 추위에 군신君臣이 따로 있소?"

"며칠 쉬었다가 날이 풀리거든 떠나시오. 북으로 올라갈수록 날씨는 더 짓궂다오. 개경으로 가시는가?"

노인의 눈이 스르름 감기는가 하였더니 활짝 펴진다.

"네."

그녀는 저도 모르게 대답하고 만다.

"어지러운 개경이지. 요 가까운 회진에 밀려난 현자賢者가 한 분 계시지요."

"아니?"

소윤의 놀라 무심결에 헛말을 뱉어버렸다. 삼봉 정도전의 소식이 삼한의 구석구석 은자들에게까지 퍼져 있는 데에 놀라지 않을 수 없었다. 개경 안에서라면 눈들이 빤해 자칫 궁지에 몰리기 쉬운데 한적한 적소 부근이면 그렇지 않으리라 하였더니 너무 어리석은 생각에 불과하였다.

소윤이 놀라는 모양을 노인은 흐린 시선으로 물끄러미 훑는다.

"이 삼한 천지가 언제부터 소용돌이 속에 빠졌는지 모르겠다. 몽골의 발굽이 스친 뒤부터인데 … 오랑캐 놈들!"

노인은 아무렇게 지껄이고 혼자 화를 내었다.

"색시는 내가 보아하니 대단한 덕목을 타고난 복녀福女며 길녀吉女요. 어지러운 세상만 아니었으면 낭군이 크게 덕을 입을 것 같소이다, 허허허 … ."

노인의 두서없는 말에 소윤이 어안이 벙벙해진다. 세상이 싫어 깊이 묻혀 사는 은자들이 이곳인들 없으란 법이 없지만 노인을 만나게 된 것은 실로 뜻밖이었다.

"세상이 어지러우니 덕이 무엇인지 인仁이 무엇인지 … 고얀지고… ."

노인은 그 말을 마치곤 소윤의 눈치를 슬쩍 살핀다.

소윤은 불안해서 그대로 있을 수가 없다. 마치 몰래 물건을 훔치다가 들켰을 때의 기분 그대로였다. 멀지 않은 곳에서 삼봉과의 관계가 노출이 된다면 곤욕을 당하지 않을 수 없을 것 같았다.

멀리 떠나는 소윤이야 별것 아니지만, 회진에 묻힌 삼봉은 발 빼기가 어렵다.

소윤은 노인의 눈이 그녀의 깊은 가슴을 파고들기 전에 몰래 집을 빠져나오리라 하였다.

나그네들

참으로 길고도 지루한 2년여의 유배생활이 끝났다. 그의 길지 않은 40여 년의 생애에서 이처럼 역겹고 지루한 생활은 일찍이 겪지 못하였다. 세월이 고되고 지루해서라기보다는 너무 어처구니가 없었던 것이다.

정도전을 적소로 유배시킨 개경의 권신들은 아직도 세상을 주름잡고 거들먹거리고 있다. 그들이 좀더 어지러운 나라와 가난한 백성을 염려하는 형안炯眼이 있었더라면 정도전을 훨씬 앞당겨 죄를 풀고 중앙의 중책을 맡겼을 것이다.

그러나 2년여의 유배생활 만기가 차도록 중앙에서의 소식은 없고, 고작 춘궁기의 보릿고개를 넘기는 배고픈 신음 소리와 왜구의 침탈에 가족을 잃고 통곡하는 사람들의 애간장을 녹이는 울음소리만이 그의 귓전을 때리고 적셨다.

'장차 이 일을 어떻게 할까.'

정도전은 피를 토하는 한숨을 휘며 회진을 떠나 고향 영주榮州를 향해 길을 재촉하였다. 당장 개경으로 올라가고픈 충동에 사로잡혔지만 아직도 죄인으로 몰 생각으로 활동에 일부 제약을 두는 경외종편京外從便이 그의 발목을 비끄러매어 개경에는 얼씬도 못하게 하였던 것이다.

너무한 처사였다. 같은 친명반원親明反元 때문에 언양으로 유배를 떠난 포은 정몽주는 1년 만에 중용되었다. 그는 사람을 잘 만나서 그런지, 아니면 때를 잘 맞춰내서 그런지 출세에 구김살이 별로 없이 잘도 나갔다.

이번 일만 해도 그랬다. 정몽주는 일본 규슈지방의 사자使者로 임명되어 현해탄을 건너가게 되었던 것이다.

왜구의 침탈은 계절과 지역을 가리지 않고 일어났다. 북의 원과 명 두 세력과의 선린 교의관계에 온 국력을 기울여야 할 판에 남으로부터 왜구의 침입이 잦아 조정은 영일이 없었고, 무찌르면 침입하고 죽이면 또 다시 나타났다. 생각다 못해 금구禁寇를 요청하는 사신을 규슈지방의 탐제探題 앞으로 보냈다.

그러나 사자로 갔던 나흥유羅興儒는 규슈지방의 탐제 이마카와今川了俊에 의해 감금을 당해 거의 굶주려 죽을 뻔한 곤경에 빠졌다. 포은이 나흥유가 이루지 못한 금구를 해결하기 위해 일본에 파견되었던 것이다.

친명을 부르짖던 유학자들의 대부분이 적소에서 풀려나고 재등용되는 등 재기의 기미가 엿보이는데도 정도전에게는 어떤 기별도 내려오지 않았다.

그는 고옥古屋을 대강 손질하고 조상의 산소를 돌보는 것으로 일과를 삼으며 하마나 하는 기대 속에서 세월을 보냈다.

정도전의 학문의 깊이를 익히 아는 전국의 학자들이 먼 길을 쫓아 모여들었다. 정도전은 그들을 맞아 학문에의 길로 들면서도 재등용의 기대는 저버리지 않았다.

조상의 산소를 보살필 때는 이제 모든 것이 다 끝장이 난 것으로 체념까지 하는 것이었다. 그도 그럴 것이 개경에서 내려왔다는 한 선비가 전해준 소식은 그가 품었던 기대의 밑바닥까지를 뒤집어버리는 놀라운 소식이었다.

명明의 연호를 쓰다 원元으로 기울어진 국책이 원의 연호를 다시 쓰기 시작한 것이 작년 2월부터였는데, 금년 9월부터 다시 홍무洪武를 쓰기 시작한다는 것이었다. 이인임의 친원정책에 쐐기가 박히고 중원의 명을 가까이 하려는 세력의 대두를 뜻하는 것이었다. 그런 판인데도 정도전을 다시 불러들일 기미는 보이지 않았다.

목은 이색이 야속하게 보였다. 사부師父라고도 할 수 있는 그가 제자를 영주의 벽지에 내버려 둔 채 돌아보지 않는 태도가 한없이 원망스러웠다.

그는 생각다 못해 목은과 포은에게 글발을 띄워 보내기도 하였다. 작년 이맘때에도 사람을 중간에 넣어 교섭을 벌인 적이 있었지만 그때의 조정 형편이 정도전을 돌아볼 만큼 조용하지 않아 시기적으로 부적합하였던 것이다.

서찰을 쓰고 띄우면서 정도전은 목은이 너무 지나치다는 생각을 거듭거듭 하였다. 결코 그렇듯 무관심할 수가 없을 터인데, 또한 포은도 마찬가지였다. 그에게 《맹자》를 보내준 우의를 이번에는 전혀 보이지 않는 것이었다.

"나으리, 개경서 소식이 왔습니다."

새해가 머잖아 다가올 선달 하순경 인고가 뜰아래에서 서찰을 들고 서 있다.

정도전은 맨발로 뛰쳐나가 서찰을 앗아 쥐었다. 목은이 보낸 것이었다. 그러나 피봉을 벗기고 절반을 읽던 정도전이 서찰을 우악스럽게 쥐어뜯으며 이를 북북 갈았다.

… 이미 조정 안의 중신들은 삼봉에 관해 생각하는 바가 깊은 줄 아오. … 내가 일찍이 삼봉을 두고 일컬었듯이 삼봉의 강론은 포은을 능가하고 있소. 아울러 저술은 도은陶隱을 넘어서고 미언微言·고조古調는 당대의 거벽巨擘이라 감히 다투어 나설 자가 없는 바이오.

이것은 삼봉의 학문적 깊이를 두고 일컬음이지만 그에 한걸음 더 나아가 보면 관에서 종사할 때의 삼봉은 맡은 바 소임을 꼭 하고야 말았으며, 일을 당하여서는 피하려 하지 않았고 일을 찾아 나서는 용기와 신념이 굳었는데, 내 이를 어찌 감탄해 마지않지 않았겠소.

삼봉 같은 인물이 필요한 현금의 조정 안 형편이며 이 나라의 운명이오. … 그러나 삼봉은 많은 적을 갖고 있소. 조정 안의 중신들은 아직도 그때 삼봉의 언설言舌을 잊지 못하고 있소.

세상사란 결함을 파헤쳐 스스로 고치도록 하는 어진 스승보다 결함을 묻어두고 추종하는 아첨배가 잘되도록 돼 있나 보군요. … 나 역시 이런 세상을 등지고 초야에 묻혀 주경야독晝耕夜讀의 생활을 하고픈 생각이 하루를 두고도 몇 번씩 간절할 형편이니 이 안타까움을 어디다 하소연을 하겠소.

개경행이 가망이 없음을 뜻하는 목은의 서찰 내용은 정도전으로 하여금 여태껏 품었던 웅지雄志와 행여나 하는 기대의 밑 부분을 송두리째 뭉개버리는 결과가 된 듯하였다.

'많은 적을 두고 있다.'
'언설이 지나쳐 상대로부터 감정을 사고 있다.'
'을묘乙卯년의 유배생활은 정책대립에서 빚어진 결과가 아니라 감정에서 비롯된 형벌이었다.'

이 3가지의 지적이 정도전의 가슴을 미어지도록 아프게 하였다. 너무나 정도전의 됨됨이를 모르는 지적이었다. 언제나 말했듯이 대의大義를 위해서는 수단과 방법을 가리지 않아야 하는 것이 대인의 할 바라 할 수 있다. 일신의 안일과 영광을 위하여 사위四位의 눈치를 살펴 원만한 중용의 길을 택함은 기회주의자의 넋두리에 불과하다.

넋두리를 밥 먹듯 되씹는 무리가 조정을 지키는 한 이 왕조의 장래는 암담할 수밖에 없지 않는가? 권신들, 특히 이인임·이성림·염흥방·임견미 등은 이에 역사가 지적한 넋두리 패거리들이어서 하루라도 서둘러 불러가도록 하여야 할 것이며, 그 뒤를 이어 최영·이색 등이 대권을 쥐고 조정 안의 썩은 부분들을 도려내어 일대

수술을 단행해야 한다.

정도전은 여태껏 그렇게 믿었으며 그러기를 바라고 있었다. 그런데 이제 보니 목은 이색도 마찬가지다. 그도 눈치작전으로 제 한 몸을 보살피기에 여념이 없다. 학문은 언제 닦고 백성은 언제 살피느냐.

백성의 고달픈 생활을 외면하고 죽술연명의 역겨운 생활을 피부로 느끼지 못하고 무엇을 한다고 조정 안을 어정거리며 녹봉을 타먹고 있나.

뽀드득 이를 가는 소리가 천장을 울린다. 목은이 정말 이래 서운히 나올 줄이야.

정도전은 그 길로 사당에 나아가 선조들의 혼백 앞에 읍하여 예를 올리고는 곧장 봉화로 올라가 선산을 살폈다.

나란히 엎드린 네 쌍의 봉분은 정도전의 선대 조상의 무덤이다. 권문세가의 무덤에 비하면 초라하기 짝이 없지만 봉화 일대의 여느 무덤에 비하면 격식을 갖추고 있다.

그는 일찍이 이 무덤을 찾아 봉분을 쓰다듬으며 윗대 조상들이 이루지 못한 염원을 필경 풀어드리리라 하였다.

고조부 · 증조부 · 조부 그리고 부친, 이들 윗대 어른들은 뜻은 깊고 넓었으나 한 번도 큰 빛을 보지 못한 채 이승을 떠났다. 5대조 대에는 벼슬이란 염두도 못 내고 향리鄕吏들의 질시 속에 시달리는 평범한 전호佃戶에 불과하였다.

그들 가계의 시조始祖가 되는 공미공公美公은 만년에 봉화현奉化縣

의 호장戶長 직을 얻어 비로소 양인良人이 되었다. 하잘 것 없는 향리鄕吏에 불과하였지만 여태껏 남의 땅 조각이나 부쳐 먹던 전호로서는 대단한 직위였다. 소싯적 안동부사安東府使의 휘하에서 희귀한 공물을 바치는 등의 신임을 쌓고 약초 따위로 중앙관서의 밀직사들과 교분을 텄던 것이 계기가 되었던 것이다.

그는 우선 성姓부터 얻어 봉화를 원 고장으로 한 정鄭 씨 성을 주도록 소원하였다.

향역을 벗어나기를 염원하던 그는 아들 영찬英粲 대에 이르러 겨우 바람이 이뤄졌다. 하급산직下級散職에 불과한 비서랑동정秘書郞同正은 실직관리가 아니었지만, 양반 신분을 획득한 셈이 되어 정 씨 가문으로 볼 때는 일대 비약이 아닐 수 없었다.

일취월장의 기세를 탄 집안은 정도전의 조부祖父 균均에 이르러서는 종삼품從三品 위계에 드는 검교군기감檢校軍器監직을 얻기까지 하였다. 이것 역시 실직관직이 아니어서 전호의 굴레를 완전히 벗어버리지 못하였다.

그러나 아버지 운경云敬 대에 이르러 이 집안은 꽃을 피우기 시작하였다. 그는 진사시에 급제하여 서리胥吏를 거쳐 형부상서荊部尙書 보문각 제학寶文閣 提學 상호군上護軍 직에까지 이르고 선정을 베풀어 양리전《高麗史》〈列傳〉의 "良吏傳"에 등재되기도 하였다.

정도전 대에 드는 사대의 조상들이 가문을 반석 위에 올려놓기 위해 닦은 시련의 길은 정도전을 늘 채찍질하였고, 조상들이 겪었던 가난과 치욕의 내력을 씻기 위해 그는 이를 악물고 학문에 진력하며 개경을 향해 발돋움을 열심히 하였다.

그러나 아버지 운경 대에 이르러 있었던 가계家系 안의 불순한 피는 정도전의 가슴을 서느렇게 식히기도 하였다.

일찍이 어머니를 여읜 운경은 이모姨母 댁에서 자라 우연禹淵의 딸과 정혼을 하였다. 운경의 장모 되는 김 씨는 아버지 되는 김전金戩이 사노私奴 수이樹伊의 처와 불륜의 관계를 맺어 얻은 딸이었다. 김전은 몰래 그 딸을 자기 양녀로 삼아 기르다가 우연에게로 출가시켰다. 거기서 난 딸이 정운경과 정혼을 하고는 정도전 등 4남매를 낳았다.

그 때문에 그의 가계 속에는 낙인처럼 찍힌 노비의 피가 흐르고 있었으며, 세상은 좀처럼 그 일을 잊어주려 하지 않았다. 다행히 외척外戚인 우현보禹玄寶의 집안이 이를 부인하고 있어 어려운 고비는 간신히 넘기고 있었다.

그 때문에 정도전은 윗대 조상들의 치욕스런 역정을 당대에 이르러서는 되풀이하지 말아야 한다며 입신立身의 외길만을 향해 학문을 닦고 능력을 길렀다.

그런데 이제는 다 틀렸다. 틀린 거나 진배가 없다.

"더러운 녀석들. 더 더러운 녀석들. 어디 두고 보자."

정도전은 어금니를 깨물고 주먹을 꽉 쥐고 부르르 떨었지만, 영주의 고옥에 묻힌 지금으로는 어쩔 수가 없다.

그는 학당學堂: 사랑방에 모인 문사文士들과 젊은 유생들을 마주 대하고 있을 때도 개경의 권신들에 대한 저주와 분노가 불길처럼 일었다.

거듭 생각을 더듬어도 5대조 이전으로 돌아갈 것만 같은 것이다.
'이 노릇을 장차 어떻게 하나? 포은, 포은 정몽주를 한번 찾아봐? 그 친구 지금은 일본의 규슈에 가 있지.'

그 무렵 포은은 규슈의 탐제로부터 융숭한 대접을 받고 있었다. 그의 달변과 강론에 감복한 나머지 감금해 두었던 전사자煎使者 나 홍유를 풀어주고 왜구의 고려 침탈을 않겠다는 확약을 주기에 이르렀다.

탐제는 그에 그치지 않고 포은을 융숭히 대접하여 명산 명승지를 유람하도록 편의를 봐주었다. 견여肩輿를 타고 명소 명승지에 나서는 그의 옆에는 수많은 승려들이 몰려와 시문으로 화답하기를 즐겼다.

정도전은 포은의 소식을 듣고 혼자 화가 동해 발을 굴렀다.

삼복의 더위도 가셨다. 모기의 날개 소리가 애처롭게 들리는 8월이 가고 오곡이 누런 빛깔로 익어가는 가을이 저무는 날 정도전은 얼큰히 취해 있었다.

문밖에서 똑똑똑똑 … 목탁 두드리는 소리가 귓전을 미미하게 울렸다. 막 낮잠이 들려던 정도전은 무엇에 놀란 사람처럼 후딱 몸을 일으켰다.

"거 밖에 누구길래 이래 요사스런 소란을 피우는가? 썩 물러가지 못할까?"

정도전은 밖에 대고 깨질 듯 날카로운 소리로 꾸짖었다.

"똑똑똑똑, 나무관세음보살 아미타불 … ."

정도전은 발길질로 문을 박차고 몸을 내밀었다. 50객의 불승이 바로 문 앞까지 다가와 목탁을 치며 독경을 하고 있었다.

구역질이 와락 치밀었으나 정도전의 내침에 동요하지 않는 여유와 침착성에 의외라는 느낌을 받으며 물러가라고 손짓으로 명령했다.

"삼봉 선생, 소승은 여쭐 말이 많아 찾아왔소이다."

"무슨 얘긴가?"

"소승은 부석사에 승적을 둔 승 찬영粲英이온데, 소승과 말씀을 나눌 윤허를 내리시려는지 … ."

"그냥 서서 얘기하시오."

삼봉은 무뚝뚝하게 거절하였다.

"아미타불 관세음보살, 똑똑똑똑 … ."

"이보게 불승, 나는 알다시피 불교라는 그 허실虛實을 비판한 사람일세. 어찌 황당무계한 허실로써 나를 홀리려 하는가."

찬영은 삼봉을 똑바로 건너보았다.

"삼봉께서는 고성固城의 요민妖民 이금伊金의 얘기를 들으셨구먼요. 석가불이 될 수 있다며 착한 백성을 꾀어내어 금품을 수탈하고 사리를 채우는 이금이를 말입니다."

"이금의 말이나 석가의 말이나 모두 황당무계한 것이거늘 내 어찌 그대의 말이라고 듣겠으며 믿겠는가. 허튼소리다. 그만하고 멀리로 물러나오."

"어째서 그토록 자신을 갖고 속단하시오!"

찬영이 대들 듯이 정도전 앞으로 다가섰다.

"불교는 실체에서 시작하여 허실로 끝난다. 심心과 이理가 별개의 것으로 화합을 못하니 어찌 믿을 수 있겠는가. 심과 신身이 인人과 물物이 하나로 관통되지 못하고 단절되니 어찌 사람이 믿고 기댈 수가 있겠나. 이금이 3월의 꽃을 지적한 것은 석가처럼 덜 현명하였기 때문일 뿐 석가의 타생사적他生事的 화술은 이금과 다를 바가 없는 것이야."

"……."

노기를 띠려던 찬영이 움찔하더니 천천히 발길을 돌린다.

얼빠진 녀석들, 이 조정이 어지러운 것은 불교의 허실에 현혹되어 바른 이理와 심心을 찾지 못하고 인人과 물物을 구분 못하는 데서 비롯되었다. 이 4가지는 각각 다르되 하나는 관통이 되어야 한다. 불교는 이 관통을 허망한 꾸밈으로 저해하고 그것들을 사死로 직결시키기 때문에 생生의 분야인 사직과 백성의 생활이 유리될 수밖에 없었다.

사람이 어떻게 부처가 될 수 있으며 부처가 어찌 사람들 사이에서 활보할 수 있는가. 그들이 활보할 마당이란 이승이 아닌 저승의 극락일 뿐이다. 그 극락을 가기 전까지는 어차피 이 세상 속에 묶이게 되는데 그동안을 허망한 염송만 일삼고 살아야 하는가.

배고프면 일해서 먹을 것을 만들고 피곤하면 잠자며 휴식을 취해서 피로를 풀어야 한다. 나무아미타불을 왼다고 배가 부르고 피로가 풀리는가?

정도전은 화가 머리끝까지 치밀어 엉덩이를 붙인 채 방안을 빙빙

돌았다. 이 요상한 것들, 이 더러운 것들, 재수가 없으려니 별 희한한 것들이 몰려와 지랄들을 하고 있다.

퉤퉤퉤엣!

정도전이 하도 요란히 떠드니까, 인고가 놀라 눈을 둥그렇게 뜨고 방 앞으로 쫓아왔다.

"나으리, 웬일이십니까요?"

"아 … 아무것도 아니다. 객귀客鬼를 쫓느라 그런다."

"객기요?"

"불승들이 뿌린 객기 말이다!"

정도전은 불쾌함을 씻을 길이 없어 이튿날 조반을 일찍 들고 봉화에 있는 조상들의 산소를 찾아 길을 떠났다.

그는 한사코 일행이 돼주겠다는 영천서 올라온 문하文夏라는 청년과 함께 시골길을 더듬어갔다. 부곡部曲을 얼마큼 떨어진 외딴 고갯마루 턱의 주막에 들렀을 때였다. 스물 예닐곱이 돼 뵈는 얼굴이 둥글고 얼굴빛이 노란 계집이 술상을 봐와서는 권한다.

정도전은 문하 뒤에 두 손을 모으고 선 인고를 함께 술상에 어울리도록 불러들였다. 술이 두어 순배 돌아 말랐던 목이 시원해지고 기분이 날개를 단 듯이 활짝 열려졌다.

"삼봉 선생님의 경세의 치도治道는 분명한데 그 실천에 있어 그르치는 일이 있을 듯하옵니다."

문하가 밑도 끝도 없는 말을 불쑥 내뱉었다.

정도전이 움찔 놀란다.

피어오르던 술기운이 싹 가시기도 하였다.

"선생님께선 이런 말씀을 하셨습니다. 오유吾儒의 학學은 안으로는 신심으로부터 시작하여 밖으로 사물事物에 이르기까지 근원에서부터 지류支流에 이르기까지 하나로 통관通貫되어 있다 하였습니다. 그와 아울러 오유吾儒의 학은 마음부터 시작하여 자신, 타인, 사물에 이르기까지 그 성性을 다하게 하여 관통하지 않음이 없다 하였습니다. 그런데 … ."

"그런데?"

"선생님께서는 모든 게 나에게서 응집이 됐을 뿐 타인에게는 관통이 되지 않습니다. 세상을 삶에 있어 나 아닌 제 2자, 제 3자를 살피는 형안炯眼이 있어야 하고 거기로 관통할 길을 알고 난 다음에 실천이 있어야 하는데 … ."

"실천이 없다는 말이냐?"

정도전이 볼멘소리로 다그쳐 물었다.

"예."

"예끼 놈! 네가 뭘 안다고 함부로 주둥아리를 놀리느냐. 감히 어느 앞이라고 내 학문을 왜곡 비난하느냐!"

정도전의 입에서 불길이 확확 뿜어져 나왔다.

"못난 놈들이 내 심정을 외면하기 때문이지 … ."

"아니올시다. 실천을 함에 있어서 사사로운 감정을 배격하여야 될 줄 압니다. 그러지 않고는 … ."

"입 닥쳐!"

정도전이 벌떡 일어나 술상을 뒤엎고는 황황히 고갯길을 내려간다.

인고가 놀라 그의 뒤를 좇는다.

그는 성묘를 집어치우고 그 길로 바로 학당으로 돌아와 문하의 짐을 정리하도록 하였다.

"내 일찍이 회진현의 거평부곡居平部曲에서 영주의 학당에서 뭇 백성들과 교유하며 그들의 아픈 가슴을 알고 있건만 오늘처럼 내 가슴이 아픈 것은 처음 겪었다. 어느 때건 나의 이 깊은 뜻을 알아줄 사람이 있을 텐데 긴 안목을 갖지 못한 우둔한 자가 어째서 나의 문하에 들어와 심성心性을 이토록 어지럽히는가, 고얀지고!"

포은 정몽주의 소식이 바람결에 날려 왔다. 개경서 내려온 젊은이가 삼봉 정도전을 찾아와 인사를 드리는 가운데 개경의 이모저모에 대한 이야기가 나왔다. 그중에서 포은이 규슈에서 이뤄놓은 업적은 그의 외교적 솜씨로 높이 평가하고도 남는다는 개경 안의 분위기가 정도전의 귀를 솔깃하게 하였다.

"그때 달가는 먼저 소문대로 불승들과 시문으로 화답하였다는 것이 사실이던가?"

달가가 불승들과 시문으로 화답하였다는 것은 아무래도 미심쩍어 그렇게 물었다. 그는 공맹지도를 신봉하는 유학자일뿐더러 석씨지도釋氏之道는 거들떠본 적이 없는데 불승들과의 대화라니 우스운

데다가 날조 냄새가 짙었던 것이다.

"그것이 사실입니다. 제가 봤는데 포은 선생은 요새 《능엄경》楞嚴經을 읽고 계십니다."

"뭣, 달가가 불서를 읽어?"

"예."

"믿을 수 없구먼."

정도전은 눈을 깜박깜박하였다. 요새는 믿기 어려운 일들만이 그의 주위로 몰려들고 있었다. 찬영이가 안 그렇나, 문하가 안 그렇나, 이제는 포은까지 그렇다.

정도전은 장탄식을 하였다. 얼이 빠져도 예사 빠진 것이 아니었다. 두 다리를 걸치는 재주가 곰처럼 능한 포은인 줄은 잘 알지만 불서에 심취해 있다니 변고치고는 난리가 터질 변고가 아닐 수 없었다.

"그래, 어느 정도이던가?"

"국사國師와 화답할 정도라 하옵니다."

젊은이는 아는 대로 거리낌 없이 알려주었다.

"세상 참 희한하구먼. 달가마저 이렇다면 큰일이야. 목은은 어떻던가?"

그것은 물으나 마나였다. 목은은 이미 오래 전부터 불서 속에서 그의 학문의 한 자락을 캐내어 보태고 있다. 정도전이 만류하고 비난까지 하였지만 불서 속의 오묘한 진리가 목은을 끌고 있어 그 속에서 빠져나오기는커녕 되레 깊이 빠져들고 있었다. 깊이 통찰할 사람이라면 지금쯤은 그 황당무계한 허실에 싫증을 느끼고 크게 깨

달아 불서를 버렸을 것이다.

"그분도 마찬가지입니다."

젊은이는 목은마저 정도전 옆에서 멀리 떼놓고 말았다.

"구미호에 홀렸어! 구미호에."

"예?"

"아무것도 아닐세."

밤잠이 오지를 않았다. 달가마저 잃는다니 … 그는 낙엽 떨어지는 소리를 들으며 붓을 들었다.

정 달하에게

이단異端은 날로 성행하고 우리 도道는 날로 쇠퇴하여 백성을 금수의 지역으로 몰아넣고 도탄 속으로 빠트리어 사해가 도도한 세력으로 흘러 종극終極이 없으니, 아아 슬프다, 누가 이런 사태를 바로 잡겠는가. 반드시 학술이 반듯하며 도덕과 지위가 일치하여 사람들에게 심복되어야 가히 바로잡을 수 있을 것이다.

… 비록 총명한 선비라도 그 공허하고 현묘한 데에 현혹되며 포악한 사람일지라도 그 복을 기뻐하고 화를 두려워하며 존경을 받들어 귀의하지 않는 이가 없어 인륜을 파괴하고 의리를 멸망하여 풍속이 무너지고 손상되어 가정과 재산이 파탄되며 부자父子가 헤어져 떠나니, 그 금수로 돌아감과 도탄의 괴로움 또한 과히 다하지 못하겠구려.

… 근래 왕래하는 말을 듣건대 나의 벗 달가가 《능엄경》을 보아 부처에게 아첨하는 것 같다고 합니다. 내 이를 이르기를 '능엄을 보지 않으면 어찌 그 말의 사곡邪曲됨을 알겠는가. 달가가 능엄을

보는 것은 그 병통을 잡아서 약으로 다스리려 하는 것이요, 그 불도를 좋게 여겨 정공精工하려고 하는 것이 아니다'라고 하였소.

그러고 나서 가만히 혼자 말하기를 '내 달가가 반드시 부처에게 아첨하지 않을 것을 보증하지만 사람들에게 심복하는 바가 되어 그 하는 행동에 사도邪道의 흥폐興廢가 매였으니 가히 자극하지 않으면 안 되며, 또 하민이라는 것은 어둡고 어리석어 고혹되기 쉽고 깨닫기 어려우니, 달가는 생각해야 한다'고 하였다.

나의 벗 달가,

삼가 이 글을 읽은바 깨우침이 있기를 바랄 뿐이다.

삼봉

그는 붓을 놓고 이 글을 읽은 뒤의 달가의 태도를 한번 그려보았다. 목은처럼 마이동풍으로 나올까? 그동안의 격조한 세월이 사람을 어떻게 달라지게 만들었는지 알 수가 없었다. 달가로부터는 아무런 소식이 없었다. 회신이 아니라도 한촌閑村에 묻힌 친구를 위한 안부는 한 줄 있어야겠는데 그런 것마저 없었다.

서운하기 짝이 없었다.

그의 기대가 점점 투명하게 밝아짐에 따라 촌로들과 어울리는 횟수가 잦아졌고 주막의 여인들과 어울려 희희낙락 소일하는 날이 늘어났다.

'소윤이!'

어느 때 그의 입에서 이 말이 불쑥 나왔다. 정도전도 놀랐지만 더욱 놀란 것은 하인 인고였다.

평범한 양인으로 전락된 지금, 소윤의 모습이 잠자리를 어수선하게 만들고 있어 정도전은 밤잠마저 설치게 되었다.

이제는 소윤을 멀리하여야 할 이유라는 것이 그의 주변에서 한 가닥씩 벗겨져 나가고 있는 것이다. 모든 것이 사그리 벗겨져 버렸을 때, 생각만 해도 끔찍한 노릇이었지만 만약 그리되었을 때 그는 부곡의 여느 촌로들처럼 사슴처럼 뛰놀고 돼지처럼 처먹고 소처럼 일하는 신분이 되고 만다.

그때 소윤이 곁에 있다면…. 정도전은 눈을 껌벅이며 그런 생각을 더듬고 그때의 모습을 그려보았다. 차라리 그렇게나 굴러먹을까? 세상 더러워지는 꼴을 보노라니 그쪽이 더 바람직할 것 같다.

'소윤이!'

개경의 관음사는 많은 비구니들이 사찰 내를 조용조용 오르내린다. 나이가 지긋한 비구니가 있는가 하면, 삭발 직전의 애송이 처녀애들도 있고, 높은 관직의 집안을 가졌던 양반의 후예가 있나 하면, 비천한 노비의 씨를 받은 탁발승도 있었다. 비구니 수가 많듯이 재물을 쌓아두고 불공을 드리는 보살의 수도 엄청나다.

소윤도 그들 중의 하나였다.

전생前生에 무슨 업보를 입었길래 이생이 이토록 고달파서 부처님의 자비로운 은총만을 기대하는지 그들의 탐스럽게 핀 모습을 보노라면 인생의 덧없음을 한층 절감하게 되었다.

소윤은 새벽의 불공을 드리고 나면 나머지 시간은 암자로 올라가 글을 익히고 싶은 명상에 잠긴다.

이 절간에서 소윤의 지난날을 아는 사람도 많지가 않다. 회진에서 돌아오던 길로 박천과 결별하고 바로 이리로 들어왔다. 박천의 보복이 있을까 봐 내거리 몸을 사렸지만 그는 눈알을 부라렸고, 부라렸을 뿐 비열한 행동 따위는 하지 않았다. 새로 생긴 비첩이 둘씩이나 되어 3, 4년간 단물을 빨아먹은 소윤쯤은 안두에도 없었던 것이다.

소윤이 다른 사람의 비첩으로 돌아섰더라면 쓰디쓴 배신감에 치를 떨었을 것이고, 불같은 질투심과 끈질기게 입안을 적시는 미련이 필경 해코지를 하지 않고는 못 배겼을 터이지만, 소윤은 관음사에서 전생과 이생의 더러운 업보를 씻으려 하고 있다. 이제 불가에 귀의하는 절차만이 남아있다.

"공산空山 스님, 안에 계시나요?"

암자를 오르는 외지고 꼬불꼬불한 바윗길을 오른 소윤은 이마에 송이송이 밴 땀을 씻으며 암자 앞뜰 위에 서서 안쪽에 대고 스님을 찾는다.

언제나 방문이 꼭 닫힌 채 거동이 별로 없는 그 방은 공산 스님이 기거하는 방은 아니다. 그분의 여동생 되는 젊은 분이 쓰고 있는데, 공산 스님은 일이 없을 때는 주로 이 방에서 시간을 보내고 있었다.

"뉘시오? 오, 소윤이구먼. 어서 들게나."

방문이 열리며 공산 스님이 반가이 맞아준다.

"들어가도 괜찮을까요?"

수심이 잔뜩 서린 소윤은 얼굴 들기가 안쓰러워 다소곳이 숙인 채 공산의 대답을 기다린다.

"불승에게 그러는 법이 없다오. 어서 들어오시오."

"손님이 계신데?"

안으로 들어갔다.

안쪽의 여인은 경내에서 여러 번 얼굴을 마주쳤던, 낯이 익은 편이었는데 수인사를 차리지 않아서 아직도 거리는 멀다.

스물 너덧 살이 돼 뵈는 나이에 용모가 뛰어난 여인이다.

소윤의 아름다움이 복사꽃에 비한다면 이 여인은 모란에 비유된다. 아니 연꽃이랄 수가 있다. 잘 가꾸어진 모습이 때에 따라 더욱 돋보이게 한다. 하지만 소박한 아름다움이 소윤에 비해 모자라는 게 탈이다.

소윤은 그런 그녀 앞에서 추한 자신의 내력이 자꾸만 되살아나 머릿속을 혼탁하게 만들었다.

"무슨 일이길래 이러나?"

이생의 번뇌망상煩惱妄想을 만나 혼자 힘으로 이기지 못할 때는 으레 공산 스님을 찾았는데 이제 그게 버릇처럼 돼버려 무료할 때도 발길이 절로 이리로 놓여졌다.

"내가 너무 서둘렀나?"

소윤이 쓸쓸하게 웃는다.

"머리를 깎을까 해서…."

들릴 듯 말 듯 나지막이 그러나 또박또박 박아 말하였다. 그리고는 고개를 푹 꺾어버렸다.

"소윤이가? 무슨 일로?"

"그저 … ."

그녀는 회진의 적소謫所에 있을 정도전을 생각했다. 이제 모든 게 다 틀려버렸다.

"모를 일이로군. 어서 이 경내를 빠져나갈 생각은 않고."

공산 스님은 그 말을 하며 뒤에 앉은 여인을 돌아봤다. 그녀 역시 소윤처럼 고개를 숙여버린다.

"이생의 업보가 얼마나 가혹하였길래, 장도가 만 리 같은 젊은이가 이 지경이 되었나."

공산 스님이 한숨을 크게 쉬었다.

권문세가의 중신들이 골육상잔의 피를 흘리듯 대권을 마구 휘둘러 흘리는 죄악의 피는 예성강이 넘칠 지경이다. 그렇지 못한 가난한 농민의 자식이 무슨 피를 흘리게 하였을까. 그들의 제물이 되어 어지러운 세상을 어렵게만 살아온 사람이 아닐까.

비천한 신분으로 남의 박대를 받는 것도 애처로운데, 가난에 찌들려 호구해결에만 급급한 형편에 죄를 지을 겨를이 어디 있나. 그들에겐 전생의 업보가 가혹하다 하여도 그것만으로 족한 생을 누리고 있다. 죄 많은 인생은 결단코 가난하고 무지한 백성들 사이에서 나오는 법이 없다.

더구나 소윤은 박천의 애완물로 피눈물 나는 곤욕을 치렀다. 이제 그의 손아귀에서 빠져나와 비로소이다 싶은 생을 살려는 시발점에 서 있지 않는가.

옆의 여동생 지화 역시 마찬가지였다.

다른 게 있다면 아버지가 문하찬성사門下贊成事를 지낸 중신의 집안이라는 그것이다. 일찍이 신辛 씨네 집안으로 시집을 갔다간 남편의 바람기에 눈물 많은 세월을 엮으며 지냈다.

그녀는 젊음을 발산할 길을 찾지 못하고 그늘에 살기가 안 되어 양백연이라는 미남 청년과 눈이 맞아 가까스로 삶의 보람을 찾았다. 그게 뜻하지 않게 탄로가 나서 시집에서 쫓겨나는 곤욕을 치렀고, 음독의 소동을 빚었다.

다시 시가로 돌아가 살다가 이번에는 남편마저 잃게 되었다. 신돈의 위력과 아버지 신예辛裔의 후광에 힘입어 개경 거리를 주름잡고 다니며 맘에 드는 여인을 놓치지 않고 걸고들더니 신돈의 몰락과 때를 같이해서 서문 밖에서 효수형에 처해진 것이다.

남편 신귀辛貴를 잃은 시름은 그녀를 절망에 허덕이게 하였고, 끝내는 관음사의 비구니가 되려고 이렇게 찾아와 있다.

"모두들 생각을 거두고 속세에서 살아갈 채비들을 서두르라. 살다가 살다가 못 살겠거든 그때 가서 생각토록 해봐."

"……."

"……."

두 여인은 고개를 들어 서로를 바라볼 뿐 대답이 없다.

"난 일이 있어서 이만…."

두 여인을 남겨두고 공산 스님은 암자를 나선다.

새로 생긴 지화라는 여인도 알고 보니 사연이 꽤나 어지럽다.

소윤처럼 피맺힌 한이 어린 여인이었다. 아무렴 자기처럼 비천한 신분일까 하였더니 놀라운 집안의 자손이었다. 아버지도 그랬고 남편도 그랬다. 세상을 뜻대로 살아보려고 하였지만 세상이 그렇게 돼주지 않아서 이런 곳으로 밀려나게 하였다.

두 여인은 대번에 친숙해졌다.

"장차 어떻게 하지요?"

어느 날 소윤은 망연자실하는 자신을 주체하지 못해 지화에게 넌지시 묻는다.

"나 역시 막연하구먼. 속세에 나가 살고 싶지도 않고 곡산谷山 고향으로 내려갈 수도 없고…."

지화도 말 그대로 막연한 모양이었다.

공산 스님은 때를 놓치지 않고 그런 동생과 소윤을 나무라고 타일렀다.

"맘속에 짚이는 인생의 새움을 잡아보아라. 그것이 진아眞我의 나를 사로잡을 때까지 말이다. 마음의 진공眞空상태가 지속되다가 문득 떠오르는 새움, 그게 정말 없겠느냐?"

지화의 눈에서 여린 빛이 돌더니만 반짝하고 빛난다.

"지화는 있는 모양이구나."

"언니!"

그녀의 눈에서 감회 어린 눈물이 흘러 공산 스님의 가사적삼을 적셨다.

"그게 누구니?"

"이성계 장군, 곡산서 이곳으로 데려다준 장군 있었잖우."

"아, 그 젊은 장군 말이냐?"

공산 스님도 그를 기억하는 모양이었다.

"그분과의 인연은 너무 의외로군. 거기서 여기까지 오는 동안의 짧은 시간에 너를 사로잡았다니 인연치고는 참 얄궂고나."

공산 스님이 쓸쓸히 웃자 지화는 매달리듯,

"그럼 어쩌우. 여기 온 1년여 동안 내거리 가슴속을 떠나지 않고 있는데. 꿈을 꿀 때도 그분, 눈을 떠서도 그분, 말은 못하고 고뇌가 많았다오."

"아, 그랬구나."

공산 스님은 탄식하며 나무아미타불을 연거푸 염송하였다.

곡산 구봉산九峰山 아래의 아버지 강윤성의 전장田莊에 함께 묵고 있으면서, 신귀와 양백연과의 사연邪戀의 상처를 씻고 있을 때 만났던 이성계 장군이었다. 인연이 끊이지 않으려고 그랬던지 강윤성과 아는 사이가 되어 개경으로 돌아가는 길에 지화를 관음사까지 데려다 주었다.

수만 군마軍馬를 끌고 기만의 적을 무찌르던 역전의 장군도 인정과 여인 앞에는 가슴이 떨렸던지, 개경을 다 올 동안 말없이 지화의 가슴속을 헤아리고 있었다. 지화 역시 그분의 굵은 눈방울에 밴 여인을 향한 뜨거운 정을 가슴에 심고 관음사로 들어왔다.

그날 그 일이 있었을 뿐 아무런 진전이 없었고 다시 만날 기회도 없었다. 그러나 시간이 지날수록 지워지리라 하였던 그분의 모습은 점점 뚜렷한 윤곽을 지니며 지화의 가슴을 내리눌렀다.

전생에 인연이 있어서일까? 옷깃만 스쳐도 인연이 있었다고 하였는데….

그들 남매의 얘기를 주고받는 동안, 소윤은 눈을 감고 나무아미타불을 입이 닳도록 염송하고 있었다. 지화의 인연에 비하면 자신과 정도전과의 인연은 살과 피를 나눈 거나 진배없는 인연이다. 그처럼 짙은 인연이 있으면서도 서로의 엄청나게 떨어진 거리 때문에 멀어져만 가고 있다.

공산 스님에게 이 사실을 털어놓을까?

이런 기회를 두 번 잡기도 어렵다. 그런데, 그런데 이 비천한 몸이 어떻게 그분 얘기를 입에 담을 수 있나? 멀리서 그분을 위해 불공을 드리고 축수하는 것으로 끝내야지 않을까?

공산 스님은 그런 소윤의 맘을 아는지 모르는지 침묵을 지키고 있다.

영주에 사람을 보내볼까? 그분이 어떻게 지내는가를.

마음은 천 리 길을 달려가도 몸은 관음사 안에 웅크리고 있다. 뜻이 있으면 길이 있다 하였는데.

개경에 있던 그의 식솔들이 영주로 내려갔다 한다. 여태껏 곡식이랑 포목은 계속 대서 보살펴드렸는데 이제 그나마도 못하게 되었다.

벼슬길이 아주 막혀서 영주로 내려간 것은 아닐 텐데 그분 같으신 분이 이 조정을 비운대서야 나랏일이 걱정 안 될 수가 없다.

속히 벼슬길에 다시 오르게끔 손을 써볼 자리가 없을까? 박천을 통한다면 한두 사람쯤은 가능한데 지금 형편으로는 속수무책이었다. 들리는 말로는 손을 쓴대도 소용이 없다고 한다.

그의 재주는 조정 안의 뭇 권신들이 필요로 하고 있지만, 신망이 모자라 제 구실을 다 못한다 한다. 모두가 그를 미워하고 있다 한다. 인맥으로 이어진 권신의 세계에 미움이란 애초부터 금물로 되어 있다. 권신의 세계가 아니라도 삶에서는 사람의 됨됨이가 첫째 조건으로 손꼽히지 않는가. 사람이 되고난 다음에 글이 있고 재주가 있어야 한다. 안타까운 노릇이었다.

지화가 새로 시집을 가게 되었다.

이성계 장군의 둘째 부인으로 들어앉게 된 것이다. 공산 스님이 중간에 들어 성사시켰다고 한다.

관음사를 떠나던 전날 밤이었다. 공산 스님이 기다리다 못해 운을 뗀다며 소윤의 입을 열 질문을 던진다.

"나는 못 속인다. 네 맘속에 있는 그 새움을 나는 벌써 보고 있었는데 넌 종내 시치미구나. 말해보려무나."

소윤은 꼼짝달싹을 못하였다.

"… 삼봉 어른을 옛적부터 … ."

"삼봉 정도전?"

공산스님이 크게 놀란다.

"어떻게 된 사유인지는 묻지 않겠다만 뗄 수 없는 인연인가 보구나."

그렇다고 고갯짓으로 대답하였다.

"삼봉 선생께 이런 덕이 있는 사람이 진즉 나타나야지."

"네에?"

"그분의 춘부장 운경공이 그렇듯 삼봉 그분도 당대에는 없을 강골이요 청백리가 아닌가. 세상의 안목은 너무 좁아 탈이야. 인덕이 없는 그분이라 하였더니 소윤이 있었구먼."

공산 스님이 연꽃처럼 환하게 웃었다.

"아버님께서도 삼봉에 관해 말씀이 많으시더군요. 너무 의롭고 급하시다고."

지화는 한마디를 내뗀다.

"그분의 이름을 더럽혀 드릴까 염려스럽구먼요."

"한恨은 심지를 말고 뽑아야지. 지화의 본을 떠봐라. 지체하지 말고 떠날 채비를 차려라."

"그래도 괜찮을까요?"

공산 스님의 말따라 이대로 훌훌 떠나고 싶었지만 그녀의 앞을 가로막는 장애가 한둘이 아니었다. 우선 그분의 근황을 알지 못할뿐더러 다른 곳이 아닌 그분 고향이 돼서 집중되는 이목을 피할 길이 없을 것이다.

이 두 가지의 큰 장애가 소윤을 망설이게 만든다.

세월이 지나면 그렇듯 어렵던 장애가 사라지리라 믿었던 전라도 회진에서의 일이었는데, 수년이 지난 지금에는 더 어려운 장애가 그녀를 가로막고 있다.

고향 사람들이 소윤과의 관계를 알고 여태껏 가족을 돌봤던 사실을 눈치 채게 되었을 때 정도전이 입는 피해는 이만저만 큰 게 아닐 것이었다. 적소로의 유배 때보다 중앙관계에 재등용이 되지 못한 채 울분을 달래는 고옥의 생활보다 더 엄청난 타격을 입을지 모르는 것이었다.

사람의 근본까지 흔들어 놓을지 모르는 것이었다.

무서운 일이었다. 종의 딸년에게 빌붙어 호구 해결을 하는 정도전이란 욕설이 생생히 되살아 소윤의 귓전을 때렸다.

'에이그머니!'

소윤의 비명 소리에 공산 스님의 눈이 크게 떠진다.

나무아미타불 관세음보살… 어떻게 하면 좋을까?

"애 인고야, 이리로 곧장 가면 어디가 나오지?"

"나으리, 무슨 말씀이신지요?"

가리키는 방향이 강을 향해 있어 인고는 영문을 몰라 한다.

"이놈아, 이 만학강萬壑江을 따라가면 어디가 나오느냔 말이다."

"예에, 진즉 그리 말씀하시지요. 남경이 나오지요."

"남경이라…."

정도전이 허리춤에다 손을 얹고 파란 가을 하늘을 우러렀다. 구름 한 점 없이 맑게 갠 하늘은 눈먼 장님의 염원처럼 아득하기만 하였다.

영주를 떠나 매포梅浦의 도담으로 온 지 벌써 반년여, 정도전의 몸은 기운을 찾기 시작한다. 과음한 탓으로 속병을 얻은 데다 울분의 나날이 속병을 부채질하고 헛소리마저 해대서 거의 폐인이 돼 가던 차였다. 정처 없이 어디론가 떠나고 싶어하기에 무작정 북을 향해 걸음을 옮겼다. 새재를 넘어 충주목에 들렀다가 다시 동으로 박달재를 넘고 다시 방향을 남으로 꺾어 도담에 이르렀다.

석 달 열흘에 걸친 긴 여행 끝에 도담에 걸음을 멈추었다.

"맘에 드십니까, 나으리."

강 가운데에 솟은 세 바위섬에 정신을 팔고 있는 정도전의 동정을 살피며 인고가 물었다.

"……."

마음에 차지 않으면 팩 소리질을 치는 정도전인데 대꾸가 없다.

인고는 정도전이 쉴 수 있는 채비를 서둘렀다. 초옥을 마련하는 한편 개경에다 연락을 한다.

"산수가 수려하구먼, 산막골 촌로들의 맘도 후하고, 영주보다 한결 낫구먼. 인고야, 우리 여기서 들짐승처럼 뛰고 놀며 지내보자. 내 나이 사십을 훨씬 넘었지만 어쩐지 동심의 세계로 돌아간 느낌이 드는구먼."

정도전의 입에서 오랜만에 웃음이 나왔다. 신선놀음이란 이런 경우를 두고 이르는 것일지 모른다 싶었다. 세상의 궂은일로부터의 해방감이 이토록 즐거울 수가 없는 것이다. 강물에 첨벙 뛰어 들어가 맘껏 놀고 싶기도 하고 뒷산에 올라 수노루처럼 뛰놀고 싶어지기도 하였다.

사람이 사는 곳에는 언제나 사람이 모이게 마련인가. 학문에 굶주린 젊은이들이 정도전을 찾아 심심산골 도담에까지 모여들었다. 그들도 노잣돈을 절약하여 강 위에 뜬 주봉主峰 위에다가 정자를 지어 삼봉재三峯齋라 명명하고 세 바위의 이름을 삼봉三峰이라 지었다.

개경의 소윤으로부터 사람이 왔다. 소식을 들고 갔던 사람이 한 달 만에 돌아온 것이다. 아직도 중이 되지 않고 관음사 암자에 묻혀 있다고 한다. 아비 말을 잘 듣는 효녀다. 비구니가 될 생각은 아예 말고 삼봉 정도전만을 위하는 길을 생각하고 살라는 당부를 소식을 보낼 적마다 일러주었다.

삼봉의 흔쾌한 마음도 그해를 넘기고부터 다시 우울해지기 시작하였다. 사시사철 맑디맑게 쉼 없이 흐르는 산간수 만학강의 물줄기를 멍하니 바라보며 개경이 아니면 남경에라도 가야 한다는 꿈에 젖어 있는 날이 부쩍 늘어났다. 강심에 무엇이 떠올라 그러는지 혼자 여러 표정을 지어보곤 화를 내거나 우울해 하고 밤에는 헛소리질을 하였다.

무엇이 그처럼 삼봉을 어지럽게 만드는지 주위의 누구도 알아내지 못하였지만, 인고만은 속으로 희열의 헹가래질을 치고 있었다.

한줄기 여름장마가 지난 뒤였다. 삼봉은 주봉 위의 삼봉루에 나가 낮잠을 즐기고 있었다. 인고는 그 사이 매포로 나가 찬거리를 마련하고 있었다.

정도전은 괴상한 꿈속에서 헤어나지 못하고 있었다.

개경의 남문 밖이었다. 남경 쪽으로 가는 군마가 쉴 새 없이 지나며 길거리를 메우고 있었다. 창검을 든 병정들은 눈알을 부라리며 길가에 비켜선 사람들을 치도곤 하거나 희롱하며 지나갔다.

어디서 날카로운 여인의 비명이 들리고 군중들이 우르르 몰려갔다. 도복 차림의 삼봉은 멀찌가니 서서 군중들 사이에 쓰러진 여인을 바라보았다. 가슴팍에 창을 맞고 피를 흘리는 여인이 입에서 시뻘건 피를 토해내었다. 전신이 피투성이가 되어 누가 누구인지 분간이 되지 않았다.

으하하, 우람스런 남자의 소리가 바로 뒤에서 울렸다. 그 소리는 삼봉의 바로 귀 뒤에서도 울렸다. 알 듯한 얼굴이었다. 이인임 같기도 하였고 염흥방 같기도 하였다. 그는 눈알을 부라리며 삼봉을 노려봤다. 그의 손에 들린 검이 바람 소리를 내며 삼봉을 향해 내려쳐졌다. 으악, 비명을 지르고 쓰러졌다.

그런데 아까까지 피투성이였던 여인이 삼봉을 부축하고 있었다. 누구일까? 삼봉은 소스라치게 놀랐다. 소윤, 소윤이었다.

네가 어떻게 나를? 그녀는 삼봉을 품안에 꼭 보듬고는 흐느꼈다. 숨통이 금방 막힐 것 같아 그는 소윤을 힘껏 떠밀고 일어났다. 소윤이 뒤로 벌렁 자빠지더니 천 길 낭떠러지, 아니 삼봉루의 아래인 만학강에 떨어진다.

아니, 아니 소윤이가? 그는 허우적 허우적 누각을 내려가 소윤을 구하려 한다. 나루에는 배가 없고 물은 깊고 물살은 세었다. 안절부절 못하다가 그만 풍덩, 몸을 던졌다. 소윤을, 소윤을….

"나으리, 사람 살려욧! 사람 살려욧!"

매포에서 돌아오던 인고가 나루터에서 발을 구르며 소리 소리를 지르며 사람을 부르고 있었다. 삼봉이 누각에서 떨어져 바위에 부딪히더니 강물 속에 빠져 허우적거리며 떠내려가고 있는 것이다.

초옥의 젊은이들이 쫓아 나와 나루터에 매인 나룻배를 풀어 노를 젓는다. 삼봉의 상처는 대단하였다. 바위에 부딪혔을 때 입은 상처로 그랬지만 정신적 충격이 의외로 컸고 따라서 바른 기운을 차릴 수가 없었다.

"나를, 나를 남경으로 데려다 다오. 인고야, 나를 남경으로 … ."

상처의 고통에 시달려 신음 소리에 옆 사람이 가슴을 죄게 내면서도 그는 남경타령을 잊지 않고 하는 것이었다.

올바른 정신을 가진 사람으로 여기기엔 이상한 점이 많아 인고는 선뜻 따르지 못한다.

"무얼 꾸물대느냐, 냉큼 나서지 않고."

"나으리, 그 상처로 어떻게 먼 길을 가시려고 … ."

"가다가 쓰러지면 그만이 아니냐. 그러거든 날 아무 데나 묻어다오. 널 원망치는 않을 게다, 응? 이놈아!"

역정이 대단하였다.

옆사람들의 권고도 있고 하여 외상外傷이 대강 아물기를 기다렸다. 그 사이 그는 개경의 소윤에게로 급히 사람을 보내어 남경으로 내려오도록 하였다.

도담을 뜨기 전날 밤은 만학강의 위에 삼봉바위가 뜬 이래 비로소 다 싶은 잔치가 벌어졌다. 그에게 사사하기 위해 모여든 젊은 제자들이 그를 위한 잔치를 베풀었던 것이다.

원래가 어렵게 자라 자수성가한 사람인데다 벼슬 생활하는 동안에도 국가로부터 과전科田을 받지 못한 채 근근이 살아온 삼봉이 돼서인지, 큰 잔치에도 별 흥미를 돋우지 않았다. 되레 못마땅해 하는 눈치였다.

잔치객들이 술에 녹초가 되어 구석구석에서 잠꼬대하는 동안 삼봉은 혼자 강가에 나가 검은 장막을 친 듯 어둡기만 한 강줄기를 바라보고 있었다.

인고는 혹시나 싶어 그의 뒤를 놓치지 않고 지켜 서 있다.

"남경 길이 얼마나 걸릴까? 누가 날 맞아주겠지?"

삼봉의 목청은 가늘게 떨렸다.

어디를 가나 그를 맞고 찾는 사람은 먼 장래를 위한 입신양명의 꿈에 부푼 사람들뿐이고 그가 진정 바라는 사람은 없었기에, 목마른 사람처럼 무던한 기다림을 불태우고 지내온 6년여의 생활이었다.

하마나 그가 기다리는 임이 나타나 반겨줄까, 하마나 그를 위한 큰 임이 나타나줄까. 그의 기다림은 무영탑無影塔 앞의 아사녀보다 더하다.

그러나 남경을 향하는 삼봉의 걸음은 매우 가볍고 빨랐다. 충주를 지나 북상할 때의 그는 옛날 첫 관직을 얻었던 충주사록忠州司錄 시절에 있었던 일화를 얘기로 들려주기도 하였다.

"나 이제는 새 임을 만나기 전에는 그나마도 어렵겠지 … ."

말단 관리직의 애환이 그에겐 마냥 아쉽기만 한 모양인지 짤막한 넋두리로 말을 맺었다.

'새 임을 만나기 전에는….'

삼봉은 금방 하였던 말을 한 번 더 소리 내어 중얼거리고 남경 쪽 하늘을 우러렀다.

홀연히 도담을 떠나 막연한 나그네가 되어 정처 없이 남경으로 올라오는 삼봉의 뒤에는 그를 놓치지 않으려는 제자들이 봇짐을 챙겨 들고 따라오고 있었다.

"내 무슨 학덕이 그리 높다고 이토록 극성인가. 이들을 피해 좀 편안히 살았으면 여한이 없겠는데 팔자치고는 괴이한 팔자로군."

삼봉은 탄식을 길게 하고 제자들을 모두 불러들였다.

갑자기 인고가 마련한 초가삼간은 젊은 제자들로 가득 찼고 글 읽는 소리가 멀리 남경 별궁까지 들렸다.

삼각산三角山의 정기를 타고났음인지 삼봉에 관한 소식은 삼한 일대에 좍 퍼져 삼각산 아래는 때 아닌 인파로 들끓었다.

몇 달을 그렇게 지냈을까, 난데없이 나타난 장정 스무남은 명이 망치랑 연모를 들고 삼봉이 기거하는 초옥을 헐려고 덤벼든다.

"이 못된 놈들, 무슨 짓들이냐?"

제자들과 함께 그들 앞을 막아선 삼봉은 치를 떨고 있다. 아닌 밤중에 홍두깨라고 이런저런 얘기 한마디 없이 집을 헐려고 덤비는 무리들이 가증스럽기 짝이 없었던 것이다.

"대감마님의 분부십니다. 여긴 사냥터에다 수도승의 수도장이 되어서 일체 속세의 잡음을 없애야 한다고 하십니다."

개중에서 힘깨나 씀직한 텁석부리가 나와 연유를 대강 아뢰 왔다.
"누구의 짓이길래 주인을 내쫓고 방자스런 짓을 하려 드느냐?"
"시중 대감의 뜻이었습니다."
"시중? 이인임 대감?"
"예, 그러하오니 아무 말 마시고 짐을 챙기시기 바랍니다."
집주인도 그쪽이고 땅주인 역시 그쪽이라는 것이다.
삼봉은 이를 갈며 짐을 챙겼다.
"알았다. 내 일찍이 험악한 세상에 태어나 쓴맛 단맛을 골고루 다 봤거든 오늘 같은 일은 두고두고 잊지를 못할 것이다. 내 손수 비워 줄 테니 이틀만 말미를 다오."
"그렇게는 안 되오."
"그럼 당장이란 말인가?"
"예."
그날 밤으로 초옥은 헐려지고 삼봉은 노숙을 하고 지냈다.
'이인임, 이 더러운 놈, 어디 두고 보자.'
길길이 뛰고픈 분노에 그는 밤잠을 못 이루며 장차의 일을 곰곰이 생각하였다. 남경에서 이런 홀대를 받을 줄 알았으면 진측 단념할 것을 인고를 믿고 막연히 올라왔더니 대접이 이 모양이다.
이럴 바에야 적소에나 잡아두지 무엇 하러 내보냈나.
늘 옆자리에 붙어 있던 인고가 자주 자리를 비웠다. 어디를 간다든가 무엇 하러 누구한테 간다는 얘기도 없이 몰래 몸을 빠져나갔다간 해가 이슥해서 돌아오곤 하였다. 어떻게 된 연유냐고 따져 물으려다가도 삼봉 자신이 너무 초라해서 그대로 꾹 참고 지켜보고 있었다.

한 달이 지나고 그동안 그의 몸은 다시 쇠약해져 눈꺼풀이 푹 꺼지고 사지가 흔들거렸다. 삼각산하의 3개월이 무리였는 데다 노숙의 한 달이 초로의 그의 몸을 망가뜨리고 있는 것이었다.

만사가 귀찮아졌다. 어디에 낙을 붙일 수 있나? 주변에는 아무도 없다. 그를 반겨줄 아무도 없는 것이다. 이렇게 길바닥에 엎드려 밤이슬을 맞고 별을 벗 삼아 살다가 아무도 안 보는 후미진 산골에서 숨을 거두었으면 더 바랄 것이 없으리라 하였다.

노숙한 지 한 달쯤이 되었을 때였다.

인고가 슬그머니 다가오더니 술병을 내밀었다. 술상을 차릴 처지가 못 되어 멍석에 놓인 잔을 기울여야 하는 요즘이었다.

"나으리, 이제 집을 옮겨야지요."

인고가 불쑥 이렇게 말하였다.

"싫다. 이대로 여기에 살련다. 얼마나 좋으냐?"

"나으리 체면이 이래서야 되겠습니까. 소인이 집 한 채를 마련하였습니다. 흩어졌던 제자 분들을 다시 모이게 하여 글을 가르칠 수 있습니다."

"싫다. 별을 헤고 풀벌레 소리를 들으며 이렇게 산수山水를 벗 삼아 살련다. 내게 무슨 욕심이 있느냐. 욕심을 내면 또 권신이 나를 미워할 터인데 내가 이리 지내는 것을 원해서 집을 헐은 것이 아니겠느냐?"

삼봉은 쓸쓸히 웃었다.

인고의 간곡한 권유를 좇아 불편한 몸을 끌고 새로 마련한 집으로 이사하였다. 목멱산木覓山 기슭 남촌南村의 숲속에 마련한 아래 위채의 두 채 초옥이었다. 주위에 인가가 없어 조용해서 좋았으며 바로 인근에 약수터가 있어 고달픈 몸과 어지러운 마음을 말끔히 씻고 정리하기에는 안성맞춤이었다.

삼봉은 남경으로 온 이후 인고에 대한 의아로움이 점점 깊어졌다. 이해하기 어려운 일들만 골라 하는 것이었다.

그게 그의 외딸 소윤으로부터 비롯되었을 터인데 소윤이가 정말로 나를 이렇게 위해주었는지 당해놓고 보니 적이 의심스럽기까지 한 것이었다.

한 달쯤이 지나니까 이제 머릿속도 맑아져 멀리 백산白山 위로 오가는 흰 구름의 아름다움이 돋보여졌으며, 한수漢水 쪽에서 불어오는 강바람도 시원스레 느껴졌다. 밥상 위에 오르는 인주仁州에서 올라온 생선 맛에 구미가 돋고 김포에서 가져온 쌀밥의 기름진 진미에 몸이 불어나듯 하였다.

그는 이따금 무료할 때 대문 밖에다 귀를 모으고 누군가의 발소리를 기다렸다. 하마나 나타날 때가 되었을 텐데 ….

목멱산 밑 남촌에 처박힌 삼봉의 거동을 낱낱이 살필 사람이 없다시피 한 지금에는 만사가 홀가분한 채로 돌아가고 있다. 삼봉은 한 달이 넘고 두 달이 지나도 기어이 발소리가 들리지 않자 더 기다리다 못해 인고를 불러 세웠다.

"이제 자네도 늙었어, 내 자네의 조력을 더 얻기가 민망스럽네."

삼봉은 조심조심 말문을 열어갔다. 인고가 놀라 둥그런 눈에 눈물이 글썽이는 것을 보며 입술에다 침을 바른다.

“자네도 이제 딸자식의 식음을 대접받고 살아야지. 함께 살 수는 없는 일이니 … 안 그런가?”

“예에? 나으리, 무슨 말씀이신지.”

“내 여태껏 자네 부녀의 조력에 힘입어 이렇게 살아남지 않았는가마는, 내 자네 부녀를 돌봐줄 여력이 없는 지금이 아닌가. 이제는 모든 것이 다 틀렸네.”

“나으리, 그건 아니 되옵니다. 저희 부녀는 비천함을 무릅쓰고 나으리를 끝까지 모실까 합니다. 그러지 않고는 이놈이 눈을 감을 수가 없습니다요, 나으리.”

“나도 염치가 없는 놈이구먼. 여태껏 모른 체 하고 있었다니 … .”

“당연한 일이었습니다, 나으리.”

“이제 며칠간이라도 부녀가 밥상을 같이 나누도록 개경에 다녀오게나. 비녀가 자네 대신 날 도울 걸세, 그동안.”

“저어 … 여기 남경에 가까이 있사옵니다, 나으리.”

“가까이?”

삼봉의 얼굴에 알 듯 모를 듯한 밝은 빛이 얼핏 지나간다. 그러다 곧 불그레한 빛을 띠었다.

“너무 고마워 보고 싶구먼. 회진에서 헤어진 이래 몇 년 만인가?”

“예예, 꽤 오래 되었습니다. 나으리, 다녀올까요?”

인고가 몸을 날려 대문을 박차고 나간다.

삼봉은 비녀로 하여금 더운 물을 마련토록 하고, 새 옷을 갈아입게 해달라고 당부한다.

내 이 염치없는 짓이 몇 년간이었나, 금수도 이에 더할 수는 없을 것인데 여태껏 모른 체만 하고 있었다니.

이제 나 삼봉 정도전은 옛날의 묵은 때는 말끔히 벗겨지고 미련 없이 살고플 따름인데 벼슬이 무어며 개경이 무엇인가. 이미 내게는 친구도 선배도 아무도 없다. 이 왕조하의 묵은 인물들은 하나같이 나와 인연을 끊고 살아가고 있는데 내가 왜 그들을 기다려야 하는가!

세월이 얼마나 흘렀나. 이 작은 한 목숨, 나라의 녹봉을 기다리고만 있었던 내 식솔들은 이내 이 왕조하에서는 죽은 목숨이나 진배가 없다. 어질지 못한 가장을 만나 초근목피로도 연명 못하였을 어리고 가련한 아내와 여섯 자식들. 그래도 지아비는 재주 있고 학식이 높아 높은 벼슬에 호의호식할거라고 믿었겠거늘, 이 무슨 변고를 만나 비녀의 도움으로 어려운 생을 유지하고 있느냐.

사랑가나 읊으며 한수에 배 띄우고, 나를 찾는 어린 선비들께 학문이 무엇이며 벼슬이 무엇이길래 이 길을 드느냐고 꾸짖으며 살아가야지 않는가. 한스런 세상, 한스런 세월, 빨리나 지나갔으면.

산뜻한 새물 냄새가 나는 명주옷의 촉감이 사뭇 기분을 흔쾌하게 한다. 하마나 하고 긴 목을 빼고 기다렸다. 해가 으스름 져서 저녁상이 올라온다. 입안에 넣은 밥이 모래처럼 깔끄럽다. 이 녀석이 나를 놀렸나?

"나으리, 소인 다녀왔습니다요."

저녁상을 물리고 집 뒤로 나가 밤하늘의 별을 헤는데 허겁지겁 찾아온 인고가 뒤에서 아뢰었다.

삼봉은 소스라치게 놀라 재빨리 몸을 돌린다.

어디서 지분냄새가 곱게 났다. 마치 국화 향처럼 지분냄새는 삼봉의 코 안을 얼게 하였다. 인고의 바로 뒤 대여섯 걸음 떨어진 거리의 흰 자태의 여인으로부터 풍겨지는 것이었다.

인고가 뒤로 돌아나가며 여인에게 귓속말을 몇 마디 주곤 사라진다.

삼봉은 갑자기 몸이 굳어짐을 느낀다. 별빛을 받은 얼굴은 윤곽만이 잡혔지만 마치 하늘나라에서 내려온 선녀처럼 아름답게 보였다.

"나으리, 인사 받으옵소서."

여인이 땅바닥에 크게 엎드려 예를 올렸다. 초가을에 성급하게 굴러 떨어진 낙엽이 그녀의 옷자락에 날려 바스락 소리를 내었다.

"고맙다, 정말 고맙다."

삼봉은 자신도 모르게 그녀 앞으로 다가가 손을 거머쥐고 흔들었다. 그러다 흠칫 놀라 그녀로부터 물러섰다.

"심려를 끼쳐드려 죄스럽습니다. 마님께서도 안녕하시온지요?"

"별, 별일 없다. 너도 아무 일이 없었느냐?"

"예."

바람이 건듯 지나며 그녀의 치맛자락을 펄럭 날리더니 삼봉의 수염을 부드럽게 쓸었다. 동시에 지분냄새가 그윽한 묵향墨香처럼 날아와 그의 정신을 얼게 하였다.

삼봉은 천천히 낙엽을 밟으며 걸었다. 노송나무 둥치 사이로 그리고 잡초 무성한 둔덕길을 지나 널따란 바위 아래의 약수터 앞까지 갔다.

"여기 앉자."

이제 맘이 조금 가라앉아 그는 말이 수월하게 나온다.

여인은 눈을 아래로 내리깔고 삼봉의 눈치만 기다렸다. 남자를 가까이 한 지 몇 해가 되었다. 그녀는 가만히 헤어보았다. 박천도 남자라 칠 때는 3년여가 되지만, 임으로 칠 때는 25년 만이 된다. 아직 철들고 남자를 알고 난 뒤부터 한 번도 삼봉을 가까이 모신 적이 없으니까.

"그동안 날 위하느라 애 많이 썼었다. 세상이 살기 힘들어선지 내가 못나서인지는 모르겠다만 미안하다, 소윤아!"

"……."

"한이 맺힌 나를 이렇게 찾아주다니 정말 고맙구나. 그래 그새 어떻게 지냈느냐?"

"……."

여인은 대답이 없다. 할 말이 없는 것이다. 이런 밤은 그런 질문을 삼가줬으면 싶었다. 박천 같은 천하 난봉꾼은 여인의 기분을 흐릴 말은 결코 하지 않았다. 기분을 들뜨게 할 말만 골라 하였는데 삼봉은 그와 전혀 다르다.

그도 눈치를 챘는지,

"별이 참 맑구나. 이렇게 별이 총총한 하늘을 난생 처음 맞는 것 같다. 마치 꽃가루를 뿌린 것 같구먼."

"……."

밤이 제법 이슥하였다. 인고가 등불을 밝혀 들고 삼봉을 찾고 있다. 삼봉은 큰기침으로 자신의 거처를 알려주었다.

"그만 들어가자."

여인이란 것, 어쩌면 그가 여태껏 미지로 돌려버렸던 새로운 세계의 문을 열게 하고 그 안쪽의 새로운 세계의 움을 돋게 하는지 몰랐다. 소윤이 옆에 있는 한 삼봉은 새로운 개안開眼이 되는 것처럼 세상일이 보이기도 하였다.

개경 쪽에서 들려오는 소식을 그는 외면하며 약수터를 찾아 하늘과 숲 그리고 인생을 우러러 보았고, 한수에 나가 낚시를 드리우며 인생무상을 탄하기도 하였다.

삼봉을 그토록 미워하던 경복흥이 적소謫所에서 숨을 거두었다는 소식을 뒤늦게 들었을 때 삼봉은 놀라지 않았다. 응당 죽을 사람이 제 명을 못 채우고 죽었다는 정도로 넘겨버렸다.

이인임이 시중이 되고, 최영이 수시중이 되어 다시 무신의 힘이 조정 안에 크게 대두하고 있다는 소식이 소윤으로부터 왔을 때도 그는 그저 덤덤하였다.

그에게 필요한 것은 젊디젊고 곱디고운 소윤이었고, 그의 생활의 전부를 차지하는 것이 소윤 그 사람이었다. 대궐 안이 어디 사람이 살 만한 곳인가. 죽이고 죽고 헐뜯고 모함하고 내일이 어떻게 돌아가는지 짐작조차 할 수 없는 험난한 그곳이었다.

그날은 약수터에서 늦게 내려갔다. 진종일 산을 헤매며 경치를 즐기다보니 그만 시간을 놓쳤던 것이다. 그런데 집안에는 낯선 손님이 여럿 있다가 삼봉을 보자 큰절로 인사를 올렸다.

"선생을 일찍 모시지 못하여 한스러웠습니다. 저희들께 학문의 눈을 뜨게 하여주옵소서."

개경에서 내려온 사람들이겠거니 하였더니 삼봉을 찾아온 전국의 젊은 유생들이었다.

"난 이미 학문에서 손을 뗀 몸이오. 무엇을 내게 배우겠단 말인가요. 물러들 가시오."

삼봉은 그들을 뜰 위에 남겨둔 채 안으로 들어갔다.

"아닙니다, 나으리. 목은의 문하에서 나으리를 능가할 분이 어디 계십니까. 포은은 학자라기보다는 정객이 옳은 표현이니 이 난세에서 정치를 배워 무엇을 하겠습니까."

"안 되오. 난세일수록 정객의 어진 치도治道를 배워야 하오. 그를 찾아가도록 하시오."

그들은 끝내 물러가지 않았다.

거기다가 소윤이 옆에서 삼봉의 맘을 사로잡는다.

"나으리, 목마른 자들을 버리지 말아주옵소서. 개경을 버리고 군이 남경으로 내려온 데는 필시 곡절이 있어서가 아닙니까. 요새 나으리의 심기는 너무 지나치게 담백한가 합니다. 옛날로 돌아가 주옵소서."

"안 된다. 난 이미 모든 기대를 쫓아 보낸 지 오래다. 선머슴 아들처럼 초동들처럼 산수와 벗 삼아 여생을 보낼 작정을 한 지 수삭이 되었는데 이제 와서 새삼스럽게 학문은 무슨 학문…."

옆에서 칭얼대듯 졸라대는 소윤을 그는 기어이 물리치려 한다.

젊은 유생들은 별채의 초옥에다 기식처를 정하고는 저들끼리 글을 읽고 쓰면서 자주 삼봉을 찾아와 어려운 구절을 묻기도 한다. 날이 갈수록 그들은 삼봉이 몸살을 앓도록 귀찮게 굴었다. 그와 아울러 유생의 수가 점점 늘어가고, 젊은이들의 사이에는 만년의 무료를 달랠 늙은이들이 모여 함께 글 읽기를 즐기는 것이었다.

살이 에이고 뼈를 깎는 어려움을 극복하고 터득한 학문이 걸레처럼 아무 쓸모가 없는데 저토록 극성인 사람들의 생각은 어떻게 뚫렸길래 이 모양인가, 삼봉은 후후 하품을 하며 그들을 멀거니 바라본다.

"내가 졌다. 소윤이 나를 이겼다. 내 오늘부터는 많은 사람들 사이에서 경학에 열중할 터이니 그리 알도록 하여라."

"나으리, 감사합니다."

소윤은 감격한 나머지 눈물까지 흘렸다.

새로 모여든 사람들과 한데 어울리기를 석 달. 삼봉의 초옥 앞에는 연일 젊은 유생들과 학자들이 모여 들여 학문을 논하고 세상일을 걱정하며 시간을 보냈다.

그런데 때 아닌 날벼락이 떨어졌다.

왕王씨 성을 가진 세도가가 삼봉을 삼각산 아래에서 멀리로 내몰아 버리려는 것이었다.

삼봉은 처음에는 하찮은 일로 간단히 여겨버렸다. 그도 그럴 것이 왕 씨는 삼봉이 경연에 드나들 때 의견을 자주 나눈 사이였지만 친명 친원의 양 갈래로 대립이 된 때에 그의 비위를 거스르는 비난을 퍼부었다. 그러나 유배생활로 그 문제는 일단락되었기 때문에 구원舊怨이 없을 걸로 단정하였던 것이다.

"어째서 그대가 내 허락도 없이 남의 땅에 들어와 경향의 잡배를 끌어보아 조정을 헐뜯는가? 우선 그 대답부터 들어봅시다."

삼봉은 어이가 없어,

"대감께서 오해를 하시는 모양이군요. 여기 모인 사람들은 장차 이 나라를 받들어나갈 젊은 유생들이올시다!"

"듣기 싫소. 그대는 불순한 일을 골라 저지르고 있소. 젊은 여인을 옆에 끼고 무슨 학문을 한다는 거요."

"말씀이 지나치십니다."

"지나치거든 젊은 여인은 내쫓으시오. 그러면 당분간 내가 참아 주겠소."

"무어라고요?"

삼봉이 버럭 화를 내었다. 왕구王久는 능글맞게 웃으며 삼봉의 화난 얼굴을 이리저리 고갯짓을 해가며 살핀다.

"삼봉의 학행은 여색을 멀리하는 특징이 있었다 하였는데, 유배생활 2년여에 허虛했던 기氣가 되살아난 거군."

그는 물러가지 않고 야료를 던지며 삼봉의 주위를 맴돌았다. 말이 목구멍을 꿈틀거리며 타고 올라와 입술을 달싹달싹 움직이게 한다. 아무리 재령군載寧君의 관작을 받은 왕족이며 권신이라지만 이건 상식 밖의 모욕이었다.

참는 이가 모욕을 덜 느낄 지경이었다.

“내 집에서 냉큼 물러가시오! 여기서 허튼 수작을 벌이지 마시오. 아무리 권문세가라지만 체면은 있어야지 않겠소. 내 일찍이 대감 같은 분들에게 고언告言을 드렸거늘 이제껏 개과하지 않으니 하늘 우러르기가 부끄럽소!”

“그대의 언설은 여전하구려. 내 사흘간 말미를 줄 터이니 계집을 버리든가 여길 뜨든가 양단간의 태도를 확정하시오! 가자, 애들아.”

왕구는 기세 좋게 들이닥쳐 초옥에가 불을 지르는 듯한 분란을 한바탕 늘어놓고 돌아갔다.

삼봉이 왕구의 얼토당토 않는 시비에 분노를 삼키고 있을 그 무렵이었다. 삼봉의 초옥이 내려다뵈는 뒷산의 바위 그늘에서는 소윤이 웅크리고 앉아 훌쩍거리고 있었다. 기가 찰 노릇이었던 것이다.

며칠 전의 일이었다. 우물가에서 물을 길어오던 그녀는 거칠게 말을 타고 오는 사내와 정면에서 마주쳤다.

행인이 쉬엄쉬엄 다니는 곳에서 뿌연 먼지를 일으키며 안하무인으로 달려온 장정은 소윤 앞에 말을 세우더니 발길로 그녀의 머리에 얹힌 양동이를 걷어찼다. 물이 엎질러지면서 장정의 다리와 소윤의 치마가 흠씬 젖었다.

"돼먹지 못한 계집애가 대장부의 길을 막아? 아니!"

시뻘겋게 화를 내던 장정이 소윤의 고운 자태에 그만 얼어버린다.

"뉘 집에 사는가?"

소윤은 못 들은 척 그를 비켜 안으로 들어와 버렸다. 그는 소윤의 뒤를 따라 들어와 부득부득 애를 먹인다.

"고얀 년, 장을 백 대쯤 맞아야 정신이 들겠냐? 부원군의 막료를 몰라보고 홀대를 하다니."

소윤이 대꾸도 안 했더니 그는 처음처럼 시비를 걸고 들었다. 소윤은 그대로 있을 수가 없어 집을 나와 삼봉의 초옥으로 올라왔다.

장정은 말고삐를 쥔 채 소윤의 뒤를 따라오더니 소윤이 초옥 안으로 사라지자 의미 깊은 웃음을 입가에 씩 날리며 왔던 길을 되돌아갔다.

장정이 돌아간 바로 뒤였다. 부원군이라 둘러대던 장정의 말이 맞기나 하듯 왕구란 권신이 소윤을 찾아왔다. 그는 자신의 체면 따위는 아랑곳하지 아니 하고 호위병 하나만을 데리고 소윤의 초옥을 찾아왔다. 그의 뒤 멀찍한 거리에는 아까의 장년이 나무 그늘에 숨어 이쪽 동정을 살피고 있다.

"내 모든 것을 알고 왔다. 어째서 남의 땅에 들어와 살면서 죄인을 가까이 모시고 있느냐?"

사뭇 위엄 있는 자세로 소윤을 나무랐다.

"유배가 끝난 지 4년이 흘렀는데 어째서 죄인이며, 이 집은 옛적부터 있었던 집으로 알고 있습니다."

"무례한 계집이구나. 누구 앞에서 감히 말대꾸냐. 그 죄인을 가까이 하여야 할 이유가 무엇인가?"

"그분을 섬기는 것도 죄가 됩니까?"

"닥쳐라! 순군옥에 처넣어 장을 맞기 전에."

"… 장을 맞는 일이 있으면 맞겠지만, 저로서는 감당키 어려운 곤욕을 당하는가 싶습니다. 이만 실례하겠습니다."

소윤은 몸을 날려 재빨리 집으로 들어와선 뒷문을 빠져 숲속에 몸을 숨겼다. 혹시나 나으리한테 화가 미칠까 봐 조바심을 떨며 이들을 보냈는데 아무 일이 없길래 그만이었나 싶어 했다.

그런데 사흘째 기어이 소윤 자신 때문에 삼봉이 곤욕을 당하게 되었다. 안쓰럽기도 하려니와 원망스럽기도 하였다. 이 사직이 아무리 썩고 암담하대도 이 정도로 암담하게 썩을 줄은 몰랐다. 아녀자가 맘 놓고 살 수가 있나, 한줌의 재물이나마 제대로 지닐 수가 있나, 등 붙이고 살 곳을 제대로 잡을 수가 있나.

일행이 돌아간 뒤 소윤은 얼굴을 대강 다듬고 삼봉이 기거하는 초옥으로 내려갔다.

그는 눈을 꾹 감고 깊은 생각에 잠겨 있다.

"어떡하지요?"

소윤이 착 가라앉은 소리로 물었다.

"……."

"모두들 너무하시군요. 나으리가 어떻다고 이러는지 세상이 원망스럽습니다."

"참아야지. 이제 생각이 조금씩 뚫리는구먼. 결국 그래야 되는 것을 난 여태껏 묵은 꿈만 꾸고 있었어."

삼봉의 얼굴에는 비장한 각오가 지어진다. 그리고 여태껏 한 번도 지은 적이 없는 그만이 아는 미소가 지어졌다.

김포로 옮겨 앉을 채비를 할 무렵이었다. 그의 제자 중 그곳에 빈 집을 갖고 있는 사람이 있어 우선 이슬만은 면해야 했던 것이다. 대강 짐을 챙기고 의관을 정제하는데 왕 대감의 심부름을 왔다는 장년이 삼봉을 찾았다.

"볼 일 없다고 일러라."

삼봉은 무뚝뚝하게 잘라버리곤 길을 재촉한다.

"그런 게 아니오라 한 가지 조건이 있다고 합니다."

말 위에 오른 채 삼봉을 쫓아온 장년은 품속에서 서찰 하나를 꺼내 그의 앞에 내밀었다. 삼봉은 거들떠보지도 않는다.

"가서 일러라. 안 읽어봐도 이미 대답은 나왔다고. 이렇게 길을 재촉하지 않느냐."

"그게 아니라니까요. 저 어린 노비를 왕 대감의 비녀로 주시면 개경으로 모셔갈 주선을 하시겠다고 합니다."

삼봉이 걸음을 뚝 멈추었다. 뒤따라오던 제자들과 소윤도 따라 멈춰 섰다.

"나쁜 놈! 그것도 말이라고 전하느냐?"

"아…. 아니올시다, 나으리!"

"뭐가 어떻다고 주둥아릴 놀리나! 나는 노비 셋을 모두 전호로 혹은 백정白丁으로 풀어준 일은 있어도 재물을 받고 판 적은 없었다. 더 얘기할 게 있겠느냐?”

그리고 가던 길을 재촉하였다.

변방의 사자獅子

여조麗朝에서는 이미 죽은 몸. 숨 쉴 곳 하나 없이 자꾸만 흘러간다. 이러다 어느 한적한 곳에 가서 쓰러질까. 명대로 살기는커녕 비명객사非命客死하고 말 것이다.

삼봉은 자꾸만 눈물이 흘렀다. 잘 때도 흘렀고 꿈속에서도 흘렀다. 한수漢水에 둥둥 떠내려가도 잡을 지푸라기 한 점 없는 처절토록 외로운 자신을 주체하기조차 힘들었다.

남들처럼 되는 대로 살아갈 수만 있다면 왜구와 한패거리가 되어 규슈의 탐제探題쯤이 될 수도 있고, 고용보高龍普나 최유崔濡가 되어 모국 고려를 괴롭히며 일신을 편안케 살기 위해 버둥댈 수가 있다. 그리고 권신귀족들에 빌붙거나 유야무야有耶無耶 이 눈치 저 눈치를 살피는, 표면적으로 말해 원만한 정객이 되어 처자식 배불리 먹이고 일신 편하게 살 길도 없잖아 있다.

그러나 이 모든 것은 삼봉과 거리가 먼 것이었다. 그렇게 되지 않을뿐더러 되지도 않았다. 안 하니까 안 되는 것이고 못하니까 될 수 없는 것이었다.

이런 저런 것들을 다 버리고 나니 적소의 유배생활보다 더 추한 꼴로 굴러 떨어졌다. 생명마저 부지하기 힘든 처지가 되었다.

살 길은 오직 한 길, 그의 적을 모두 몰아내는 것이었다. 삼봉 정도전이 기량을 펴고 기질대로 살 수 있는 세상을 만드는 일, 그것만이 남아 있었다.

안타까운 일이었다. 세상이 삼봉을 찾아주지 않는데 혼자 힘으로 어떻게 세상을 만드나? 그것은 한갓 백일몽白日夢이었고 푸념이었지 실현성이 있는 일은 결코 아니었다. 삼봉은 그런 꿈에 젖으면서도 바보스런 자기라고 나무라는 것이었다.

소윤이 먼 길을 떠나려는지 아침부터 설치는 기미가 보였다. 삼각산에서 왕 대감으로부터 곤혹을 당한 이후 잠시도 삼봉의 곁을 떠나지 않으려던 그녀였다.

왕王의 무리들에 의해 피랍되어 갈까 봐서도 그랬지만 혹시 삼봉이 자객의 침해를 받을까 식음食飮에까지 신경을 곤두세웠다.

"어딜 가려는가?"

"개경엘요. 다녀와도 괜찮겠지요, 나으리?"

"뉘 집에 소관이 있나?"

좀처럼 소윤이 하는 일에 대해 관심을 안 보이던 삼봉인데, 오늘따라 이상하다.

"강康 씨 부인이라고 제가 잘 아는 분이 계신데 잠시 들를까 하여서요."

처음 듣는 이름이다.

"이성계 장군의 둘째 부인인데 벌써 남매를 두고 있다나요."

이성계 장군이라면 문하찬성사門下贊成事 겸 동북면東北面 도지휘사都指揮使다. 별로 빛을 못 보고 이리저리 몰리며 고전苦戰을 면치 못하고 있는 처지다. 전장에 나가는 날이 거의 전부인 그가 어느새 둘째 부인을 얻고 자식까지 두었다니 놀라운 일이다.

개경으로 올라온 소윤은 지화의 집을 찾지 않았다. 처음부터 그럴 생각이 없었던 것이다. 삼봉의 허락을 얻기 위해 일부러 꾸며댄 말에 불과하였다.

그녀는 공산 스님을 찾아가 삼봉의 앞날을 위해 부처님 앞에서 불공을 드리려는 것이다.

"아니, 이게 누구인가. 우리 미인보살이 부처님이 되셨나. 왜 이리 조용한가."

공산 스님은 마치 비승비속非僧非俗의 아녀자처럼 환호성을 지르며 소윤을 맞아 주었다.

"오래 찾아뵙지 못하여 극락승천은 어려울 것 같습니다, 스님."

"그래, 뜻은 이루어졌나보구나. 속세의 인연이란 묘한 것이지. 인연이 깊으면 불도佛道를 경원하기 십상이고."

공산스님의 설법은 예나 지금이나 조금도 다를 바가 없었다. 사생관死生觀에 앞선 세상 속의 어려운 일을 해결해나가야 한다는 인생 위주의 설법을 강조하는 것이다. 인생이 속세를 떠나 불가에 귀의하는 것만큼 불행한 일도 드물다는 뜻이었다.

신돈을 유독 미워하는 공산 스님이었지만 그 정신은 여일如一하게 본받은 듯하다.

"삼봉 나으리가 아직도 등용이 되지를 않는다니 한심한 노릇이구나… 조정 안에 그를 알아줄 사람이 그리 귀하단 말인가?"

그를 위한 불공이 끝난 뒤 공산 스님은 그간의 일들을 자초지종 듣고 나서 한숨을 푹 쉬었다.

"부처님께 그토록 기구를 하였습니다만 좋은 길이 없을까요, 스님?"

"글쎄다. 지략智略이 제갈량과 조조를 합한 것만치 뛰어나신 분이신데 … ."

공산 스님은 작은 눈을 감고 한동안 무엇인가를 염송하다간,

"이미 조정 안에서는 삼봉 나으리를 내친 지가 오래지 않는가. 지름길이 막히면 돌아가는 길을 찾아야 할 텐데 그 길마저 용의하지 않으니 … ."

"무슨 말씀이신지?"

"내 동생 지화를 찾아가 보지. 혹시 이성계 장군을 통해 최영 수시중 대감께 진언을 드릴 길이 없지도 않을 터이니."

"지화 마님을요?"

"찾아가 보시게."

서둘지 말고 걸음을 재촉하라며 소윤의 등을 민다.

"어디에 사시는지 알 수가 있어야죠. 그리고 너무 초라해서 어떻게?"

"숭교리崇教理니까 찾기 쉬워. 이 찬성 댁이라면 다 알고 있어."

공산 스님이 일러주는 대로 소윤은 길을 재촉하였다. 그러지 않

아도 맘이 내켜지면 한번 찾아뵙고 싶었던 지화였다. 아무런 부담 없이 안부를 전하면서 옛 얘기를 나누어가며 정을 나누고 싶은 여인이었다. 그새 남매를 낳았다는데 복이 많은 여인이었다.

이미 그녀의 더러운 팔자는, 불가에서 말하는 전생의 업보는 이 장군을 만나기 전에 말끔히 씻었다. 앞으로 그녀 앞에는 행복이 있을 뿐 불행은 없으리라.

지화네 집은 생각했던 것보다 초라하였다. 안으로 들어가 봐도 검소한 살림이었다.

"몇 년 만인가, 응?"

큰딸과 아들이 소윤을 빤히 올려본다. 모두들 많이 자랐다. 남경으로 내려갈 그 무렵에는 젖먹이였는데 벌써 다섯 살이 다 되었다.

"공산 스님을 찾아뵙고 오는 길이에요."

차분하게 가라앉은 아름다움은 이제 풍요를 느끼게 한다. 안정이 되니까 모든 것이 그래 뵈었다.

"아직 그분은 등용이 안 되셨다지?"

알 만한 일이라며 고개를 끄덕여준다.

"이 대감님께선 여전히 현지에 가 계십니까요, 마님."

"응."

하고 사이를 두었다가,

"동갑네끼리 하대를 하려니 안쓰럽구먼. 삼봉 나으리께서 어서 벼슬을 하셔야지."

"어렵다는군요."

소윤이 고개를 숙여 버린다. 다음 말이 나오지 않는 것이다. 큰 맘을 도사려 먹고 나선 길이었는데 쉽지가 않았다.

"포은 선생이나 목은 선생께서도 외면하던가?"

"예, 모두가 그런가 봅니다."

"큰일이구먼. 우리 대감님께서도 아주 외톨이시지. 용勇은 있으신데 지智가 모자라서…. 자칫하다가 삼봉 나으리 신세가 될 뻔한 고비를 몇 번 만났지."

"그러셨군요."

"어려운 세상이 되어서 어진 사람이 수난을 받고 있지. 내 짬을 보아 최 시중 대감께 삼봉 선생을 천거할 수 있을지 슬쩍 알아볼게. 우리 대감은 그런 일을 잘 모르실뿐더러 힘이 안 미치거든. 용서하게나, 먼 길을 왔는데 도움이 되지 못해서."

"고맙습니다, 마님."

"우리 오랜만에 만났으니까 저녁이나 맛있게 지어 먹고 며칠 푹 쉬다가 가도록 하세. 너무 적조하여서 혼자 견디기가 어렵구먼. 어떤가? 길이 바쁘지 않지?"

"그렇지는 않지만 김포를 떠난 지 열흘이 넘어서."

"괜찮아. 나으리를 위해서인데, 백 일인들 어떤가."

지화의 은근한 권유에 소윤은 며칠을 쉬기로 하였다.

단순히 무료를 달래기 위해서라기보다는 남정네들의 뒤에서 말없이 어지러운 세상을 넘겨다보는 여인네들의 형안炯眼을 이 기회에 나눠보고 싶어 하는 듯하여서였다.

지화는 밤잠을 설치는 날이 많아졌다.

옆의 소윤이 보기에도 딱할 지경이었다. 그 집에 머무는 닷새 동안 거의 매일 밤을 뜬눈으로 밤을 밝혔다. 따라서 소윤도 긴 밤을 뜬 눈으로 보내며 그녀의 말동무가 돼주려 하였다.

그렇지만 지화는 혼자 있기를 원하는 눈치를 보여 속만 태울 뿐 아무 얘기도 나누지 못하였다.

닷새째 되는 날 지화는 잠시 관음사에 다녀오겠다며 나갔다.

소윤이 따라가려니,

“잠시간만 기다려, 집도 비었으니 애들을 돌보면서.”

지화는 점심때가 못 되어 돌아왔다.

“이제 갈까 봐요. 너무 오래 신세를 져서 … .”

이번에는 소윤이 자리를 뜨려 하였다.

“벌써 그리 되었나?”

말은 소윤 쪽을 향했어도 눈은 딴 데에 가 있었다.

“삼봉 나으리의 문제는 내가 잘 알아서 해볼 테니 걱정일랑 말아라. 남자들이 하는 일이라 혹시 잘못이 있을지도 몰라. 여자들의 소견머리야 원래 좁지 않니.”

지화는 여전히 생각을 먼 데에 두고 있다.

“최영 대감님께서 혹시 등용을 안 시켜드리면 어떡하지요?”

소윤이 근심어린 눈으로 지화를 지켜보며 말하였다.

“설마 길이 있겠지. 세상에는 용勇이 있으되 지知가 모자라고, 지가 있으되 용이 모자라는 분들이 많으니까 … .”

지화는 며칠 전에 하였던 말을 되풀이한다.

"마님만 믿고 그만 돌아가겠습니다."

"잘 가게."

지화는 여전한 채로 인사말을 던지고는 깊은 한숨을 쉬었다.

소윤은 미진한 맘을 가눌 길 없어 자꾸만 걸음이 뭉그적댄다. 한숨은 무엇이며 생각은 어디에 두고 있나? 지혜와 용기의 결합이 무엇을 어떻게 하길래 같은 말을 되풀이 강조하는 걸까.

옛말에도 이 두 가지를 겸비한 사람은 사람으로 태어나지 않는다 하였다. 한 가지 재주는 타고나도 두 가지 재주는 타고나지 못한다 하였다.

나으리의 재주는 세상이 감탄할 지경인데 용기도 비호처럼 날렵하고 재빠르기도 한데, 그에겐 칼이 없어서 그 용기가 지혜 속을 벗어나지 못하고 있다.

'이성계라 … 이성계라.'

도무지 종잡을 수 없는 미지의 사나이였다. 무신의 세계에서도 그렇고 문신들 사이에서도 속을 짚지 못하는 장군이었다. 충성이 최영과 진배없이 뵈면서 그렇지 않듯 하고, 반골反骨인가 하면 왕명을 좇아 어디고 주저하지 않고 좇아가 이행하고 마는 묘한 사람이다.

나라 안 백성이나 왕의 신임은 최영을 따를 자가 이 나라 안에는 없다. 청렴결백하고 막하에 인재도 많아 군신이 아울러 머리 조아려 존경할 만한 인물이었다.

왕이 전답을 하사하여도 그 땅의 곡식을 거두어들이지 아니하고 전호가 배불리 먹도록 하였으며, 자신의 초라한 고옥에서 끼니 걱정을 하는 판이다.

그는 오로지 위로 왕을 받들고 아래로 백성을 가엾게 여겨 이 땅의 이 왕조가 세세년년 안정을 누리기를 원하는 마음이 여일如一하게 있을 뿐, 다른 잡념은 몸에 붙이지를 않았다. 야심이 없고 사심이 없기에 그의 신임은 더욱 두텁고 그의 지지는 왕을 능가할 지경이었다.

그러나 그는 이제 너무 늙었다. 왕을 섬기고 이 땅에서 칼을 휘두른 지 벌써 50여 년, 그의 인생은 만백성 만조백관이 알고 있다. 미지未知의 부분이란 어느 구석에도 없다. 매력이 없고 기대가 일지 않는 노장군 실력자일 따름이다.

그런데 최영의 뒤를 이을 사람은 뭐니 뭐니 해도 같은 칼을 들고 있는 무신武臣 이성계다.

그는 아직 젊다. 쉰 살이 될까 말까다. 속을 짚을 수 없으니까 단연 매력적이랄 수가 있다. 그는 최영 못잖게 숱한 전공을 세웠다. 그의 칼날이 번뜩이는 곳에서는 적이 초개草芥같이 무너졌다. 지장智將이라기보다는 용장勇壯이었다. 공적을 숱하게 쌓았으면서도 조정에서 늘 따돌림을 받았다. 용기는 있었으되 지혜가 모자랐기 때문이다. 안타까운 일이었다.

"그분이 정말 나를 알아줄까?"

삼봉은 소문이 전해준 소식을 혼자 음미하며 더러는 자문자답自問自答해 본다. 전에 같으면 거들떠보지도 않았던 무장武將 나부랭이에 불과했던 이성계였다. 유학을 경세의 치도로 삼고 무사로 하여금 그 뒤치다꺼리를 하도록 돼 있어 문신 위주의 여조麗朝를 꾸며가고 있었는데, 왠지 세상은 그를 용납하지 않았다. 몽골군의 사나운 발굽이 이 땅을 휩쓴 뒤부터 사라지리라 하였던 무신의 세력이 차츰 고개를 들고 정계로의 진출을 꾀하고 있다.

대원對元 관계가 완전히 국교로 성립된 지금은 동북면의 여진족의 침입과 동서남면의 왜구의 침입쯤은 주둔군의 소일거리로만 알고 명장들은 시선을 정계로 돌리는 형편이다.

그러나 여조는 어쩔 수 없는 모양이다. 무신이 내거리 대권을 잡고 천하를 호령하고 있다. 최영이 그렇고 최충헌·정중부가 그러했다.

혼란한 세상에서는 주먹이 앞선다. 다급한 상황을 바로잡는 데는 역시 칼의 위력이 앞선다. 바로 지금이 그러할 때이다.

조정이란 난장판이며 이전투구의 아수라장이다. 약하면 반신反臣이고 먹히면 역적이다. 배고픈 놈이 병신이요 착한 놈이 바보다. 뿌리에서부터 잎사귀까지 송두리째 썩어 있다. 어느 부분이라고 꼬집어 말할 수가 없는 형편이다. 구석구석 속속들이 썩었다. 어느 한 부분을 잘라내는 수술을 한대도 소용이 없다. 그 부분에 돋는 싹이 곧바로 같이 썩을 테니까 말이다.

뿌리째 뽑아 버리고 새 뿌리를 심지 않고는 도저히 소생할 가망이 없는 조정이 돼 있다. 그대로 썩힐 수 없고 썩혀서는 안 되는 기름진 터전이다. 백의白衣를 입고 옛 고구려의 위업을 전승하려는 사람은 운명처럼 이 터전을 지켜야 한다. 이 터전을 떠나서는 한시도 살 수가 없는 것이다.

그런 터전을 어떻게 썩은 뿌리의 썩은 가지와 잎을 단 나무를 심어야 하나?

삼봉은 소리 나도록 으음! 하는 신음과 탄식을 발하고는 자리를 박차고 있어났다.

"어딜 가시려고 그러세요, 나으리?"

차리고 나서는 품은 이웃 나들이를 갈 듯한데 긴장된 모습이 큰일을 맞으러 가는 사람 같아 소윤이 매달리듯 한다.

"좀 먼 데를 다녀오려고."

"먼 데라뇨? 혹시 영주에 가시려는지요?"

"아니."

영주에 안 간 지가 꽤 오래 되었다. 남경으로 올라온 이후, 아니 영주를 뜬 이후 한 번도 걸음을 하지 않았다.

"유람 삼아 이곳저곳 들를까 싶구먼. 개경만 빼놓고."

"어렵지 않겠습니까, 나으리?"

"괴나리봇짐 하나면 어디 간들 끼니야 굶겠소. 도처에 학당이 있으니 거기서 유留하면 될 거요."

"제 아비를 따라 보내면 안 될까요, 나으리?"

인고는 이제 너무 늙었다. 환갑을 지난 지 수삭이 되었다. 제 한 몸이 거추장스러운데 남의 시중을 들 여력이 어디 있나. 여생을 편안케 하기 위해서는 되도록 궂은일을 삼가야 한다.

하는 말이 너무 고마워 거절하기도 뭣하였지만 삼봉은 굳이 뿌리치고 혼자 먼 길을 나섰다.

실로 오랜만에 집을 벗어나 들길 산 고개 개천을 넘고 뛰니 기분이 마냥 날아갈 듯 맑고 가볍다. 산천의 경개가 분명하고 수려하기 이를 데 없는 이 강토에 몸 누일 곳이 왜 없나. 산천이 아름답듯 이 땅의 백성들도 어질고 착하며 영리하다.

삼봉은 남경을 벗어난 길을 잡으려다가 목멱산 등성이에서 바라보던 남경 모습이 보고파 한수를 건넜다. 그곳에서 쫓겨나기 전 매일이다시피 약수터에 올라 남경의 지세와 산세를 완상玩賞하였고, 한양별궁의 초라한 모습에 입을 삐쭉하였던 것이다.

산은 역시 산이었고, 강은 여전히 강이었다. 남경은 예나 다름없이 삼봉을 맞았고 바람은 여전히 그의 수염을 쓸어주었다.

지금이 가을이라서 그런지 목멱산을 떠나려니 한편 서운키도 하다. 어정대다가 해를 놓칠 뻔해서 걸음을 재촉했다.

노원역盧原驛에서 하룻밤을 유숙한 뒤 철령을 넘었다.

화령和寧으로 향하는 길은 점점 험악해진다. 산세가 높고 가파르며 골이 깊고 우람찼다. 학당에 들앉아 경서만을 읽어 온 선비들은 등골이 오싹해질 지경이다.

그는 화령에 도착하던 대로 그 일대를 한 차례 돌아보았다. 초가집이 대부분이고 백성들의 얼굴은 기름기가 없었다. 동부의 여진족 아니면 남동쪽의 왜구가 백성들을 짓밟아서 그런 모양이다. 그렇지만 그들의 얼굴에는 평온한 안정감과 기대에 부풀어 있는 흔적이 완연하였다.

지난 늦여름 호발도胡拔都의 2만 5천여 적군을 격파한 이성계 장군이 이곳을 지키는 한, 외침으로 인한 피해는 없을 것이기 때문에 동북에는 다시 평화가 깃들고 있는 것이다.

그가 이곳을 지키는 한, 왜구와 오랑캐의 침입이 없음은 물론 권신의 힘을 믿고 수탈을 일삼는 일부 관리승려들의 노략질도 완화된 것이 자명하기 때문이다.

이튿날 그는 동북면 도지휘사의 본영이 있는 함주 땅에 도착하였다.

"어서 오시오, 삼봉 선생."

이성계는 이미 그를 기다리고 있기나 한 듯이 반가이 맞아주었다.

삼봉은 너무 뜻밖의 일에 놀라 한동안은 아무 말도 못하고 멍하니 이성계의 얼굴만 바라본다. 누가 연락하였을까? 소윤이 개경의 지화한테 연락하고, 거기서 다시 이리로?

"장군을 처음 뵈오니 실로 감개가 무량합니다."

이성계는 이미 삼봉의 도착과 방문의 연락을 받았음인지 술상을 차리고 심복들을 그의 막사 안에 모아두고 잡담을 하고 있다.

"원로에 수고가 많으셨소이다."

반백의 이성계가 술상 앞으로 삼봉을 안내하면서 후의가 두텁게 인사말을 한다.

삼봉은 그의 심복들과 인사를 나누면서 보잘것없는 일개 장군의 막료 외에는 별로 힘이 되지 못할 것임을 느끼고 있었다.

"개경에 있을 때 이렇게 만났더라면 좋았을 걸 늦은 감이 없지 않아 있습니다, 대감."

"원, 천만에요. 부덕한 내가 어떻게 선생 같은 학자를 감히, 허허허."

"제가 화령과 함주에 잠시 머물며 살핀 것입니다만, 전에도 이처럼 평화가 깃들었고 백성들이 기대에 차 있었습니까, 대감?"

삼봉은 그 말을 하며 이성계의 눈 속을 똑바로 건너봤다.

"당분간은 그럴 겁니다만 여진족의 속셈을 알 수 있어야죠. 워낙이 거친 놈들이라 침탈을 업으로 삼고 있어서. 선생께서 무얼 보셨길래 그러십니까?"

삼봉은 막사 밖으로 시선을 던졌다간 도로 끌어들인 뒤 목청을 낮추며,

"군율이 남달리 엄하게 서 있고 단합이 예사 아닌 것 같습니다. 장군 휘하의 병사들은 전장에 나갔을 때 죽기 아니면 살기로 무찌르는 용맹이 있던 것 같습니다. 이런 병사들 앞에서 초패왕인들 별수 있으며 조조군인들 물러가지 않을 수 있겠습니까."

"과찬의 말씀이십니다."

삼봉은 때를 놓치지 않고 다시 입을 열었다.

"이러한 군율은 명장의 통솔력 없이는 어렵습니다. 참."

이성계가 눈을 번쩍 떴다. 삼봉의 말이 정곡正鵠을 바로 찌르는 힘이 있었던 것이다. 여태껏 그는 용맹을 달리는 장군들을 보았으되 지혜를 겨루는 어진 사람은 별로 대하지 못하였다. 그런데 삼봉의 눈은 동북면에 깊은 뿌리를 내린 이성계가 찾지 못하는 구석을 바로 밝게 찾아내는 데에 놀랐던 것이었다.

"산세가 참 험악하더군요. 전 사뭇 평지에서만 살아와서 … 이런 산세를 탄 곳에서는 영웅이 탄생한다 하였습니다."

"허허허. 기름진 옥토에서는 성현聖賢이 태어난다지 않습니까."

이성계는 약간 긴장을 풀고는 맞장구를 쳤다.

술기운이 모두 웬만큼 돌았다. 이성계는 휘하 막료들에게 제 위치로 돌아가기를 명한다. 모두 자리를 비운 틈에 혹시 여진족의 잔당殘黨이 야음을 타고 급습해 올지 모르는 것이었다.

막사에는 이성계와 삼봉 두 사람만이 남아 있었다.

"장군, 다시 놀랐습니다."

"예? 무슨 말씀이신지요?"

삼봉은 이성계란 사나이의 이면이 생각하기보다는 복잡하지 않음을 이미 간파하였다. 조정의 중신 권신들이 속을 알 수 없는 야심가라고 모두 경계를 게을리 하지 않았다. 그 때문에 그는 다른 사람들보다 진급이 늦었고 중앙에로의 진출이 봉쇄되어 있었다.

짧은 시간에 나눈 대화였고 관찰이었지만, 그는 삼봉의 심중을 헤아리지 못하고 있었다. 평범한 겸손이었을 따름이었다.

"장군의 휘하의 군대들 말입니다. 이런 군대라면 무슨 일인들 못 하겠습니까?"

태조가 언성을 높였다.

"선생, 무슨 말씀이십니까, 갑자기."

삼봉은 짐짓 말머리를 돌리며 그를 마주보고 싱긋 웃었다.

"동남방의 도심인 왜구를 물리치고, 동북방의 두통거리인 여진족을 방비할 수 있다는 뜻입니다."

"예에, 과찬은 삼가십시오. 내가 부끄럽소이다."

삼봉은 자리에서 일어나 천천히 영창가로 갔다.

"노송이 참 보기 좋군요. 가을 달이 걸리면 더 좋겠습니다. 시 한 수를 지어 올릴까요?"

"듣던 중 반가운 말씀입니다."

삼봉은 지필묵을 꺼내 그 자리에서 시 한 수를 지었다.

蒼茫歲月一株松 生長青山幾萬里
好在他年相見否 人間俯仰便陳蹤

"잘은 모르지만 시가 참 좋은 것 같네요. 선생이 다시 풀이해 주십시오."

"허허, 오늘은 제가 안쓰럽도록 겸손해 하십니다요. 어디 제가 다시 읊어볼까요? …'아득한 세월 속의 한 그루의 소나무, 푸른 산 몇 만 겹 속에 자라왔네. 잘 있다가 다른 세월에 다시 만나볼 수 있을까? 인간세를 굽어보니 곧 높은 자취로다.' 변변치 못해 죄송합니다."

삼봉이 읊조리는 시구를 가만히 듣고 있던 이성계가,

"참 좋은 시군요. 난 원래 칼과 활만 대해 와서 어진 학자들을 대하면 절로 머리가 숙여집니다. 오늘 선생을 만나고 나니 내 어리석음이 더욱 돋보여지는군요."

"고맙습니다, 대감."

며칠 안으로 끝나리라 하였던 함주 본영의 생활이 꽤 여러 달을 끌었다. 이성계가 그를 놓아주지 않는 것이다. 틈이 있으며 삼봉과 술잔을 기울이며 함주와 화령에서 있었던 옛일들을 어린애처럼 얘기하곤 하였다. 그러다 가끔,

"삼봉 선생은 왜 빛을 못 보십니까? 학식이 남만 못합니까, 재주가 뒤집니까?"

이런 말로 삼봉을 당혹하게 만들었다.

삼봉이 대꾸를 않았더니,

"포은에게 내가 한번 청해볼까요? 선생을 등용시켜 달라고요?"

"……."

삼봉은 여전히 말이 없다.

"사냥이나 나갈까요?"

"……."

삼봉이 대답을 않고 이성계를 조용히 건너보고만 있어 그는 실언을 하였나 싶어 하면서도 삼봉의 심중을 헤아리려 한다.

"동북면의 방비가 이래서 될 것 같습니까?"

삼봉이 갑자기 밑도 끝도 없는 말을 불쑥 내밀었다. 박학다식하다는 소문은 들었지만 군사문제에까지 관심이 있는 줄은 의외였다.

"동북면은 이 땅에서 가장 중요한 요새입니다. 서북은 북원, 명 양 나라의 침략을 받은 길목이지만 선린관계로 막을 수가 있습니다. 서동남방의 왜구는 지방군으로도 간단히 물리칠 수가 있습니다. 그러나 동북면만은 큰 병사를 갖지 않고는 어려운 형편입니다.

수가 적습니까, 선린이 먹혀듭니까, 오직 힘으로 막고 쳐부술 수밖에 없지 않습니까, 조정에서는 그걸 모르고 있지요?"

삼봉이 거리낌 없이 줄줄 늘어놓는 동북 방비책에 이성계는 어안이 벙벙해진다. 이곳을 아는 것이 방비책인 자기보다 삼봉이 앞선 듯하였던 것이다.

"나도 그 점은 알고 있소만, 시중 대감인 조민수曹敏修 장군이랑 조정이 말을 듣지 않는군요."

"설득력이 없어서입니다. 제가 조정에 올린 방비책 하나를 마련하였는데 봐주시겠습니까?"

"선생이요?"

이성계가 놀라는 사이 삼봉은 두루마리 하나를 내밀었다. 이성계가 두루마리를 펴들었다.

북계北界는 여전해하달 요심의 경계와 서로 접하여 진실로 국가의 요새지입니다. 평시라도 군량을 비축하고 병사를 양성하여 만일의 경우에 대비해야 합니다. … 이 변방의 책임을 맡은 사람으로서 가만히 앉아 저들의 동정을 살필 수가 없어 삼가 변방에 대한 계책을 마련하는 바입니다.

1. 적을 막는 방책은 병사들을 훈련하여 두는 데에 있건만 지금은 훈련되지 않은 병사들이 먼 고장에 흩어져 있다가 유사시에야 허둥지둥 소집되어 오는 형편이 돼 있다. 그들이 전열을 가다듬었을 때는 이미 저들의 노략질이 끝난 뒤이기가 일쑤며 설령 그들과 마주친다 하더라도 병사들은 창검을 쓸 줄을 모르는 형편이다.

원하옵건대 앞으로는 군대 훈련을 엄격히 하고 군기를 확립하여 만일의 변고에 대비함으로써 실기失機하는 일이 없도록 함이 옳은 것이다.

2. 군대의 명맥은 군량軍糧에 있다. 백만 대군을 거느렸다 하더라도 하루치의 군량밖에 없으면 하루의 병력밖에 안 되며, 한 달치의 군량이 있으면 한 달의 군대밖에 안 되는 것이다. 군량은 하루라도 없어서는 안 된다. 동북면의 군량은 경상·강릉·교주도의 곡식으로 충당하였으나 지금은 이 지역의 지세地稅로 충당하고 있는 형편이다. 그런데 근래에 와서 홍수와 가뭄으로 공사 간에 어렵게 된 터에 일부 무뢰배들과 승려들이 권력층의 글발과 불사佛事를 핑계로 부곡마다 찾아다니며 위협하거나 몽둥이질을 자행하고 있다.

이런 반동反同으로 말미암아 백성들은 굶주림과 추위에 허덕이는 형편이다. 그 위에 여러 관청과 원수元帥들이 파견하는 벼슬아치들이 떼를 지어 다니며 백성들에게 그 대접을 청하고 있으니 이들은 실로 껍질을 벗기고 뼈를 갉아먹는 고통을 당하고 있다. 백성들은 이를 참다못해 살던 고장을 떠나 유맹流氓하는 자의 수가 늘어나고 심지어 산적으로 전락하는 수도 있다. 열 사람 중 8, 9명은 그에 해당된다고 할 수가 있다. 이 지경에 군량이 나올 데가 어디 있겠나. 이를 금단禁斷하여 백성들이 안정을 하도록 해야 할 것이다.

동북면은 원래 산간지山間地가 되어 땅이 좁고 토질이 메마른데 세공을 정할 때 땅의 크고 작음을 기준으로 하고 있다. 더구나 기름지고 넓은 땅은 관료들이 차지하고 있어 세공을 거둬들이지 않고 있다. 그 때문에 백성들이 내는 세공은 너무 불공평하여 부족하기 이를 데가 없다. 앞으로 동북면의 세공은 이후 경전耕田의 다과에 따라 세공을 부과하여야 할 줄 안다.

3. 군대건 백성이건 조직이 없으면 위난을 당했을 때 서로를 보전하기 어렵다. 일찍이 공민왕 병신년丙申年, 1356年에 내린 교서에는 세 집을 묶어 일 호一戶로 하고, 백 호를 묶어 일 통一統으로 하여 통의 책임자인 통주統主는 군영에 직속케 하였으며, 평상시에는 일 호에서 한 사람씩 군역에 나갔고 위험시에는 세 집에서 다 한 사람씩 나가고 다급한 사태에서는 모든 장정이 다 나가도록 하였다.

근래에 이르러선 이 법이 폐지되어 백성들을 조직할 근거가 없어졌다. 징발할 때마다 산재한 백성들이 도망을 쳐서 불러들이기가 매우 어렵게 되었다. 금년에는 이틈을 타서 적들이 돈과 곡식을 풀어 고려 백성들을 낚아 들이고 몰래 군사행동을 일으켜 약탈을 일삼고 있었다.

동북면의 가난한 백성들은 마음 둘 곳이 없고 모두가 원래부터 잡류雜類이어서 피차 눈치만 살피고 이익이 있는 데만 쫓아갈 뿐이다. 그러니 병신년의 교서에 따라 군호를 다시 정하고 백성들을 안정시킴으로써 그들을 단합된 힘이 되도록 하여야 한다.

4. 백성들의 휴척休戚은 지방관에 달려 있고 군대의 용겁勇怯은 장수에 달려 있다. 현재 지방관들은 권문 출신이 되어서 그 세력을 믿고 직책을 충실히 이행치 않고 있다. 그로 인해 군대 보급에 지장을 가져오고 백성들은 생업을 잃고 이산하여 인구가 줄어들고 창고가 비어 있다.

지금부터는 이런 폐단을 막기 위하여 염근정직廉勤正直한 사람을 공선公選하여 지방관으로 삼음으로써 백성들에게 임하게 하고 홀아비와 과부를 위무케 하기를 바라며, 장수의 직책도 능히 이를 감당할 인재를 임명하여 군대를 지휘하여 나라를 튼튼히 지켜나가야 할 것이다.

삼봉이 내민 안변지책安邊之策을 엮어 내려가는 이성계의 굴곡 많은 얼굴에 용틀임 같은 근육이 흔들리고 있었다.

그 흔들림은 때로는 희열로 분노로 뒤바뀌더니 나중에는 어두워져 버린다.

"과연 명문이로소이다, 군사軍師!"

다 읽고 난 이성계가 감격을 이기지 못해 부들부들 떨며 삼봉의 손을 텁석 잡고 울부짖듯 말하였다.

"내 너무 우직해서 초로삼고도 못하였구려. 이제부터 나의 군사軍師로 계셔주시오, 삼봉 선생!"

"……."

삼봉은 대답을 않고 있었다. 표정 하나 까딱하지 않고 이성계의 감격하는 모양을 지켜보다간 한참 만에 마치 명령하듯이 입을 열었다.

"장군, 동북면의 병사들을 그 안변지책대로 잘 다스려주십시오. 국가의 위난危難을 구할 수 있는 길은 바로 이 동북면에 있습니다. 그 점을 명심하십시오."

"알았소이다."

근 한 달간에 걸친 동북면 생활을 끝낸 삼봉은 김포로 돌아왔다. 이성계는 그에게 말을 내주고 병사를 따르게 하였지만 그는 어느 것도 받아들이지 않았다.

그러나 그가 내린 곡식과 베布는 영주의 가족들에게 보내달라고 하였다. 그동안 8년 여간 너무 고생들을 한 가족들이었다. 지아비를 잘못 만나 비천한 종의 딸의 도움으로 겨우 연명하며 오늘이나 내일이나 내리 속으며 지내왔다. 벼 열 섬, 콩 열 섬, 베 스무 필이면 일 년 양식은 너끈하다. 한 일 년은 잊고 지내도 괜찮다.

흔쾌한 기분으로 김포의 학당으로 돌아왔더니 머리에 기름을 뒤집어쓴 듯한 중 너덧이 몰려와 욕지거리를 안에다 대고 퍼부으며 소란을 피우고 있었다.

안쪽에는 문이 꼭 잠겨 있고 아무도 없다. 소윤의 방에 대고 욕지거리를 퍼붓는 것으로 미뤄 소윤과 실랑이가 벌어진 모양이었다.

그들은 삼봉이 돌아온 것을 알자 그만 꽁무니를 뺀다. 삼봉은 그들 뒤를 쫓지 않았다. 중이라면 자다가도 눈이 떠지고 씹던 밥이 넘어가지를 않았다. 시주하러 왔다가 거절을 당하니까 패거리들을 모아 행패를 부리는 것이다. 삼봉은 그렇게 알고 있었다.

그런데 소윤의 얼굴이 마련이 없이 상해 있었다. 눈물범벅이 된 그 때문이 아니다. 양 볼이 홀쭉하게 야위어 있고 눈두덩이 푹 꺼진 주변에 기미마저 껴 있었다.

"중놈들을 상대로 시비할 것 없어. 돌팔이 중놈을 상대하는 자네가 잘못일세."

소윤을 부드럽게 쓸어주고 소란도 잊기로 하였다.

"일은 잘되셨어요, 나으리?"

"무슨 일인데?"

삼봉은 시치미를 뗐다. 아녀자들이 알아서 득 될 게 없을 것 같아 바깥일은 일체 알리지 않는 것이 좋았던 것이다.

"어딜 다녀오셨는데요? 그새."

"여기저기 유람을 다녔지. 상한 속도 살피려고 약수도 마시고."

"그러셨군요."

소윤은 별로 서운해 하지 않는다. 이에 모든 걸 다 알고 있다는 듯 가볍게 묻고 가볍게 받아들였다. 그게 편했고 오늘 같은 분란이 일어난 죄의식 때문에 더 그래줘야만 하였던 것이다.

삼봉이 학당에서 오랜만에 만나는 제자들과 밤을 새우며 담론을 하고 있을 때 소윤은 아래채의 이불 속에서 혼자 흐느끼고 있었다. 아무리 생각해도 일은 기어이 터지고 말 것 같은 불길한 생각이 회오리바람처럼 몰아닥쳤다.

삼봉이 집을 비우는 그 사이에 두 번씩이나 소란을 피웠다.

박천이 순순히 물러설 놈으로 믿었던 것이 잘못이었고, 어리석은 생각이었다. 수년이 지난 지금에 와서 옛일을 들추며 중들을 보내어 위협을 가하고 있다. 소윤의 주인이 삼봉 정도전이라는 사실을 알고서 일부러 더 극성을 피우는지 몰랐다. 철저한 척불론자의 비첩이 된 앙갚음을 안팎에 대고 해대는 것이었다.

그 방법이 너무 치졸하고 비열하여 소윤은 혀를 깨물고 싶은 것이다. 처음 박천이란 이름을 밝히지 않는 탁발승 하나가 나타나 수작을 걸고들었다. 그는 소윤의 얼굴을 뚫어져라 쳐다보더니만 대뜸,

"공양미 3백 석만 개원사에 공양하고 불공을 드리옵소서. 부인의 죄업은 이생을 견디기에 너무 무겁습니다. 나무관세음보살."

귀 안이 따갑게 목탁을 두드리고 염불을 외웠다.

"스님, 저희들은 그럴 재력이 없습니다. 물러가옵소서. 유가의

집안에 그런 일은 하지 않는 법이랍니다."

소윤의 가슴은 벌써부터 뛰고 있었지만 애써 진정을 하며 공손히 거절하였다.

"부인께서 백 석이 없다면 이 땅에 누가 또 있겠소. 탐욕을 버리고 흔쾌히 응하소서, 나무관세음보살."

"방금 말하잖았어요. 우린 불가와는 인연을 맺지 않는다고."

소윤이 앙칼지게 쏘아붙였다.

"다 알고 왔소이다. 부인이 어떤 연유로 여기까지 왔었는가를 세상은 몰라도 소승은 알고 있습니다."

소윤의 가슴이 다시 철렁 내려앉았다. 그녀는 몸을 돌려 안으로 피해 들어왔다.

박천이 보낸 염탐꾼임에 틀림이 없었던 것이다.

그는 문 앞에 오래도록 버텨 섰다간 집 주위를 면밀히 살핀 뒤 돌아갔다. 주위 사람들이 없었기에 망정이지 정말 큰일을 당할 뻔하였다.

그랬는데 오늘 또 나타났다. 전번보다 더 기세 좋게 여러 중들이 나타나 다짜고짜 공양을 백 석쯤 하라고 윽박지르는 것이었다. 대꾸는커녕 들은 체도 않았더니 꾸역꾸역 안으로 들어와 욕설을 퍼부었다.

심지어는 삼봉을 들먹이며 위협까지 해대는 것이었다.

"삼봉이 알기 전에 순순히 응하시오. 백 석을 바쳐 이생의 업보를 씻기 싫거든 재물 아닌 생성체로 때우도록 하시오. 개경에는 백 석을 내놓을 권신귀족이 많을 거요. 알았소?"

"나가세요. 어서 나가욧. 안 나가면 사람을 부를 터예요. 순군호에 알려 병사들이 당신들을 잡아가도록 하겠어요."

"흥, 우릴 잡아가. 변방의 피라미들이 개경의 우릴 잡아가! 맘대로 하시오."

그렇듯 기세 좋게 떠들고 버티던 그들은 삼봉이 나타나자 그만 쉬쉬 꽁무니를 빼물었다. 삼봉이 무서워서는 아닐 것이었다. 삼봉을 일부러 욕 뵈기 위해 우선 자리를 피해 준 것인지 몰랐다. 소윤과 삼봉을 요리조리 골리다가 나중에는 뼈째로 우려먹으려는 것이 분명하였다. 종국에는 삼봉이 알아 소윤을 내쫓을 것이고, 따라서 삼봉 자신도 내면의 반란으로 타락해서 몰락할 것으로 그들은 내다볼지도 모르는 일이었다.

애간장이 말랐다. 오장육부가 바싹바싹 말라비틀어지고 눈앞이 캄캄하였다.

이제 역겹고 고난 많은 세월을 간신히 이겨서 보내고 그 설움 많은 세월을 씻어줄 날을 간신히 다시 찾으려는데 만사가 허사로 돌아갈 표독한 파괴자를 만난 것이다.

이 노릇을 어떻게 하면 좋을까? 피신을 할까, 아주 떠날까? 이제는 갈 만한 마땅한 곳이 없다. 어디를 가건 박천의 무리들이 뒤쫓아올 것이기 때문이다.

'어떡한다?'

소윤이 삼봉의 눈치를 살피는 사이사이 하마나 올까 대문 밖에다 귀를 모으고 있었다.

명明과의 관계가 묘하게 틀어져가고 있었다. 북원과 명에 양다리를 걸치고 눈치작전을 폈던 조정은 때 아닌 된서리를 맞아야만 되었다.

요동을 점령한 명은 그동안 고려가 북원과도 내통하고 있다며, 고려의 사신을 잡아 가두고 지난 5년 여간 밀린 세공歲貢을 내놓으라는 호통을 쳤다. 만약 이에 응하지 않을 때는 수십만 군대를 동원해서 쳐들어가겠다는 엄포를 놓은 것이다.

조정 안은 이 문제로 연일 뒤숭숭하였다.

삼봉은 이 소식을 함주에서 들었다.

"군사軍師, 이 노릇을 어떻게 하지요, 백성들이 굶어죽을까 걱정이오."

이성계의 얼굴에 수심이 가득 차 있다. 삼봉은 이를 갈고 있었다. 조정 안의 돼먹지 못한 무리들의 하는 짓거리가 하나 그다 싶은 것이 없고 모두가 이 모양으로 뒤죽박죽을 만들어 버리는 것이었다.

이 나라의 조정이야 어리석은 놈들만 차 있다 하더라도 명의 주원장도 너무한 사람이었다. 고려에 무슨 재물이 풍부하여 5년 치를 한꺼번에 내놓으라며 호령호령인가. 교의와 선린은 이런 대소大小 간의 공물과 간섭을 뜻하는 것이 아님은 물론이다.

"무슨 방도가 없겠소, 군사?"

이성계가 재차 물어왔다.

삼봉은 깊은 한숨을 두어 번 내쉬다간

"제가 무슨 방도를 알겠습니까. 여지껏 죄인의 몸이라 속수무책입니다."

"포은에게 서찰을 보낼까 하는데 어떻겠소?"

이성계가 조심스럽게 삼봉의 의중을 떠본다.

"제가 주원장을 만나 무슨 일을 할 것 같습니까?"

"……."

"조정 안의 똥돼지 같은 놈들을 공물 대신 실어가라고 간청할 것입니다."

"군사, 말이 지나치오. 누가 들으면 큰일나겠소."

이성계가 주위를 두리번거리며 공포에 질린다.

"나쁜 놈들!"

그의 눈에서 불이 확확 일었다.

"가서 주원장의 목을 비틀어 놓든가, 권신귀족들을 끌고 가게 하든가 양단간의 결단을 내고 올 겁니다."

삼봉은 자리를 박차고 일어나 이성계의 본영을 떠났다.

이번의 하성절사賀聖節使에 포은이 사자로 뽑힐 건 틀림없는 사실로 믿어졌다. 그는 전에도 명에 다녀온 적이 있었다. 공민왕 12년 홍사범洪思範을 따라 명에 갔다가 좋은 성과를 남겼다.

외교상의 어려운 문제가 있을 적마다 탁월한 외교솜씨를 보였던 것이다. 더구나 이번의 하성절사는 모두가 발뺌을 하고 있다. 명의 태도가 예사 아니어서 연금 정도가 아니라 목을 베일지 모르는 일이었다.

포은도 필경 망설일 텐데 그러면 내가, 이판에 내가 나서볼까? 삼봉은 그랬으면 좋으리라 싶었다. 이 기회에 명과의 교분도 튼튼히 해두고 명을 뒷등에 얹고 조정 안에 기반을 구축할 수가 있는 것이다. 일석이조의 효과를 얻는다고나 할까. 상당한 모험 뒤의 성과는 의외로 클 것이기 때문이다.

삼봉은 김포로 돌아가는 도중에 포은에게 서찰 한 장을 띄워 보냈다.

사흘 뒤 내부시內府寺에서 사람이 나왔다. 그는 삼봉의 집 앞에서 예를 갖추어 정중히 아뢰었다.

"삼봉 정도전 선생은 왕명을 받으시오. 오늘부로 전교부령典敎副令으로 임명이 되었고. 속히 채비하고 떠날 준비를 해주시오."

소윤이 맨발로 쫓아 나오다 의관을 정제한 제자들의 눈총을 맞고 안으로 피해 들어갔다.

삼봉은 사랑채에서 떠날 준비를 한다.

8년 만에 새로 얻는 관직이었다. 보잘것없이 낮은 한직이었지만 이를 계기로 이제 서서히 조정 안에 발을 굴리고 세력을 확보해 갈 수가 있는 것이다.

정사인 포은 정몽주를 따라 서장관書狀官으로 명나라를 다녀오면 중신의 예우쯤 받을지 모른다. 유배생활이 아니었더라면 정당문학의 직을 가진 포은과 앞서거니 뒤서거니 하며 진급하였을 것이다. 아마도 지금쯤은 정3품급은 좋게 되었을 것이고 대사성 밀직부사 한 자리쯤은 좋게 얻었으리라.

망할 놈의 유배생활이 이 모든 것을 고스란히 앗아갔고 뒤늦게 말단 한직閑職 하나를 얻어 지난至難한 사절의 수항원으로 먼 길 9천여 리를 떠나게 되었다.

개경. 만 9년 만에 밟아보는 낯익은 땅이었다. 마치 내 집 안마당인 양 좁게만 보였었던 그곳이 그동안은 대해처럼 넓고 멀어 보였다. 이제는 다시 안마당처럼 맘껏 휘돌아다녀야 한다. 경복흥은 죽었지만 이인임・임견미・염흥방은 아직 조정을 주무르고 있다.

포은은 삼봉을 맞을 채비를 갖추고 있다가 그가 나타나자 큼직하고 두툼한 손을 내저으며 손을 끌어 잡았다.

"종지宗之, 미안하네. 자넬 잊고 지내서 내 할 말이 없구먼. 고생이 많았지? 소문을 듣자니 학문에 탐닉하느라 연일 정신이 없다며? 잘했네 잘했어."

포은은 옛날 목은의 문하 시절로 돌아가 감회에 젖어 있었다.

"이보게 달가, 자네들은 선견지명先見之明이 없구먼. 왜 진즉 이런 일을 예측 못하였나? 이리로 오면서 봤는데 전국은 흡사 난리를 만난 것 같더군. 세공 마련을 위해 백성의 가죽을 벗기고 뼈를 추려내고 있었어. 중신들은 무얼 하였기에 어진 백성을 굶어죽이려 하는가? 자네들의 뱃가죽은 기름이라도 많지만 백성들은 뱃가죽이 등가죽에 달라붙었더라네. 자네들이 안 낸다고 그래 태무심하긴가?"

삼봉이 입술에 침을 발라가며 삼봉 특유의 독설로 공격하자 포은이 숙연해진다.

"그간 송헌松軒: 이성계 막하에 가 있었다면서? 안변지책은 명문명책名文名策이더군. 이번에도 자네가 황제께 올리는 표문表文을 작성해야겠어."

"말은 자네가 하고 글은 내가 짓는단 말이지? 공은 누가 얻고?"

"자네가 얻게나. 난 정당문학이라도 얻었지만 자넨 판남경윤判南京尹 하나쯤 얻게."

"모두들 큰일이야, 큰일. 만호萬戶 자격도 없는 녀석들이 이 나라 조정을 뒤흔들고 있으니 나랏일이 뭐가 되겠나. 모두 싹 쓸어다 조공으로 바쳐 버려야 돼. 그러지 않고는 어려워 어려워."

삼봉은 웃음기를 섞어 반농조로 말하였다. 포은도 그렇게 받아들이는 눈치였다. 다행이었다.

이미 임견미·이인임 일당은 효수해도 시원찮은 무리들이고, 이색·포은 등 현직의 유학자들도 유배를 당하거나 외방종편外方從便의 제재쯤을 받아야 마땅하다. 매듭이 없는 것이다. 원만하다는 것, 정치라는 것, 갖가지 핑계를 대고 유야무야 세월만 엮어가는 이들은 어떤 의미로도 역사를 좀먹고 있다.

옳은 일은 목을 떼놓는 모험을 감수하여 밀고 나가야 하고, 그릇된 일은 처자식이래도 목을 베어 책임은 지워야 한다. 이인임 일당만이 효수죄인이 아니라 목은 일당도 그에 못잖은 죄인이다. 역사의 책임은 모두가 공共히 져야 하니까 말이다.

그러고 보니 이 조정 안에는 하나 쓸 만한 녀석이 없다. 이존오李存吾·순경順慶 그 친구가 살아있었다면 얼마나 좋을까. 천생배필처럼 의를 맞추어 담론 담소를 하며 어지러운 세상을 척결해 나갈 터인데, 다시금 아쉬운 생각이 들었다.

뱃길로 떠나야 할 명明의 남경南京길을 필마로 달려 60일 안에 닿았다. 무리한 9천 리 역정에 그들은 기진맥진이 되었지만, 명과의 교의를 원만한 선으로 끌어올리고 구금되었던 사신들을 풀어 함께 귀국을 하였다.

삼봉은 귀국길에서 돌처럼 굳어 있었다. 사태가 심상치 않은 남경의 분위기였던 것이다. 세공을 완납한 뒤에 두고 볼 일이지만 하성절사의 서약만으로 그냥 물러앉을 명의 조정이 아니었다. 필경 시련을 던진 뱃심이 엿보였던 것이다. 삼봉은 그 눈치를 이미 채고 포은에게 귀띔했고, 그 귀띔을 받은 포은은 무사히 돌아올 수 있는 모책을 썼었다. 아마 포은 먼저 정사로 내정되었다가 임견미에게 뇌물을 주고 발빼한 진평중陣平仲이 갔었더라면 그도 역시 전철을 밟는 데 불과하였을 것이다.

포은과 삼봉은 사력을 다해 그들의 입을 쓰다듬고 그나마의 성과도 거둘 수 있었던 것이다.

이듬해 봄, 삼봉은 귀국하던 길로 이성계를 찾아갔다.

가슴을 죄며 기다리던 이성계는 그가 무사히 귀국하였다는 소식을 듣고 뛸 듯이 기뻐했다 한다.

그는 이성계를 은밀한 곳으로 모시고 갔다. 이성계가 영문을 몰라 눈을 둥그렇게 뜬다.

"장군, 제 말씀을 잘 새겨들으십시오."

"무슨 일이길래 군사께서 이러시오? 난리라도 터진단 말이오?"

삼봉은 흥분을 가라앉히고 침착하려 애를 쓴다. 얼마 만에 눈을 가늘게 뜨고 이성계를 겨냥하듯 쏘아본다.

"장군은 명과의 관계를 어떻게 보시나요?"

"그야 … 새 우호국으로 봐야지요."

"우호입니까, 사대事大입니까?"

"……."

이성계가 선뜻 대답을 못한다.

"표면으로는 사대를 지켜야 합니다. 그러나 그들이 침공해올 경우에는 어떻게 하면 될까요?"

"군사, 난 도시 무슨 영문인지 모르겠소. 어느 땐 태조太祖의 목을 비틀어 놓겠다 하지 않았소."

"필경 그들은 고려에 시련을 안겨줄 난제難題를 던질 겁니다. 장군께선 뒤를 빼셔야 합니다. 명은 엄연히 대국이고 강국입니다. 고려쯤은 안중에도 없습니다. 적절한 시기까지는 사대의 예를 올리며 우위를 쌓는 자세를 가지셔야 합니다. 때가, 적당한 때가 오면 사대에서 선린우호의 자세로 바꿔야 합니다. 장군께서 그 점을 아시고 거취를 분명히 해주셔야겠습니다."

삼봉이 진지하게 이르는 말에 이성계는 어리둥절해 있었다.

"시련을 던질 근거라도 있소?"

"네, 있습니다."

삼봉은 자신 있게 대답하였다.

"5년간의 세공을 일시에 내놓으라는 고집을 피웠습니다. 저희들은 너무 과중하니 분납을 간청하였습니다만, 막무가내였습니다. 그리고 선왕인 공민왕의 증시贈謚를 거절하였습니다. 아직 왕王으로 인정하지 않고 있습니다."

삼봉의 얘기를 듣는 이성계의 얼굴이 그제야 진지하게 굳어진다.

"어려운 일이구먼, 그래야만 될 이유라도 있나요?"

"그런 건 권신귀족에게 여쭙는 편이 낫습니다."

삼봉이 쌀쌀하게 잘라버린다.

"난 뭐가 뭔지를 모르겠구먼, 허허허."

"이만 실례하겠습니다, 장군."

그는 이성계의 집을 나와 김포로 향했다.

오랜만에 가보는 김포며 만나보는 소윤이다. 이제 김포의 고루한 생활을 내팽개치고 개경으로 올라가야 한다. 역겹고 지루한 10여 년간이었다. 지나고 보니 수유須臾였지만 그날의 하루하루가 모래를 씹는 역경의 나날이었다. 소윤이 나타나지 않았으면 그는 이미 병사病死하였을 것이고, 가족들도 아사를 당하였을 것이다.

고마운 부녀다. 그들을 이제부터 두고두고 살피고 돌봐줘야 한다. 고마운 두 부녀를 은인으로 삼아야 한다. 그 덕분에 그는 성균관 제주成均館 祭酒 겸 지제교知製敎란 다른 직분을 얻어낸 것이다. 유배 가기 직전의 직분을 10년 만에 다시 찾았다. 한숨과 탄식이 절로 나올 일이었다.

김포의 집은 텅 비어 있었다. 인고는 병을 얻어 자리에 누워 있고 그 옆에 응당 있어야 할 소윤은 간 곳이 없었다. 혹시 개경의 지화를 찾아갔는가 하였지만 그런 것만도 아니었다.

섬찟한 예감이 들어 인고더러 물었더니,

"개경에, 개경의 아시는 분을 찾아간다고 하였습니다. 이 장군의 둘째 부인 댁으로 간 지 열흘이 넘었습니다."

삼봉의 눈치를 훔치며 기어드는 소리로 대답한다.

"거긴 방금 다녀왔는데 없었어. 어떻게 된 노릇이지?"

삼봉이 다그쳐 묻자 인고는 눈물만 흘릴 뿐 더 말을 하지 않았다.

그녀의 방으로 가봤다. 방이 썰렁하였다. 평소 소윤이 쓰던 가재도구가 절반 넘게 없어지고 방바닥도 냉기가 돌았다. 꽤 여러 날이 된 빈방이다.

"무슨 일인가, 대체."

삼봉은 버럭 화를 내었다.

"내 이제 죽을 때가 되었나 봅니다, 나으리. 이렇게 기운이 없고 정신이 혼미해서야 살아날 수 있겠습니까. 모든 것이 원망스럽습니다, 나으리."

"일이 정말 어렵게 터졌구먼."

'이 날도둑노옴!'

삼봉은 이를 소리 나도록 갈았다. 조마조마하였던 소윤의 일이 기어이 터지고 만 분노와 아쉬움이 그를 마냥 어지럽게 하였다.

이미 이성계를 만나고 돌아오던 그때 어떤 확증은 잡았다. 그전에도 소윤의 과거사가 미심쩍기 한량없었지만 그럴 수도 있는 거겠지 하는 정도로 덮어 두었다. 다른 이의 양녀였대도 권신들의 꼬락서니를 봐서 비첩과 진배없었을 것인데 중놈의 양녀였었다니까 그 이면은 들으나 마나다.

다른 어려운 예를 들지 않아도 가까운 신돈의 경우만 보면 대번에 알 수 있다. 지금 고려 안에는 비승비속非僧非俗의 중들이 지천으로 깔려 있다. 여자를 탐하고 권력을 노리며 재물을 축적하는 사찰이며 승려였다. 대낮에 술 마시고 방성대가를 하는 것쯤은 애교로 봐줘야 하고 인가에 들어가 시주를 강요하고 거절하면 폭력을 일삼았다. 사찰을 찾는 부녀자들을 강간해서 약점을 쥔 뒤 권력층 내부와 긴밀히 관계를 맺고 그 권력을 배경으로 횡포를 자행한다.

산속에서 수도에 전념하여야 할 승려의 세계를 삼봉은 늘 눈엣가시처럼 여겨왔다. 사생관에 매어야 할 그들이 왜 사회관으로 흘러 타락하느냐 말이다.

소윤의 양부라는 박천은 천하의 호색한이요 날도둑이다. 개원사의 10만 석을 한 손으로 주무르며 남은 손으로는 여색과 권력을 주무른다. 소윤이 상당량의 재물을 비축한 이면에서는 개원사의 재산이 알듯 모를 듯 뒤로 빼돌려졌다는 뜻이 된다.

한 여인의 마른 목을 달래기 위해 돈을 물 쓰듯 하는 박천이 재물만큼의 본전을 안 빼고 물러날 리가 없다. 소윤의 나이 스무 살에 박천의 품을 벗어났으니까 고작 4년여의 애완물이 된 셈이다. 재미는 그때부터가 한창이었을 것인데 그만 놓치고 말았으니 애통하기 그지없고 분루를 삼켜야 할 판이었을 게다.

박천이란 놈은 이미 썩어빠진 속물이라 치더라도 소윤은 왜 진작 그 길을 거부하지 않았던지 삼봉은 소윤에 대한 원망이 대단하였다. 삼봉이 타불打佛·척불拓佛의 선봉장이 될 줄은 그녀가 모를 리가 없다. 그런 사람 앞에 박천의 더러운 재물로 생계를 이어왔다니 갑자기 구역질이 꾸역꾸역 괴어올랐다.

그러나 밤의 어둠이 창가로 찾아오자 삼봉은 쓸쓸해지기 시작했다. 이맘때면 저녁상을 받쳐 든 소윤이 방문 앞에서 속기침을 하며 살며시 문을 열고 들어왔다.

정말, 정말 박천의 마수에 걸려 가출한 것일까? 인고의 눈치와 전후사정은 어김없는 일로 여기게 하였지만 소윤을 생각하는 정은 쉬이 그렇게 여길 수만은 없다. 제발 그런 일이 없기를 바랐다.

그는 생각다 못해 인고의 방으로 내려갔다.

"이보게 인고, 내게, 내게 바로 이야기해줄 수 없겠나?"

삼봉은 떨고 있었다. 말도 떨었고 몸도 떨고 있었다.

인고는 눈을 꾹 감은 채 울고 있었다.

"나으리, 소인을 용서해 주십시오. 몹쓸 년의 딸을 두어서 나으리의 심려만 끼치고서 … 엉엉 … ."

그는 몸을 돌려 삼봉의 무릎에다 얼굴을 묻고 소리 내어 울었다. 삼봉의 콧등도 시큼해진다. 한참을 울고 난 인고가 말을 더듬더듬 하였다.

"몹쓸 병이 … 걸려서 정처 없이 … 떠났습니다."

"몹쓸 병?"

"나으리를 뵐 면목이 없다고 정처 없이 떠돌다 죽겠다며 … 엉엉…."

삼봉은 혼자 장탄식을 한다. 이 무슨 변고인가. 경사와 때맞춰서 소윤이 궁지에 몰리다니 변고치고는 얄궂은 변고였다.

이 억울한 사정을 어디에다 하소연하여야 옳을까? 신이 계신다면 날벼락을 내려주어야 할 것이며, 어진 임금과 기강이 바로 선 법이 있다면 응당 벌을 내려주어야 한다.

소윤은 울고 또 울었다. 하소연할 곳이 한 곳 없는 외롭고 외로운 처지가 돼서 억울함을 땅을 치고 통곡해도 해결이 안 된다.

개원사 암자에서 새벽을 기해 탈출하였을 때는 이미 모든 게 늦었다. 박천에 의해 짓밟힐 대로 짓밟혔다. 그녀는 관음사의 공산 스님을 찾아가는 새벽길에서 목을 놓아 울었다. 인적이 뚝 끊긴 그 길은 소윤 혼자 걸어갈 뿐 아무도 없다. 그 때문에 그녀는 맘 놓고 서럽게 울었다.

세상이 이 사실을 알까 두려우니 하소연할 곳이 마땅할 리가 없다. 삼봉 나으리, 그분이 아니라면 박천과 사생결단을 내고 말 것이었다. 박천은 그걸 교묘히 이용하는 것이다.

삼봉이 없을 때, 그리고 그가 관계에 다시 발을 들여놓을 계기를 만났을 때 기다렸다는 듯이 방해를 놓았다. 소윤을 매장시키고 삼봉을 궁지에 몰기 위해서 말이다.

그녀는 지난 해 이래 박천의 행패는 까마득히 잊고 지냈다. 그도 그럴 것이 아무런 일이 없었던 것이다. 하마나 하며 신경을 곤두세웠지만 한 달 … 석 달이 지나도록 기척이 없었다. 그래서 일 년여가 지난 지금은 한낮 어지러운 꿈으로 흘려보냈다.

그런데 삼봉에게 벼슬이 내려지고 명나라로 떠나고 난 바로 직후, 더위가 한창 기승을 올리다가 선들한 가을바람에 쫓겨 어디론가 뒷걸음질을 치는 초가을께 따스한 햇살을 머리 가득히 받은 박천 일당이 느닷없이 들이닥쳤다.

그들은 마치 산적처럼 소윤을 에워싸고는 호통을 친다.

"이 대역무도한 년, 나를 등지고 잘 논다. 냉큼 일어나서 오랏줄을 받아라."

박천이 큰 소리로 외치자, 젊은 중 하나가 커다란 자루 하나를 내놓고 아가리를 벌렸다.

"한 1년간 생각을 하였으면 제 발로 걸어 들어올 만도 하였을 터인즉 기다리다 못해 널 데리러 왔다. 공양 백 석이 그리 아까워 끝내 나를 배신하기냐?"

구석에 떠밀려 공포에 떨던 소윤이 앙칼지게 쏴붙였다.

"내게 있는 단물을 죄다 빨아먹고 또 무엇이 모자라 걸핏하면 행패냐? 부처님이 무섭지 않느냐?"

"어허어, 이년 보게나. 여전히 주둥아리는 살아서 함부로 놀리는군. 어떡할 테냐? 네 발로 걸어서 따라올 것인지 아니면 자루 속에 처넣고 들고 가게 할 것인지 양단간에 결정을 내려라."

소윤은 오줌을 쏼쏼 싼다. 삼봉의 제자들이 알았을 때의 결과를 생각하니 눈앞이 캄캄한 것이다. 그걸 이미 아는 박천이기에 멋대로 떠들고 행패를 부린다.

버텨봤자 결과는 마찬가지일 것이다. 우선 김포의 이 집을 조용히 빠져나간 뒤의 다음 행동을 생각해보기로 하고,

"기다려다오. 어디를 가나 짐이 필요한 여인이 아닌가."

"그년, 그 말 한번 잘했다. 어서 준비를 하여라!"

대강 소지품을 챙겨들었다.

"애들아 가자! 해가 뜨기 전에 개경에 도착하도록 걸음을 재촉하여라. 나무관세음보살!"

소윤은 그 길로 한수를 건너 남경에 도착하였다. 하늘의 별이 총총한 밤의 남경은 쓸쓸하였다. 반딧불이 여러 마디 풀숲을 오가고 개울물 소리가 맑게 들려왔다.

앞으로 어떻게 될는지 예측할 수 없어 아예 생각지도 않으려 하였다. 또 그 지긋지긋한 도색행각을 시작할 거고, 감시는 한시도 쉬지 않고 펼칠 테고. 노상에서 행인들이 지켜보건 말건 도색행각을 하는 것보다 더 큰 역겨움을 씹어야 할 것이다.

삼봉 선생을 뫼심으로써 더럽혀졌던 마음과 썩어가던 몸뚱이가 선녀처럼 곱게 되었는가 하였는데, 이제 다시 몸뚱이가 썩고 맘은 병들어 버릴 것이다.

'이노옴 박천!'

"말썽 없이 와줘서 고맙다. 네 아비는 아직도 네 소식을 모르겠지?"

박천이 이빨이 여러 개 빠진 입을 헤벌리고 그녀 옆으로 다가왔다.

"사람의 탈을 썼다면 어떻게 이런 짓을 할 수가 있지? 너도 사람 새끼고 승려냐?"

소윤은 침을 퉤 뱉었다.

"사주팔자를 봤더니 나는 네가 있어야 잘된다는구먼. 삼봉을 보렴. 너 때문에 죽을 목숨이 큰 벼슬을 하지 않느냐. 안 그러냐?"

'무어라고? 내가 득과 복을 심는 덕녀德女라고?'

박천의 다른 여인들은 악녀惡女, 독녀毒女였다는 말인가. 소윤은 적이 놀라 소리칠 뻔하였다. 그러다 곧 생각을 고쳐 했다. 삼봉을 시기하는 무리들의 소행일 거라고. 그를 세워놓고 말려죽이거나 이를 계기로 삼봉이 정면 도전을 해오면 매장을 시킬 음모를 꾸미고 있다고 그녀는 생각했다. 무서운 일이었다.

이제 삼봉은 제자리를 찾아간다. 그 큰길에 들어섰는데 소윤 자기의 조력이 없어도 너끈히 대어를 낚아 크게 될 것이다. 이럴 때 누를 끼쳐 앞길을 막느니보다 뒤를 밀어줄 희생이 필요할 것이다. 어느 때건 삼봉이 이를 알아줄 것이리라.

골똘히 생각에 잠겨 있는 그녀의 얼굴에 뜨거운 것이 와 닿았다. 반사적으로 몸을 피했더니 억센 힘이 그녀를 꼼짝 못하게 자빠뜨리고 속곳을 찢어냈다.

"조용조용 내 말을 들어, 여긴 아무도 없어, 알았어? 내 말을 잘 들으면 옛날처럼 호사할 수가 있어. 네 아비도 네 지아비도 말이다!"

맥이 탁 풀렸다. 몸을 꿈틀하는 사이 둔탁한 것이 뒤통수를 무겁게 치며 곧 기운이 빠지고 의식이 몽롱해졌다.

얼마 뒤 그녀는 다시 그들에 끌려 북으로 가고 있었다.

"너 말이다. 내 씨앗 하나만 낳아라. 내가 이루지 못한 왕사王師를 내 자식놈으로 하여금 이루도록 하련다. 어떠니? 응? 소윤아?"

개원사의 암자에서의 소윤은 참담한 생활을 누렸다. 매일 밤낮을 두고 박천이 찾아와 자식타령을 하며 덤벼들었다. 그만한 나이에 들었으면 정기가 쇠할 만도 한데 불로초不老草를 먹었는지 그런 기미가 없었다.

10년을 넘는 동안에 애 한 번 가져보지 못한 소윤이 박천이라고 자식을 낳아줄 리가 없다. 혼자 생각하기에도 돌계집인가 하였던 것이다.

"뭘 꾸물대냐. 네가 내 자식을 잉태하여야 내 사람이 되지 그러지 않으면 또 달아나겠지, 안 그래? 요 앙큼한 거 같으니라고."

"차라리 이대로 죽지 달아나지는 않을 거다. 네 목을 안고 같이 죽지 내가 왜 달아나, 흥!"

"내가 너한테 죽어?"

박천이 코웃음을 쳤다. 어이가 없는 모양이었다. 말이 났으니 말이지 그럴 틈이 없다. 그는 그것을 하러 잠시 들렀을 뿐 숙면을 하거나 시간을 오래 끌지 않았다. 또한 소윤을 감시하는 비구니와 돌팔이 중들은 소윤이 노끈 하나를 가지지 못하게 감시망을 펴고 살피는 것이었다. 혀를 깨물고 싶어도 안 되는 긴장감이 암자를 두껍게 감싸고 있었다. 박천의 용의주도한 지시가 소윤을 꼼짝 못하게 하는 것이다.

가을이 깊어갔다. 암자로 온 지 벌써 석 달. 시월 하순의 단풍이 곱게 물들면서 암자 주위로 몰려왔다. 소윤의 얼굴은 핏기를 잃어 병자처럼 초췌하였다. 이대로는 오래 살지 못할 것 같았다. 애가 말라 제 명을 단축할 것 같은 것이다.

새벽녘 모두가 잠든 틈에 그녀는 뒷간에 나왔다가 그 길로 단풍잎으로 몸을 위장하고 암자를 탈출하였다. 산을 내려와 길가에 나섰을 때는 속곳이 다 찢어졌고 맨발인 채 헝클어진 머리채로 허겁지겁 관음사를 향해 달리고 있었다.

공산 스님은 몸이 불편한지 소윤과 지화가 묵고 있던 암자로 나와 누워 있었다. 그는 소윤을 보더니만 아픈 몸도 잊고 벌떡 일어나 맞는다.

"스님 절, 절 좀 살려주세요. 박천 스님이 날 쫓고 있어요. 박천이가 … ."

그 말을 남기고 공산 스님의 품에서 정신을 잃었다.

공산 스님은 이미 모든 걸 알고 있다며 암자 부근에는 사람이 접근 못하게 엄명을 내리고 보살 한 사람으로 하여금 소윤을 간호하게 하였다. 그리곤 부처님 앞으로 나아가 염불을 한다.

"이제 기운이 좀 나는가?"

사흘 만에 눈앞이 밝아오고 기운이 솟아나 몸을 움직일 수 있었다.

"저는 어쩌면 좋지요? 나아갈 바를 모르겠습니다. 스님, 하교해 주십시오."

소윤은 어린애처럼 눈물을 글썽거리며 공산 스님에게 매달렸다.

"소윤이도 어떻게 하였으면 좋겠느냐?"

공산 스님의 뜻 깊은 질문에 소윤은 입만 벙싯한다. 풀기 어려운 난제였다. 오도 가도 못할 처지가 돼 있는 것이다.

"삼봉 나으리를 찾아갈 용기가 있느냐?"

"… 없습니다, 스님."

"그럼, 박천 앞에 다시 나타날 거냐?"

"그건 안 돼요, 그럴 바에야 차라리 … ."

"그럼 어째야 되겠느냐? 용기조차 잃은 소윤을 난들 어떻게 하라는 거냐?"

공산 스님이 크게 한숨을 쉰다.

"이대로 중이 되어 전국 사찰을 돌아다니며 득도를 할까 싶군요. 속세의 풍진을 떠나서 불가에 귀의함이 옳지 않을까요?"

"……."

공산스님은 대답하지 않았다.

소윤은 공산 스님의 대답을 기다리는 동안 자신도 앞일에 대해 곰곰이 생각을 더듬어갔다. 아무리 생각을 깊이 찔러봐도 이모저모를 견주고 당겨 봐도 죽는 일 아니면 속세를 떠나는 두 길밖에 없다 싶었다.

열흘이 흘렀다. 그녀의 볼에 발그레 홍조가 피고 눈망울에 생기가 돋아났다. 공산 스님의 얼굴도 무겁게 끼었던 수심의 그림자가 걷히고 전에처럼 어린애들에게나 찾을 수 있는 희열의 빛이 감돌았다. 그러나 지화를 이성계 장군 앞으로 보낼 때와 소윤이 비구니가 되려고 하였을 때 꾸짖으며 만류하던 그때의 엄숙함은 나타나지 않았다.

"삼봉 나으리께서 소윤을 찾지 않을까?"

소윤의 가슴이 미어지듯 아파왔다. 누구를 위한 생生이라고 그러지 않을까.

소윤의 생이 그분을 위해 살아왔듯 그분도 소윤 못잖게 깊은 마음을 두고 있다. 대장부의 언행이 많은 제약을 받고 있어 그렇지 아녀자들처럼 느낀 그대로일 때는 길길이 뛰고, 땅을 치며 통곡하고, 소윤을 찾아 이 나라 구석구석 헤매고 다닐 것이다. 소윤은 그분의 마음을 너무 잘 알고 있었다.

"아비에게 풍병이 들었다고 거짓꾸밈을 하면 어떨까요? 아직 제 행방을 모른 제 아비입니다, 스님."

"그래도 괜찮을까? 웬만하면 그분을 찾았으면 좋겠는데 … ."

"박천이가 그분까지 매장하려 든다고 하지 않았습니까, 스님."

"참 그랬었지. 그럼 그분과 박천의 눈에 띄지 않는 곳으로 갈 수밖에 없구먼. 수덕사로 가려는가?"

"수덕사를요? 그 멀리로?"

위치가 너무 멀었다. 지내는 길에도 바람결에도 삼봉 그분의 모습을 먼발치로나마 뵈올 수 있고, 그분의 소식을 전해들을 수 있지

아니하면 거북할 것 같았다. 소윤이 난처해 하니까,

"흥왕사興王寺의 대암大巖 스님 곁으로 가 있을래? 그분께 특별히 부탁을 드려볼게. 박천의 사슬에서 풀려날 수 있을 것 같구먼."

그곳은 개경과 남경의 중간거리에 있어 지나는 객客으로부터도 조정 안의 형편을 얻어들을 수 있다. 한 가지 흠이 있다면 대찰大刹이 되어 중인들의 내왕이 잦아서 …. 암자에 묻혀 있으면 괜찮을 것도 같은데 ….

"그리로 가겠어요, 스님. 절 데려다 주십시오, 그리요."

"오냐, 오냐 …. 색덕色德을 겸비하였던 게 잘못인가. 소윤이 왜 이래야 하나 …."

흥왕사의 암자에는 겨울이 바로 닥쳐와 가사자락을 펄럭이게 하더니 어느새 눈발을 헤치고 새움이 돋아났다. 꽃 피고 새 울고 염불소리 벗 삼을 이 봄이 지나면 노을이 붉게 물드는 여름이 온다. 비구니의 맘을 통째로 울려놓는 노을이다.

저녁놀과 붉음과 밤의 적요는 비구니의 아픈 마음뿐이 아니고 임을 잃은 속세의 세속인에게도 마찬가지의 쓰라림을 주고 있다. 마음이 서로 통하였기에 쓰라림도 같이 통할 수밖에 없다.

소윤이 흥왕사 암자에서 네 번째의 노을을 기다리고 있을 바로 그 무렵, 남양의 동헌마루에서도 삼봉은 붉어져오는 노을을 바라보며 하마나 찾아올 소윤의 발그레한 볼을 기다리고 있었다.

그녀와 헤어진 지 벌써 4년. 작년 그는 견디다 못해 머리를 식히고 어려운 가사도 돌볼 겸 남양으로 내려왔다. 개경에서의 나날은 흡사 상사병 들린 사람처럼 제정신이 아니어서 어려운 정사에 진력할 수 없었던 것이다. 멀리 떠나오면 잊어질까 하였더니 그것도 허사가 되었다.

"나으리, 개경에서 사람이 내려왔습니다."

이성계의 심부름꾼이 온 모양이다.

"이리 들라 하여라."

심부름 온 하인이 절을 하고 나지막이 아뢴다.

"시간이 허하시면 개경으로 올라와 주십사 합니다. 서찰도 여기에."

하인이 품안에서 얄팍한 두께의 서찰을 꺼낸다.

"알았다. 가서 쉬도록 하여라."

외직으로 내려왔어도 이성계는 큰일 작은 일을 막론하고 삼봉을 찾아 의논을 해왔다. 그는 한때 관직을 사임하고 풍질을 치료한다는 핑계를 대며 외부인과의 접촉을 일체 피하기도 하였다.

그러나 이성계는 최영의 천거로 판삼사에 오르기도 하였지만, 판삼좌사 염흥방의 노리개처럼 실권 없는 자리를 반년쯤 지켰을 따름이다. 지금은 최영 휘하의 조전장수로 들어가 낮잠을 즐기는 처지다.

서찰은 되도록 빨리 와주었으면 좋겠다는 내용이 담겨 있었다.

삼봉은 그때까지 물러가지 않고 기다리는 하인을 흘깃 돌아봤다. 막하의 장수들을 보내지 않고 노비를 보낸 이면이 서찰 내용보다 진지함을 그는 다시 알아본다. 남의 눈이 무서워 그는 되도록 어려운 내막이 있을 때는 노비를 내보내어 눈을 속이고 있다.

지금 내려온 노비는 언제나 중대임무를 띠고 여기에 내려오곤 한다. 믿을 수 있는 노비인 모양이었다. 그의 선친이 유산으로 물려주었다 하는데 2대째 종살이를 하는 장오長吾는 벌써 반백이 돼가는 50객으로 체격이 초패왕처럼 우람하고 기운이 세어서 흡사 김포의 인고처럼 마음이 후덕하고 깊다. 삼봉은 그가 맘에 들어 남양으로 내려왔을 때 쌀밥에 고기반찬을 차리고 술을 곁들여 대접을 한다.

인고는 요즘 김포서 잘 지내는지 모르겠다. 그를 못 본 지 벌써 석 달이 되었다. 석 달 전에 남양으로 청해서 후한 대접을 하고 약첩을 안겨주었는데 보름 만에 다시 김포로 올라간 뒤 소식이 없다.

아직도 외딸 소윤의 행방을 몰라 애를 태우는지 모르겠다.

"장오야, 너 내 심부름도 하나 해다오."

그는 장오를 슬쩍 불러 의중을 떠본다.

"시키기만 하십시오. 어느 영이라고 거절하오리까, 나으리."

"너 이미 알고 있을 거다만 김포에 들러 인고라는 노인을 찾아뵙고 인사를 드려라. 내가 곧 찾아뵙겠다고 말이다."

"안부 말씀이 아니고요, 나으리?"

"그냥 가서 인사만 드리고 내 애길 하면 되느니라. 다른 애길랑 말아야 한다, 응?"

"예, 이번 올라가시는 길에 들르시렵니까, 나으리?"

"응, 그래. 하마."

피가 피를 부른다

"군사軍師 뵙기가 왜 그리 힘이 드오. 너무 멀리 있어 내가 적적하구먼."

술을 권하는 이성계의 모습은 여전히 쓸쓸하다. 할 일이 별로 없는 요즘의 그였다. 최영 휘하의 조전원수가 되어 사냥을 하거나 자라나는 애들의 재롱을 보는 것으로 일과를 삼고 있었다. 최영이 전군의 통수권을 한 손에 쥐고 있어, 이성계는 그 그늘에서 바람 없는 생활을 계속하고 있다. 최영이 바람을 타지 않는 한 그도 따라 무사한 것이다.

"모자라는 학문을 닦느라 제 딴에는 분주합니다, 장군."

삼봉의 학문은 매우 장대하고 심오하기로 정평이 나 있다. 어느 하나 현실을 외면하고 있지 않다. 현실이 학문을 낳고 있다고 할 수 있을 만큼 그의 학문은 실용성에 기반을 두고 있었다. 정치·경제·윤리·외교·군사·역사·천문·의학·지리·역학·문학·철학, 이루 말할 수 없이 다방면에 걸쳐 박학다식하다.

"개경에 와보니 조반趙胖의 사건 때문에 인심이 흉흉하더군요. 염홍방의 횡포가 온 조정에 먹칠을 하고 있습니다. 최영 도통대감은 너무 단순하여서 큰일을 하시기엔 부적합하지요. 모개로 욕을 먹는 줄 모르고 계시니 … 부정투성이 권신들 틈에서 무얼 생각하시는지 모를 판이니 소신이야 어디 중앙에 발붙일 수나 있나요.”

“설마, 늙으면 사라지겠지요.”

이성계가 입맛을 다셨다.

지난여름 이인임이 노병老病으로 물러나긴 하였지만, 그의 심복들은 여전히 요직을 차지하고 그 횡포가 막심하였다. 그가 늙어 물러갔다 해서 부정이 물러간 것이 아니다. 오히려 뒤에 남은 녀석들이 그에게서 배운 횡포를 종횡무진으로 휘두르고 있다. 통이 좁고 그릇이 작으니 닥치는 대로 먹고 부수고 물리친다.

“술이나 듭시다.”

이성계도 분개하는지 술잔으로 입을 막는다.

“사사로운 정이나 인간관계를 무시하지 않고선 큰일을 할 수 없지요. 전장의 장군이 그런 면에서는 현명하지요. 먹느냐 먹히느냐의 세계에서 그것이 통합니까.”

삼봉은 마치 주정하듯 속에 있는 말을 죄다 내뱉었다.

“되도록 피를 흘리지 않는 정치를 해야지요. 전장의 군인이 아닌 이상.”

“피가 피를 부르지요. 작은 피가 모이면 큰 피가 됩니다. 그걸 알면서 침묵하는 것은 무책임에 속하고, 역사의 죄인이 되지요. 내가 술이 취했나.”

이성계의 얼굴이 점점 검붉게 타올라 삼봉은 말꼬리를 흐리며 자세를 흐트러뜨렸다. 그도 피가 역류하는 모양이다. 시기는 지금이 가장 적절하였다.

최영 한 사람만 설득하면 간신의 무리를 내쫓을 수 있다. 간신은 이성계에게는 적과 다름이 없다. 바로 적들이었다. 삼봉도 일찍이 호되게 겪었지만 이성계도 몇 번의 절망의 고비를 넘겼다. 터무니 없는 조작극을 벌여 처형하려고 벼르다가 그 일보 전에서 최영에 의해 아슬아슬하게 고비를 넘겼다.

지금 술상을 받으며 최영 막하에 있대서 안전한 것은 결코 아니다. 방심은 금물이다. 언제 그들의 음모에 걸려들지 모른다. 걸려들기 전에 역습을 하는 편이 최상의 방비며 처신책이다.

"장군만 믿고 가겠소."

밤이 깊어 삼봉은 이성계의 집을 물러나왔다.

아까 들어갈 때도 그랬고 이 집에 올 때면 언제나 그랬듯 방금도 대문을 나서기 직전 지화가 배웅을 하며 무엇인가를 말할 듯 벼르다가 그만 입을 다물었다. 삼봉이 그 눈치를 모를 리가 없다.

공산 스님의 동생이라던데 또 소윤과 동갑인 친구라 하였는데 … 삼봉도 말이 목구멍을 기어 올라왔지만 차마 그 말을 못하고 꿀꺽 삼킨다.

소윤은 어디로 가서 무엇을 하며 지내는가 … 인고의 병은 차도가 있는지 모르겠다. 딸애를 그리는 부정父情이 애간장을 말리고도 남을 텐데 지화는 무엇을 좀 알까 … 알고 있을지 모르는 일이었다.

여자들의 세계란 남자의 상상을 우롱하는 신비스런 면이 있다. 지화를 보면 늘 그런 생각이 들고 마치 소윤을 보듯이 반갑고 가슴이 좀 후련해졌다.

서문 안 집으로 돌아가는 그의 발걸음은 천 근 무게로 무겁기만 하였다. 언제 좋은 세상을 만날까. 벌써 옛날 미모는 간 곳이 없을 소윤이가 돼 있을 것인데, 좋은 세상을 한 번도 살아보지 못한 채 그늘에서 울다가 천형天刑의 제물로 사라진 소윤은 삼봉의 가슴을 태산처럼 내리누른다.

'가련한 녀석.'

동짓달 바람은 맵고도 세차서 두툼한 속옷이 모시옷처럼 바람을 보낸다. 동지 지난 이튿날은 사뿐히 눈이 내리더니 이내 꽁꽁 얼어 길거리는 빙판이 돼버렸다.

이맘때가 가장 바쁜 외직外職의 장이다. 추수한 뒤의 지세地稅 등을 거둬들여 수송·보관하고 연말정리와 연시계획의 복안 등을 대강 준비하여야 한다.

무엇보다 신중을 기할 것은 지세의 균등배당이다. 감면과 추징은 언제나 골치를 썩이는데 번번이 전호와 병작자들이 억울한 배당을 받아 고생의 둔덕을 허우적댄다.

삼봉은 현장에 바로 나가 상황을 살피고 즉석에서 감세추징을 지시하곤 하였다. 일을 거의 마무리를 지었을 때는 동짓달도 다갔고 섣달도 막바지에 접어들고 있었다. 개경서 동지팥죽을 먹으렸더니 모든 게 허사였다.

바로 그 무렵 이성계는 부연 김을 내뿜으며 혼자 씩씩거리고 있다. 최영이 집으로 돌아와 있다는 전갈이 한마디 올까 하고 기다리는 중이었다. 이대로 앉아 봐줄 수 없는 조반의 사건을 그는 세상없어도 마무리 지어야 한다고 벼르고 있었다.

현명하게 여겨졌다. 삼봉이 하던 말이 귓전을 맴돌았다.

심부름 갔던 하인이 돌아왔다. 그는 바로 채찍질을 가하여 최영의 집으로 달렸다.

"무슨 일이길래, 이 추위에?"

풍질로 고생한다는 사람이 때 아니게 달려와, 최영은 의아롭게 그를 맞는다.

"대감, 염흥방 일파를 그냥 두실 생각입니까? 그들은 국적國賊입니다."

최영을 뚫어지게 쏘아보며 이성계는 단호하게 말하였다. 최영은 묵묵히 앉아 이성계의 시선을 받는다.

"그 국적들을 일망타진하지 않으시렵니까?"

"내가 어떻게 하겠소?"

"전국의 병권은 대감이 쥐고 있습니다. 어가를 얻을 수도 있는 대감입니다."

"……."

군왕의 말이라면 죽기를 맹세하는 최영의 성미를 이성계는 잘 안다. 군왕을 움직일 줄을 모르는 최영인 것이다.

"대감이 이 나라의 유일무이한 기둥이십니다. 이 나라를 누가 구하겠습니까? 젊은 군왕이 구하겠습니까, 국적 염흥방·임견미가 구하겠습니까?"

"……."

"만약 이성계의 목숨이 필요하시다면 기꺼이 바치겠습니다. 그들의 행패로 인해 사직은 풍전등화가 돼 있습니다, 대감."

"……."

그 말에 최영은 움찔 놀란다. 눈을 감고 깊은 생각에 잠겨 들었다. 심사가 어지러운 모양이다. 70의 노장군의 얼굴에 패인 굵은 주름들이 용틀임을 하듯 몇 번 꿈틀거렸다.

"좋소, 내일 상감께서 사냥을 나가셨다가 우리 집에 들르십니다. 그때 이 장군은 정장에 부장을 하고 호종하십시오. 장군과 나 두 사람만이 배종하도록 돼 있소."

"고맙습니다, 대감."

"어전에 드릴 말씀을 나 대신 준비해 주구려. 대경대도는 만목萬目에 소연하오."

최영의 자신 있는 대답에 이성계는 황송해서 어쩔 줄을 모른다. 이 조정 안에서 믿을 수 있는 사람은 역시 최영밖에 없다는 것을 새삼 느낀다. 자신이 궁지에 몰렸을 적마다 그를 구해 주었던 청렴결백한 충신이 다시금 우러러보였다.

군사들이 최영의 집을 칠봉성처럼 지키는 가운데 우왕은 안방에 앉아 환하게 타고 있는 등잔불을 바라보고 있다.

"무슨 말인지 내게 말해 보구려."

여전히 등잔불에 눈을 준 채 두 장수는 돌아보지 않는다.

"신 등이 말씀을 올린 적이 있는 염흥방 일당의 행패를 발본색원해 주옵소서."

우왕은 놀라 비로소 이성계를 바라본다.

"나도 동감이오만 선친의 면목을 보아 더 두고 보기로 하였소."

"상감, 백성의 원성은 이미 하늘에 닿았습니다. 이 이상 천연하다간 사직이 위태로울까 걱정입니다."

최영이 한마디를 거들었다. 자신은 이미 너무 늙었다. 젊은 왕을 받들어 현정을 베풀 신하는 옆의 이성계밖에 없다는 믿음이 두텁게 들었다. 왕도 그 점을 알아주어야 한다.

"그들의 횡포는 전국에 만연되어 이 이상 묵과하였다간 대역을 유발할 지난한 처지에 이르렀습니다. 사사로운 정과 인연에 좌우될 사직이 아닌 줄 압니다."

"……."

"차제에 비상한 각오로 처치하지 않으면 후일 누를 남기고 말 것입니다. 소신은 이제 너무 늙어 앞일을 예측하기 힘드오니 어찌 그런 국적을 두고 눈을 감을 수 있겠습니까. 상감의 안위가 그저 염려되옵니다."

우왕은 두 사람을 번갈아 돌아보다간 들릴 듯 말 듯 말하였다.

"알겠소. 최 도통을 시중으로, 이 장군을 수시중으로 제수하오. 모든 일은 두 분이 알아서 처리하시오."

그들은 감읍하며 서로를 마주보았다.

"두 재상은 이 길로 나하고 대궐로 들어갑시다."

계엄령이 선포되었다. 개경의 밤거리는 추위 못잖게 살벌한 분위기로 꽁꽁 얼어붙어버렸다.

우왕은 최영·이성계의 시립하에 문하평리門下評理 왕안덕王安德과 지문하부사 이거인李居仁, 지밀직사사 이방과李芳果 등 세 사람을 접견하였다.

"세 장군은 시중, 수시중의 절제를 받도록 하오. 시중은 만사를 잘 선처하기 바라오."

"성은이 망극하여이다."

다섯 사람은 똑같이 절하고 일어나 밖으로 나왔다. 이성계는 미리 작성한 명단을 왕안덕·이거인 그리고 퉁두란 장군에게 건넸다.

"여기 적힌 50여 명은 내일 여명 전까지 체포·구금하고 국문을 끝낸 뒤 처형토록 하시오. 알아들었소?"

엄청난 숫자에 세 사람은 어리둥절해 한다. 하룻밤 사이에 처리하기에는 벅찬 일이었다.

"이건 어명이며 군령軍令이오. 불가능은 없소!"

"모두 참형으로 처합니까?"

"틀림없소. 명령대로 행하시오."

이성계의 얼굴에는 비수보다 날카로운 기운이 감돌고 세 장수의 등골에 찬 것이 닿는 것 같았다.

갑자기 부름을 받아 입궐하였더니 느닷없이 도만호都萬戶 부만호의 직책을 맡기며 이 조정의 권신 중신을 잡아 참형으로 다스리라는 왕명이 내려졌다. 놀라운 일이 아닐 수 없었다.

그들은 왕명에 군령이 떨어졌기에 그 명단 속에 끼지 않으려면 행동으로 옮길 수밖에 없어 각자의 군영軍營으로 사라졌다.

방안에는 최영과 이성계 두 사람만이 남았다.

이성계는 아까 우왕이 당부하던 이인임에 대해 불만을 토로하였다.

"대감, 자명한 어명이 계셨습니다만, 이인임을 그냥 놔둘 수가 없습니다."

"어명이오."

"아무리 어명이라 하더라도 사사로운 인정에 좌우돼서는 안 됩니다. 국가대사를 사사로운 정과 바꿀 수 있다고 생각하십니까?"

"… 그러나 수시중 이인임은 이미 지난 7월에 은퇴하였소. 현직에 있지 않은 사람이 아니오?"

아까 지엄한 왕령을 내릴 때도 옆에서 굳은 채로 침묵을 지키던 최영은 한사코 어명을 들추어 국적國賊의 괴수 이인임을 다치지 않도록 고집한다.

이성계도 고집을 거두지 않는다. 이미 빼놓은 칼이다. 한 번 쳐든 칼을 도로 꽂을 수가 없는 게 무인武人의 도道다.

"이인임은 괴수며, 나머지는 피라밉니다. 피라미만 잡아서 발본색원이 된다고 생각하십니까? 어명이 지엄하시다 하여도 잘못이 있을 때는 신하가 바로잡도록 아뢰어야 합니다. 그게 군신의 도가 아니겠습니까?"

"80평생 국사를 위해 노고한 원훈인데 … 늙고 병들었으니, 고향인 경산부京山府: 星州로 보내 여생을 보내도록 합시다."

최영은 하는 수 없다며 타협안을 낸다.

이성계는 불만이 있었지만 그대로 따르기로 하였다.

그날 새벽녘 서문 밖 노송이 우거진 골짜기에는 순군만호부에서 형식적인 심문을 끝낸 중신들이 군졸들의 삼엄한 경비하에 꽁꽁 언 땅바닥에 꿇어앉혀졌다. 좌시중 박익순, 우시중 이성림, 영삼사사領三司事 임견미, 삼사좌사 염흥방, 찬성사 도길부·반복해, 대사헌 염정수, 지밀직사사知密直司事 김영진, 밀직부사 임치 등 50여 명은 세찬 바람에 벌거숭이 몸뚱이를 내맡기며 곧 닥쳐올 운명을 설마 하며 자위를 하고 있었다.

엊저녁 늦게까지만 해도 이 나라가 좁고 이 백성이 어리석다며 기고만장 방성대가를 일삼았던 그들이었다. 그 때문에 새벽의 이 변란은 무엇이 단단히 잘못되어 저질러진 것으로 해가 밝으면 모든 게 엊저녁처럼 돌아가리라 믿고 있었다.

그러나 염흥방의 목이 제일 먼저 땅바닥에 구르자, 다음 차례를 기다리던 이성림·임견미가 똑같이 탄식하였다.

"내 어째서 송헌松軒을 그냥 두었던고."

그들 50여 명이 복주伏誅를 당하는 그 시간을 기해 그들의 일족은 관노비로 전락되고, 가산은 국고로 적몰되었다.

삼봉은 빙그레 투레질을 쳤다. 이제 서서히 움직이면 된다. 서둘면 탈을 만난다. 역시 이성계는 결단력이 있는 사람이었다. 사람을 잘못보지 않았나 염려하였더니 틀림없이 제 앞길을 끌어가는 전도가 밝은 용장이었다.

그는 조정을 메꿀 중신들을 선하면서 자신의 속을 내비치지 않았다. 우왕과 최영이 함께 받아들일 사람들을 골라 최영 앞에 내놓았다. 이성림 · 임견미를 국적이라 욕하며 조야에 물러앉았던 이색이 판삼사사에 올라 있었고, 우현보 · 성석린 · 왕홍 등이 중요 관직을 차지하도록 하였다.

삼봉은 이번 인사이동에서 제외되었다. 그만이 아니고 조준趙浚 · 남은南誾 등도 발탁되지 않았다. 조금은 서운하였지만 최영을 의식하지 않을 수 없어 그대로 흘려버렸다.

삼봉은 남은과 술 한 잔씩을 나눠 마신 뒤 조준의 집으로 말을 달렸다. 지금쯤 이성계의 명령에 따라 전제개혁안田制改革案을 짜고 있을 그를 위로할 겸 앞으로의 결속을 다짐하기 위해서였다.

조준은 짐작대로 사랑채 깊숙이 묻혀 외부인의 접근을 막으며 머리를 싸매고 있었다.

"이 사람, 촌사람이 어떻게 개경까지 왔었나?"

조준은 그 특유의 재치를 보이며 크게 웃었다.

"자넬 도우려고 불원천리 달려왔지. 단순한 개혁이 아닐세. 땅의 개혁이 아니란 말일세."

언중유골言中有骨이라든가. 삼봉의 말 속에는 가시처럼 다듬어진 뼈가 있었다.

"늙은이들이 말을 들을까?"

조준은 미간을 찌푸려 말하고, 삼봉을 쳐다본다. 한마디 거들어 달라는 뜻이었다.

"준마駿馬가 달리는데 노송은 부러지기 마련이지. 구더기 무서워 장 못 담그지 않겠지."

"그랬던가? 이제 용기가 좀 나는군."

"자네 복안은 손질을 많이 해야 될 걸세. 개혁에는 땅 그것만으로는 안 되거든. 정치·경제 등 다방면에 영향력을 끼치게 연관성을 가져야 돼. 나중 내게 좀 보여주겠나?"

"이 사람, 내 선생 노릇을 하려는군. 촌사람이 되더니 흙버러지가 돼 버렸나."

그 말에 남은이 말을 거든다.

"아닌 게 아니라 신고辛苦 고락苦樂을 가장을 가장 실감나게 겪은 이는 아마도 삼봉뿐일 게야. 과히 피가 맺혔지. 그에 비하면 우린 탁상공론에 불과해. 송헌 대감도 그 점을 잘 알고 계시지, 아마."

"역시 삼봉은 우리들의 윗자리야!"

삼봉은 조준의 집을 나오면서 전제개혁의 어려움이 한둘 아님을 재삼 느낀다. 개혁이란 어휘조차 입에 담기를 꺼리는 이색을 필두로 한 유생들이 그 첫째의 장애물이었다. 막대한 토지를 점령한 왕족 중신들이야 말할 나위가 없다.

가장 기대를 걸 목은 같은 사람의 속은 알다가도 모른다. 앞으로 있을 마찰은 염흥방 일당과의 마찰만큼이나 클 것으로 보였다.

찌푸린 정월 날씨를 두리번거리며 그는 남양으로 말머리를 돌렸다. 더 어정대봤자 이성계의 시야만 좁힐 뿐 일찌감치 멀리 피해주는 편이 나을 것 같아서였다.

남양으로 내려가는 길목인 노원역두에서 그는 그를 찾아 개경으로 올라오던 군졸과 마주쳤다.

“무슨 일이냐?”

“예, 김포서 연락이 왔습니다. 전 노인이 위중하답니다.”

“인고가? 알았다!”

그는 김포로 말을 달렸다. 연말연시를 맞고 보내면서 안부조차 전하지 못하였다. 혼자 병고에 시달리도록 내버려둔 자신이 너무 우둔하고 한편 잔인하게 느껴졌다. 오죽 원망을 하였겠나.

국가대사에 불철주야 매달린 몸이라 하더라도 이토록 무관심할 수는 없다. 천륜을 어기고 인륜을 저버린 처사였다. 그는 남경에 들러 명의名醫 한 사람을 구해 대동하고 김포에 도착하였다.

쓸쓸한 초옥 밖에는 낯이 익은 이웃 몇 사람이 서성거리다가 길을 비켜준다.

인고는 거의 기력이 쇠잔해져서 사람을 알아보지 못한다. 비쩍 마른 팔을 움직일 기운이 없음은 물론 눈꺼풀을 열고 입술을 달막일 기운조차 없었다. 그래도 그의 시선은 문 쪽으로 고정이 된 채 누군가를 기다리고 있었다.

70 평생을 두고 다리 뻗고 쉴 영일이 없이 남의 치다꺼리에 시달

려 온 긴 역정의 종말치고는 너무 허무하였다.

슬하에 딸자식 하나를 두었지만 한 지붕 아래에서 울고 웃으며 지내지 못하는 기구한 팔자를 임종 무렵께까지 버리지 못하고 있다.

삼봉이 들어서자 눈앞에 비치는 그림자가 있었던지 시선이 따라온다.

"누구 … 누구냐? 우리 … 우리 소윤이냐아?"

삼봉은 그의 머리맡에서 그를 내려다보았다. 가죽만 남은 몰골, 눈시울이 뜨거워진다. 저도 모르게 머리맡에 쭈그리고 앉아 그의 손을 거머쥔다. 원래 거칠어빠진 손이 굳어가고 있다.

"영감, 정신을 차려, 응?"

"누구요? 우리 … 우리 소윤이는 어디에 있길래 … 여태 안 오나?"

문 앞에 선 이웃에게 소윤에게 연락할 길이 있느냐 하였더니 고개를 가로젓는다.

"가끔, 들르긴 하였지만 어디에 있는지 말하지는 않았어요."

삼봉의 눈치를 훔치며 아는 대로 말하려 하지 않는다.

"가끔 왔다고?"

"예, 중이 되어 있더군요."

"중?"

삼봉이 흠칫 놀라며 벌떡 일어나 앉는다.

그리곤 인고를 노려본다.

"소윤아아, 이 애비는 네 어미 곁으로 … 네 어미 곁으로 간다아, 소윤아 … ."

"영감 나 왔소. 내가 왔소, 영감."

삼봉이 거칠게 인고의 어깨를 잡아 흔든다. 인고는 가쁜 숨을 여러 번 몰아쉬더니,

"여보오 우리 소윤이, 우리 … 소윤이 못 보고 당신 곁으로 가오, 여보오."

"영감, 정신을 차리라니까!"

삼봉이 그의 머리를 흔들어 정신이 들게 하였다. 그에게서 보다 많은 사연이 숨어 있는 것으로 믿어져 그걸 알아내려는 것이다. 소윤이가 정말 비구니가 되었는지 그러면 지금 어디에 있는지를 알아내려는 것이었다.

그러나 인고는 끝내 입을 열지 않았다. 그뿐만이 아니라 소윤과 삼봉을 만나지도 알아보지도 못하고 이승을 떠났다.

한 많은 사람이었다. 이승을 하직한 사람만 한을 안았던 게 아니고 이승에 살아남은 사람에게도 한을 심겨주고 떠난 인고였다.

삼봉은 이웃들에게 장례를 치르도록 주선을 해주고 남양으로 내려갔다.

소윤이가 중이 되었다니 … 믿어지지 않았다. 중병에 걸려 썩고 부러져나가는 뼈 마디마디를 시뻘건 눈으로 굽어보며 유랑의 나그네가 되어 돌아다닐 소윤이가 어떻게 중이 되었나?

김포 사람들의 얘기만으로 사실의 확인은 되었지만 전후에 얽힌 사연은 알 길이 없다. 공산 스님 그분이 소윤에 대해 가장 깊이 알고

있을 터인데 그분을 어떤 방도로 만날 수 있을까?

철든 이후 절 부근에는 얼씬도 않았다. 스님을 찾아간 적도 없다. 찾아오는 중이 있으면 어쩌다 불경에 대한 비판을 들려주려고 만나 주었을 뿐이다.

지화, 이성계 대감의 부인을 만나 소윤의 얘기를 꺼내볼까? 공산 스님보다는 손쉬울 것 같았다. 어쩌면 공산 스님이 제 발로 삼봉을 찾아올 길이 생길 수도 있었다.

2월로 접어드는 정월 하순, 삼봉은 이성계를 만난다는 핑계를 대곤 숭교리 댁을 방문하였다.

마침 지화는 있었다. 그녀는 좀 의아롭게 삼봉을 맞았다간 안색이 좋지 않음을 보고 이성계와 충돌이 있었던 것으로 여긴다.

"대감과 무슨 일이라도?"

"아닙니다, 부인. 그저 심란한 일이 생겨서 … 인생이란 너무 허망하더군요. 김포서 … ."

"김포요?"

지화가 재빨리 말머리를 잡고 나선다.

"예, 전 노인이 며칠 전에 죽었습니다. 그래서 …."

"절 찾아오셨구먼요, 어쩐지 … ."

"부인, 제게 소윤의 형편을 들려주십시오. 대장부가 돼서 심란한 채로 듣고 다니기도 어렵고 … . 임종 시에는 아무도 없었습니다."

"아뿔싸, 내 진즉 말씀을 드릴 것을 … ."

"지금 어디 있습니까, 대체?"

그는 체면도 돌보지 않고 어린애처럼 매달린다.

"지금은 알 수가 없어요. 작년까지만 하여도 홍왕사 암자에 있었는데 … 수덕사에도 없을 거고 … 글쎄 자신이 없군요."

지화도 '안 돼' 하고 있다. 서글퍼하는 삼봉을 측은히 동정하고 있다.

"가련한 사람이었어요. 삼봉 나으리께 소윤을 맡아달라는 부탁을 하고 싶었습니다만, 입이 떨어지지 않더군요. 개원사의 박천 스님의 행패가 뒤따를까 봐서 … ."

"……."

삼봉의 얼굴은 돌처럼 차디차게 굳어진다. '스님'에다 '박천'에다 얘기는 더 들을 것도 없이 김포에서 오래 전에 짐작하였던 바로 그대로였다.

"박천은 천하 몹쓸 놈이었어요. 염홍방의 수족 노릇을 하면서 나으리를 매장시키고, 소윤을 다시 차지하려고 … ."

"……."

'이노옴 박천! 네가 날 매장을 시켜?'

정신이 아찔하였다. 소윤을 찾지 않고 혼자 애를 태웠던 게 지금으로서는 퍽이나 다행한 일이었다. 소윤이 이미 먼저 알고 삼봉을 보호해준 셈이 된다. 삼봉을 찾지 않고 찾아 나서지도 못하게 아주 사라져 버린 것이 삼봉을 살려준 길이 되었다.

만약 그때 살려 달라고 구해달라고 박천의 사슬에서 풀려나게 해 달랬더라면 삼봉은 어떻게 하였을까? 생각만 해도 소름이 돋을 일이었다.

이노옴 박천, 네가 그냥 성할 줄 알았더냐? 조금만 기다려라. 네 살을 베어 전을 만들어 개밥으로 던지고 네 뼈는 통째로 우려 북채로 쓸 거다. 개원사의 10만 석 재산, 흥, 하루아침이다.

"이제 말이 났으니 말이지, 나으리가 허락하신다면 대감께 아뢰어 박천을 요절을 내고 그 다음에 … ."

"그만 두십시오, 부인."

지화가 서운해 한다.

"너무하시군요, 정말."

"때가 있을 겁니다. 아직은 대감께서 은인자중하시면서 때를 기다려야 합니다. 시간이 자연 …."

지화는 서운한 감을 버리지 않는다. 여자의 맘을 그토록 몰라줄 수 있느냐는 것이었다.

분한 마음이 걸음을 떼놓지 못하게 하고 있다.

'이놈을 당장 주리를 틀어버리자.'

그는 이성계가 있는 대궐로 향하였다. 지화 앞에서는 신중한 척 하였지만 내심은 단단히 벼르고 있었던 것이다.

대궐 안은 침통한 분위기에 빠져 있었다. 중신들은 저마다의 침통한 얼굴로 어려워진 대명관계에 머리를 흔들고 있었다.

북에서 놀라운 소식이 날아왔던 것이다. 명에서 돌아온 설장수偰長壽가 돌아오는 편에 고려가 바쳤던 세공마가 쓸모가 없다는 트집과 아울러 철령鐵嶺 이북의 땅을 내놓으라는 위협을 안고 왔다.

조정에서는 북반의 5도를 성책을 튼튼히 개축하여 유능한 장수들이 지키게 하는 한편 외교적인 노력을 아울러 기울이려 하고 있었다. 직제학 박의중朴宜中이 표문을 들고 명을 향해 떠났다.

삼봉은 이성계를 만나긴 하였지만 박천에 관한 얘기는 한마디도 꺼내지 못하고 되레 어려운 부탁을 받게 되었다.

"직제학 박의중을 내정하였는데, 군사는 어떻게 생각하시오?"

"학식과 덕망이 완력을 쓸어줄 수는 없지만 지금으로서는 어쩔 수 없군요."

"좋은 방책이 없겠소?"

삼봉은 이성계를 물끄러미 바라본다. 최영이 앉은 지금 수시중인 이성계가 나설 계제가 아니었다. 정치적 운명은 물론 개인의 운명마저 걸린 지금, 중대 문제는 자문해주는 정도에 그쳐야 한다.

얼마 전 조준이 성안한 전제개혁이 조정의 백관회의에 상정되었을 때 고루한 유학자들에 의해 거절된 사실을 삼봉은 분명히 기억하고 있다.

이 조정 안의 실력자는 최영이었고, 실무진은 고루한 유학자들이었지 이성계는 결코 아니다.

이성계도 그 점을 깨달았던지 더 묻지 않았다.

"명은 대국입니다. 중원을 통일한 강국인데 고려에 대해 터무니없는 욕심은 안 낼 겁니다. 위협이며 권위겠지요."

"그랬으면 오죽 좋겠소만, 걱정이오. 또 싸움이 터질까 봐."

이성계의 이마에 진 주름에 그늘이 짙게 드리워진다.

박의중에게 걸었던 실낱같은 기대는 무너지고 서북면에는 전운이 감도는가 싶은 일들이 일어났다. 요동의 후군도독부 특사 왕득명王得明이 천여 기의 기병을 끌고 압록강을 건너 일로 개경을 향해 남진하고 있었다. 그는 철령위鐵嶺衛 설치에 관한 천자의 조명詔命을 받고 왔다며 안하무인으로 백성을 짓밟고 영접하는 관리들을 욕보였다.

조정에서는 판삼사사 이색이 백관을 거느리고 나아가 북교에서 그와 만나 절충을 벌이도록 명하였다.

"이미 조명이 내렸으니 고려 조정은 이 지시에 순응하여 유류가 없도록 하오. 나는 이것을 다짐하러 왔소."

"왕 대인, 철령 이북 압록강 이남은 원래 고려의 땅입니다."

"이미 조서가 내렸으니 그대로 순종하오. 못하면 천자의 대군이 쑥밭을 만들 거요. 하겠소 못하겠소?"

왕득명은 마구잡이로 윽박질렀다.

"조종의 강토를 잘라 외국에 넘기는 일은 국가의 생사에 관한 일입니다."

"그래서 어떻다는 거요? 싸움이라도 하겠다는 뜻인가요."

"왕 대인, 입장을 바꿔놓고 생각해 보십시오. 왕 대인 같다면 어쩌겠소?"

이색은 입술이 말라 옴을 느끼면서 한 치의 긴장도 풀지 않는다.

"듣기 싫소. 그따위 소리가 어딨소. 이것은 천자폐하의 부동의 방침이니 당신네 나라의 임금께 잔재주 피울 생각 말고 수락하라고 이르시오."

"……."

"안 들으면 고려는 쑥밭이 될 거요. 알아서 선처하시오."

이색은 분루를 삼키며 왕득명 앞을 나왔다.

그길로 최영에게 들러 자초지종을 보고하였다.

"만부득하오. 우리 고려도 나라며 사람이 사는 나라요."

"다 죽은 목숨입니다."

"죽는다면 앉아서 죽느냐 서서 죽느냐의 차이인데 길은 없지도 않을 거요."

"옳은 말씀이십니다."

최영은 잠시 말을 쉬었다간,

"내일 왕득명을 돌려보내시오."

자리를 박차고 일어섰다.

최영은 곧 극비리에 중신회의를 소집하였다. 머리를 숙일수록 더욱 굴종을 요구하고 마침내는 짓밟아 버리는 강과 약의 역학관계는 생사의 문제와 직결이 돼 있다.

사느냐 죽느냐의 기로에서 현명한 길은 역시 사는 길이며 살기 위해서는 어떻게 사느냐가 문제가 된다. 앉아서 죽음을 얻기보다는 서서 삶을 택하는 편이 옳지 않는가.

"내 생각은 이렇소. 태조대왕의 숙원은 대고구려의 영토를 찾아 대의를 잇는 것이었소. 우리는 지금 태조대왕의 대의를 좇아야 할 때요. 시기적으로도 적합한 때에 처해 있소."

명은 이 무렵 중원의 통일을 위한 마무리 작업으로 동북의 북원으로 들어가는 산해관에 집결해서 정벌을 계속하고 있다. 대군이 그에 모였기 때문에 고려가 그 배후를 치면 명은 양면의 협공을 받아 쉬 물리칠 수 있으며 요동의 광활한 국토를 차지할 수 있다.

최영은 살기등등한 채로 옛 고구려의 전승담을 예로 들어 설명하였다. 중신들 중 자중론을 펴자는 의견이 나왔으나 최영은 섣부른 패배의식은 금물이라고 입을 막았다.

이성계는 그곳에서 한마디의 의견도 표시하지 않았다.

전국에 총동원령이 내려지고 대대적인 군사이동이 있었다.

우현보를 개성유수로 남기고 우왕 이하 중신들은 서북을 향하여 개경을 떠났다.

이성계는 전국에서 동원되어 오는 장비들을 점검하면서 요동정벌에 회의를 품기 시작하였다. 우선 싸움에 나갈 군사가 못 되었다. 반수 넘는 장정들이 4, 50대이거나 전쟁 경험이 없는 연소자였다. 오합지졸로는 왜구 토벌도 힘든데 대륙을 공략하기란 불가능에 가깝고 사지死地에 뛰어드는 결과에 불과하였다.

봉주에 도착하였더니 삼봉이 막사로 이성계를 찾아왔다. 기다렸던 사람이었다. 혹시 남양에 엎드려 있으면 어떡하나 걱정이었더니 역시 때를 잘 맞추어 찾아와 준다.

그는 퉁두란과 배극렴을 물러가게 하고는 삼봉과 마주앉았다.

"장군, 명은 대국입니다. 산해관에 명군明軍이 총동원되었듯 고려에도 압록강 언저리에 전 병력이 집결되었습니다. 누가 이 국토를 지킵니까. 적은 국경에만 있는 게 아니지 않습니까."

"그렇군요."

"최영 대감은 아직도 원에 대한 미련이 큰 분입니다. 군왕께서는 더한 편이 아닙니까. 역사를 보는 형안을 가지십시오."

"그렇군요."

"이만 물러가겠습니다. 당분간 머물며 장군의 하교를 기다리도록 하겠습니다."

삼봉은 짤막한 몇 마디를 이성계 앞에 던지고는 뒤도 안 돌아보고 돌아갔다.

"대감, 군왕께서 찾으십니다."

삼봉이 돌아간 직후 퉁두란이 왕명을 갖고 들어왔다.

"알았다."

우왕은 요동정벌을 정식으로 발표하기에 앞서 최영·이성계 두 사람을 자기 막사로 불렀다. 태산 같은 걱정을 하며 두 장군의 현명한 판단을 기다리는 모습이 애처롭기 그지없다.

최영은 무뚝뚝하게 재고의 여지가 없다고 아뢰자, 이성계가 조심스럽게 최영 앞을 막아섰다.

"… 대감, 이번 출정에는 용병상 4가지의 불합당한 조건이 있습니다今出師有四不可. 우선 소로써 대를 거역함이 그 첫째요以小逆大一不可, 여름철에 출군함이 둘째요夏月發兵二不可, 거족적인 출병이면 왜구의 침탈이 염려되니 그것이 셋째며擧國遠征倭乘其虛三不可, 더운 장마철이라 궁노弓弩가 풀리고 질병이 돌 염려가 있으니 이것이 넷째時方暑雨弓弩膠解大軍疫疾四不可입니다. 재고 삼사 검토를 해주시기 바랍니다."

최영은 이성계를 뚫어져라 쏘아보면서 말이 없었고, 우왕은 공포에 질려 새파란 얼굴로 최영을 바라본다.

최영은 내일 다시 거론하자며 이성계를 뒤세워 우왕 앞을 물러나왔다. 그는 몇 걸음을 걷다 말고 뒤의 이성계를 기다렸다간 다시 아까 얘기를 꺼내었다.

"수시중의 진언은 일리가 있소. 그러나 대소국이 따로 있겠소. 요동을 얻으면 대국이 될 수 있소. 어느 때 출병해도 일장일단은 있소. 시기는 지금이 가장 좋소. 이런 기회는 몇백 년에 돌아올까 말까요."

"시중 대감, 우리의 군사력을 똑바로 볼 필요가 있습니다. 연령이 고르지 못한 데다 훈련이 안 된 오합지졸입니다. 이 군대로 어떻게? 주원장의 군대를 너무 얕보지 않습니까, 대감?"

"천하대세는 우리에게 유리하오. 명이라고 강국만은 아닐게요. 어서 우리도 대국이 되어 소국이 받은 오욕을 씻어야 하오."

최영의 어조에는 단호한 결의가 숨어 있었다.

이성계는 마지못해 대답한다. 뜻은 높고 거룩하였지만 시리를 타지 못하는 약점은 최영의 최대 결함이라고 이성계는 생각하였다.

4월 3일, 우왕을 비롯한 중신 병사들은 서경에 도착하여 전열을 대강 가다듬었다. 최영을 팔군도통사八軍都統使에 겸임 발령하고 중군을 맡도록 하였고, 조민수를 좌군도통사, 이성계를 우군도통사에 임명하였다.

3군의 병력은 3만 8천여, 노무보졸勞務步卒 1만 1천 6백여 명 도합 5만여 명에 말 2만 1천여 필이 병력의 전부였다.

4월 열 여드렛날, 5만여 명의 대병력은 서경을 떠나 일로 북상길에 올랐다. 모란봉을 좌로 끼고 대동강 너머 동북으로 대성산을 바라보면서 이성계는 멀리 함주를 생각하였다. 30대 젊은 시절 두 번이나 함초령을 넘어 요동에 출전하였다. 이제 50이 넘어 먼 함주를 그리면서 같은 요동을 향하고 있다.

그런데 이성계는 출전에서 전혀 뜻밖의 한 사실을 발견하고는 걸음을 멈추었다. 전군을 통수할 도통사 최영의 모습이 보이지 않는 것이다. 전후방 간의 보급·충원·지휘의 전권을 쥔 최영이 서경의 우왕 곁에서 꼼짝을 못하고 잡혀 있었다.

백만 대군을 지휘하는 것도 결국 한 사람의 최고 지휘자의 손에 달려 있다 하였는데 그게 없는 비슷한 병력의 두 통솔자가 나란히 전장에 나가고 있다. 처음부터 일이 잘못 뒤틀려가고만 있다.

일은 또 틀린 거나 진배없다. 최영이 없는 이 전투의 결과를 그는 두 눈으로 환히 보듯 하였다. 악조건뿐인 이 전투는 최영의 지휘 여하에 따라 승전의 가능성이 반딧불만큼이나 빌 텐데, 그가 없는 전투는 결과를 안고 뛰어드는 것이라 하지 않을 수 없다.

이성계의 얼굴에 검은 그림자가 지나간다. 쓰라린 경험을 두 번 다시 겪으면 용장이 아니다. 지금이 바로 그 교훈을 되새기게 해주고 있다.

최영은 발을 굴렀다. 자신이 없는 이 전투를 어떻게 하라고 우왕은 한사코 매달리며 붙잡는가. 주위에 사람이 귀하고 전쟁의 살벌한 분위기가 안개보다 진하게 되었으니 젊은 왕으로서는 두렵지 않을 수 없다.

그러나 지휘자 없는 전쟁은 생각지 않고 일신의 무서움만 고집한다. 조민수는 모르겠으나 이성계는 이 전쟁 자체를 거부하고 있다. 마지못해 응하고 있다. 그런 지휘관에게 이 전쟁을 맡겨서는 승산이 희박하였다.

이성계는 최영의 불출전이 가져올 결과를 곰곰이 생각해 봤다. 조정에 아뢰어 출정을 중지케 하든가, 출전군 자체를 단합하여 회군回軍 하든가 둘 중의 하나를 택해야 하지 않을까 싶었다. 어느 것도 불가능한 형편인데도 해답은 그렇게밖에 안 나왔다.

이성계는 진군을 중단시키고 의주에서 최영을 기다렸다. 열흘 보름이 지나도록 최영은 나타나지 않고 진군명령만 내려왔다. 비가 내렸다. 사흘간 내린 비는 눈앞의 압록강을 황톳물로 만들고 그 위에 가설된 부교가 외롭게 떠 있도록 하였다. 이성계는 먼발치로 부교를 건너다보면서 앞으로 해야 할 일과 나타날 사태를 하나하나 계획하고 예측하고 있었다.

보름을 넘겼더니 더 이상 머물면 군령으로 다스리겠다는 엄명이 내려졌다. 사흘간에 걸친 위화도威化島 상륙작전이 끝났다.

위화도에 상륙한 출정군들은 움직일 기미를 뵈지 않았다. 천막을 치고 그 속에서와 나무 그늘에 누워 고향 생각을 하거나 낮잠을 즐겼다.

이성계는 출군 이래 한 번도 출정군을 격려하지 않았다. 혼자 침통한 채 먼 산을 바라보거나 한숨을 쉬었다. 위화도에서도 마찬가지였고, 한걸음 더 나아가 한 번 더 생각을 해본 뒤에 출전하겠다는 의사표시를 한다.

"무슨 까닭이 있소?"

조민수가 보다 못해 이성계를 찾아와 위로조로 말했다. 군중에 불화가 있으면 출진出陣을 말라 하였는데, 우군이 움직이지 않아 좌군은 따라서 꼼짝을 못한다.

"대감, 출진의 원칙은 그렇습니다만 이번 일은 출진 이전에 출군 원칙부터 틀렸습니다. 나라에 불화가 있으면 군사를 내보내지 않는 법입니다. 대감께선 이 출정이 성공하리라 믿습니까?"

"글쎄요, 시중 대감이 곧 오시면 가능성이 있겠지요."

조민수는 단순한 입장을 취한다.

국론이 그랬으니 움직일 수밖에 없다는 것이다. 이성계는 그런 조민수가 딱하게 보였다. 신념과 명령 이것만을 전쟁의 전부로 아는 것은 최영과 다른 점이 없다.

"도당에 글을 올려 회군을 요청하십시다, 대감."

조민수는 눈을 껌벅일 뿐 선뜻 응하지 않는다. 이성계는 그 방법을 고집하였다.

“대감, 어찌 생각이 그리 모자라오. 출정한 군대가 요동벌에서 패망한 것과 때를 같이하여 고려 조정도 막을 내리게 됩니다. 이보 전진을 위한 일보 후퇴의 고언古言은 이를 두고 이름이오.”

“알았소. 최 대감과의 대결은 불행한 일이지만 어쩔 수 없소.”

“고맙소, 대감!”

둘은 굳은 맹세를 나누었다.

회군을 간청하는 글을 들고 갔던 윤호는 콧등이 시뻘게 가지고 돌아왔다. 결과는 이미 듣지 않아도 뻔한 일이다. 바로 진격하라는 엄명이 떨어진 것이다.

출정명령을 받고 전장에 나갈 장수들이 사대니 소국이니 대국이니 따위의 정치에 손대는 것은 용서할 수 없는 일이지만 일이 워낙 막중하여 덮어두되, 진격명령은 거역하지 말라는 것이다.

이성계와 최영의 실랑이가 오가는 동안 출정병들 사이에는 동요가 눈에 띄게 일어났다. 전장이란 곳은 죽음의 장소며 고난의 언덕이다. 고향과 처자식 부모를 뒤로 두고 출정에 동원된 병사들의 심사는 하나같이 전쟁을 회피하고픈 쪽으로 쏠렸다.

군역을 피할 길이 없어 동원이 되기는 하였으나, 도살장으로 끌려가는 소보다 무거운 발걸음을 떼놓았던 그들이다. 살아서 돌아갈 기대보다 죽어서 요동벌의 객지귀신이 되는 공포감에 그들의 사기士氣는 마지못한 채 우러나왔다.

죽음을 면케 해주고 고난의 언덕을 넘지 않게 하고도 살아갈 수 있는 길을 가르쳐 주는 자가 은인이며, 수도신이며, 아울러 영웅이다.

병사들은 둘이 모이면 그 얘기, 셋이 모이면 이성계의 용단을 바라는 얘기들을 나누었다. 이성계는 영웅이 되고, 최영은 천하무도한 살인자가 돼 가는 순간이었다.

위화도의 전군에게 출동명령이 내려졌다. 병사들의 동작은 비호처럼 민첩하였고 얼굴마다에 생의 환희가 솟아나고 있다.

사태의 추이를 관망하던 장수들도 이성계의 용단을 따를 것을 맹세하며 진중을 지휘한다.

어떤 형태로든 이번 회군은 반역이다. 최영은 분명히 진군을 명하였고 두 도통사는 그의 명을 거역하고 회군을 하였기 때문에 이제는 먹느냐 먹히느냐의 숨 가쁜 대결이 남았을 뿐이었다.

최영의 대의가 옳았는가 이성계의 대의가 옳았는가는 역사가 심판할 뿐 이 시간에는 누구도 판단을 내릴 수가 없었다.

위화도 회군 5만여 명이 개경을 향해 진군을 계속하는 동안 우왕도 다시 두 도통사에게 미몽迷夢을 고집하지 말고 잘못을 뉘우쳐 자자손손 부귀영화를 누릴 시종始終을 도모하라는 간곡한 교서를 내렸지만, 두 도통사의 눈에는 아무것도 뵈지 않았다.

그들은 개경에 도착하면서 두 편대로 나누어 입성을 서둘렀다. 조민수의 좌군은 서대문 밖으로 진격하고, 이성계의 우군은 동대문 밖 산대암山臺巖에 집결하였다.

봉주에서 이성계와 헤어진 삼봉은 개경으로 돌아오던 길로 개경 유수 우현보를 찾아갔다.

외척인 그와는 멀고도 가까운 사이다. 목은을 중심한 교우관계는 깊고 가까워도 삼봉을 경멸하는 태도는 그를 경원토록 만들었던 것이다.

"전시 중에 웬일이오?"

개경의 방비 등에 진력하는 우현보의 눈이 둥그레진다.

"부탁이 있어 왔소이다."

부탁이란 말에 우현보의 눈은 의혹에 찬다.

"다름이 아니라 제가 있는 남양 일대에 왜구가 출몰한다는 소문인데, 지방 민병을 동원토록 윤허해 주십시오. 한 50여 명이 필요합니다, 우선."

"그거 다행이군요. 그런데 민병이 있겠소?"

"노약자도 무장을 갖추면 쓸 만합니다. 국가 비상시에 그 일인들 못해낼라고요."

우현보의 허락을 받는 대로 말을 달려 숭교리에 당도했다.

지화의 집 대문이 굳게 닫혀 있고 창검을 든 병사 하나가 대문 앞을 얼씬거렸다. 늘 봐오던 병사였다.

"나으리께서 어떻게 여기를?"

공포와 외로움에 짓눌려 안색이 창백한 지화가 안을 듯 반가워한다.

"여기 그냥 계실 겁니까, 부인?"

"어디로 가야 안전할까요? 형님네는 재벽골로 내려가셨지만 우린 이렇게….”

“남양으로 내려가십시다. 거기서 세상이 조용해질 때까지 편안히 계십시오. 개경은 살벌하고 위태롭군요.”

지화는 처음에는 따라나설 듯하였으나 곧 망설인다. 이성계의 부탁말이 문득 떠올랐던 것이다. 이방원이 전리정랑典理正郎으로 있기 때문에 그가 알아서 처리할 것이다. 멀리 남양 쪽으로 내려가기보다는 철현이나 함주 쪽으로 가고픈 것이다.

삼봉은 당분간은 그대로 있으라 한 뒤 남양으로 내려갔다. 민병의 필요성은 없어졌다. 가까이 모시려던 분이 거절하는 바람에 입맛이 묘해진 것이다. 삼봉은 남양 일을 아들 정유鄭游에게 대충 맡기고 개경으로 올라왔다.

요동정벌의 전황과 이성계의 근황을 빨리 알아내기 위해서였다. 앞일이 어떻게 돼 나가느냐가 이번 일에 달렸기 때문에 남양 구석에 처박혀 있을 수가 없었던 것이다.

그는 서문 안의 지화네 집과 선죽교 부근의 본가本家를 번거롭게 오가며 북쪽에다 온 신경을 모았다.

진군이 지연되고 명령과 회군의 서릿발 같은 신경전이 벌어지고 있다는 소식이 조준의 입을 통해 삼봉에게 전해졌다.

“어명을 어기고 군령을 위반하면 결과는 어떻게 될까? 삼봉은 좀 알고 있나? 이 대감의 심중을?”

조준은 두려움에 떨고 있었다.

“대장님께서 그걸 모르시겠나? 회군을 강력히 건의하고 실행하려는 것이 아닐까? 어명이니 군령이니를 논의할 계제가 아니지 않는가."

삼봉도 내심 염려가 안 될 수 없다. 최영의 명령이 지엄하기 이를 데 없는데 한 발이라도 물러설 때는 군령을 어긴 죄로 치죄를 당할 것은 틀림없다. 그것은 누구보다 최영을 잘 아는 이성계가 모를 리 없다. 그에게 입은 은혜는 이성계 자신이 오늘까지 살아 수시중에 오르고 염흥방 등 국적을 발본색원하는 그것이 증명해준다.

돌이켜보면 아슬아슬한 고비가 몇 번이고 있었다.

삼봉이 전라도 회진으로 유배를 떠나가기 직전이었던가, 동북면 원수로 있을 때 그의 종형 이천계李天桂의 모함에 걸려 칼날이 번뜩일 일보직전에서 최영에 의해 역적누명을 벗어날 수 있었다. 이인임·경복흥 등이 한사코 역적으로 몰아 처형하자고 우겼지만 최영은 근거가 없는 치죄는 있을 수 없다 하였다.

그리고 우왕 10년, 그 무렵에는 염흥방이 이성계의 인품됨이 음흉하여 역적모의를 하고 있다며 우왕을 충동질하였다. 공민왕의 계비가 그의 누이임을 기화로 전권의 핵심인물이었던 그는 이성계가 자기의 휘하에 들어오지 않는데 앙심을 품고 그런 모함을 하였던 것이다. 그때는 워낙 드센 권신의 주장이라서 우왕도 상당히 관심을 뵈는 눈치였다.

이번에도 최영이 나섰다. 염흥방의 부정부패와 사람됨을 꾸짖으며 그 일파에 대해 역습을 시도하였다. 궁지에 몰린 그들은 타협안을 내놓아 이성계는 살아남았다.

실로 등골에 식은땀이 돋는 일이었다.

생명의 은인, 출세의 후원자인 최영과 정면으로 맞서지 않으면 안 되는 이번의 출정지연은 뒤에 남은 사람들의 등골을 서느렇게 냉각시키는 것이었다.

"설마 대감인들 생각하는 바가 없겠어."

"나도 그렇게 생각하긴 하지만… ."

조준은 두려움을 씻지 못한다.

삼봉은 일단 조준 앞에서 어정쩡한 해석을 내려놓고는 지화네 집으로 향하였다.

그곳에는 더 놀라운 소식이 와 있었다. 방원이 방금 다녀갔는데 회군이 정식으로 시작되었다는 것이었다.

"그럼 어떻게 되지요? 그분이 역적으로 몰렸다는군요. 나으리, 어떻게 된 일이지요?"

지화가 와들와들 떨며 삼봉에게 매달린다.

"대국을 치겠다는 그 자체가 이미 대역을 저지른 것이 아닙니까? 천자에 대한 대역이 크겠습니까, 그것을 거부한 대역이 크겠습니까?"

삼봉은 내켜지지 않는 말로 지화를 위로하였다. 대국이라고 반드시 옳다고 할 수만은 없고, 대국의 위치를 지키란 법이 없다.

국력이 강해지고 영토가 넓어지면 어제의 소국이 오늘의 대국으로 성장이 된다. 그러나 지금은 어쩔 수 없이 소국인 고려다. 고려가 대국을 친다는 것은 열 번 생각해도 무모한 일이었다. 달걀로 바위를 깨려는 만용이다.

이성계 장군은 그 점을 바로 간파한 현명한 판단력을 갖고 계신다. 떠나기 직전 명에 대한 태도가 분명한 것을 보았을 때부터 심상찮은 일이 일어날 것으로 그는 보고 있었다.

"그야 우리 형편에서는…."

"엎질러진 물입니다. 이보 전진을 위한 일보 후퇴의 철리를 시행하시는 대감입니다. 아셨으면 두려움을 거두십시오."

"방원이는 겁에 질려 있더군요."

"최영과 맞섰으니까 개경 안에서는 그렇겠지요."

"하지만 나으리, 조민수 대감과 수많은 병사 장수들이 말을 들어줄까요, 대감의 뜻대로?"

삼봉도 그 점이 염려되었지만 조민수는 워낙 인재가 드문 장군이다. 그에게는 변변한 막료 한 사람이 없고 사람 됨됨이도 시원찮다. 이성계에 끌려 다닐 인물이며, 병사들과 장수들은 공동의 역적으로 몰려 있는 판이니 진중陣中의 반란은 생각하기조차 힘든 것이었다. 명분이 뚜렷한 회군이며 거역인데, 그들인들 생각이 안 미칠 리가 없다.

삼봉은 지화네 집에서 여태껏 짚지 못하였던 웅지雄志를 잡는다. 그가 바라고 바라던 길이 서서히 열리고 있는 것이다. 하나의 큰 뜻을 펴기 위해서는 그 이상의 모험을 감수해야 하고 그를 극복하는 뒷심이 있어야 하는데, 이성계의 큰 뜻은 앞뒤가 척 들어맞게 진행이 돼 가고 있다.

그런데 개경 안의 형편이 그들을 불안케 만든다.

최영의 명령을 받은 잔류 병력이 급거 집결이 되면서 개경을 수호할 전투태세에 들어간 것이다.

방원이 허겁지겁 뛰어왔다.

"나으리, 큰일이 났습니다. 조 도통과 아버님이 대역죄로 몰려 이를 체포하는 자에게 보상이 크게 있다는 방이 나붙었어요."

"이 정랑, 과히 염려 마오."

"염려를 안 하게 됐습니까, 우린 관노비로 전락되고…."

"칼자루를 쥔 쪽은 대감 쪽이오. 개경은 텅 비었소. 대나무로 칼을 막겠소?"

"… 하여튼 여길 피해야 합니다."

"그건 그렇소."

"어서 떠납시다."

이방원은 말 두 필에다 지화와 세 아이 경순·방번·방석을 태우고 철령으로 떠났다. 삼봉은 그들을 동문 밖까지 배웅했다.

"집은 염려 마십시오. 제가 개경에 있는 한 돌봐드리겠습니다."

그는 병정들이 개경 수비를 위해 분주히 오가는 개경 거리를 천천히 지나 집으로 향했다.

선죽교를 눈앞에 둔 거리에서 그는 걸음을 뚝 멈추었다. 저쪽 편 남문 쪽에서 이리로 부지런히 걸어오는 비구니가 그의 시야에 들어왔던 것이다. 가슴이 철렁 내려앉더니 마구 뛰기 시작하였다. 그는 길가에 말을 세우고 비구니가 다가오기를 기다렸다.

알맞은 키에 반들거리는 머리가 소윤의 그런 모습을 본 적은 없지만 꼭 그녀를 닮았다는 생각이 들었다.

그녀가 선죽교를 건너 삼봉의 바로 앞까지 왔다. 그러나 그녀는 삼봉이 아는 어떤 사람도 아니었다. 서운한 생각이 회오리바람처럼 가슴을 할퀴고 지나갔다. 그는 비구니가 그의 옆을 지나 멀리 사라질 때까지 그 자리에 우두커니 서 있었다.

'소윤은 지금쯤 어디에 가 있을까?'

보고 싶었다. 보고 싶을 따름이었다. 지금 어지러운 이 순간에 그녀를 보면 가슴속이 한결 시원해지고 환해올 것만 같았다.

'혹시?'

삼봉은 지화네 집을 향해 말을 달렸다. 길조吉兆인지 모르고 예고일지 모른다 싶은 생각이 그의 머릿속을 꽉 메워왔다. 이 어수선한 세상을 심산 깊숙이 묻힌 산사에서인들 모를 리가 없다. 병정을 징발한 때에 그 사실을 머리 깎는 중들이 가장 먼저 안다. 군역을 피할 일부 특권층의 끄나풀들이 단번에 머리를 깎고 절로 숨어 버리니 말이다. 소윤인들 그것을 모를 리가 있겠나.

지화네 집은 임자 없는 집 그대로 노비 두 사람이 큰 집을 지키고 있었다.

맥이 탁 풀렸다. 마루에 펑퍼져 앉아 먼 하늘을 우러렀다.

똑똑똑똑… 어디서 목탁 두드리는 소리가 들렸다. 삼봉은 후딱 몸을 일으켜 주위를 두리번거렸다. 소리 나는 곳은 대문 쪽이었다.

말소리가 그쪽에서 들린다. 목청이 큰 노비의 말소리였다.

삼봉은 안마당을 지나 대문 쪽으로 나아갔다. 대문 밖에는 가사를 후줄근히 걸친 비구니 하나가 서 있고, 노비가 그 앞을 막아 서 있다.

"소윤이가 아닌가!"

삼봉은 거의 뛰듯이 대문을 향해 뛰어가 비구니의 손을 덥석 잡았다. 비구니가 놀라 몸을 피하는 바람에 목탁이 떨어지고 염주 끈이 끊어진다.

"소윤아! 어떻게 된 노릇인가?"

소윤은 대문 밖 땅바닥에 꿇어앉아 목탁을 다시 들고 아미타불을 염송하고 있다. 조용히 앉아 염불하는 그녀의 눈에서 굵은 눈물이 아래로 흘러 가사적삼을 적신다.

삼봉도 엉거주춤 대문 밖에 선 채 그녀를 눈물어린 눈으로 내려 본다. 좀 만에 그녀 옆에 꿇어앉으며 목탁 쥔 손을 가만히 그러쥐었다.

"안으로 들자, 여긴 행인이 있어서."

안으로 들기를 꺼리던 그녀는 삼봉의 뒤를 따라 들어온다.

많이 변한 얼굴이었다. 얼굴에는 솜털이 보얗게 자라 있고 목 줄기는 한 오금이 못 되게 바싹 말라 있었다. 초췌해진 모습은 잔주름까지 늘어 초로의 여인을 보듯 하게 한다.

고생이 여간 아니었던 모양이었다.

"난리가 터졌다기에 불공을 드리러 관음사의 공산 스님을 찾아가던 길이었습니다."

"그래 어디에 있었나, 그동안…."

"홍왕사에서 회암사, 그리고 전등사를 거쳐 수덕사에 가 있었습니다. 상구보리上求菩提 하화중생下化衆生하는 불제자의 몸이 일정한 거처가 어디 있겠습니까."

그녀는 여전히 삼봉을 쳐다보지 않은 채 말하였다.

속에서 치받쳐 오르는 사무친 열정을 식히느라 무던히 애를 쓰고 있었다.

삼봉도 그녀 못잖게 임에 대한 정이 뜨겁고 거칠게 가슴속을 물결치고 있었지만, 그녀 앞에 선뜻 내비치지 못한다.

승려라는 것, 아니 중놈들이라는 것이 노랑내를 피우며 그의 비위를 상하게 해왔는데 소윤의 몸에서도 역시 그런 냄새가 거슬리게 나고 있었다. 멀고도 가까운 소윤이며 임이었다.

그는 허공에 대고 허허 탄식을 그녀 몰래 하고 있다. 상구보리 하화중생의 불제자의 모습이 너무 거칠다.

수도승의 모습을 많이는 보지 못하였지만 속세의 모진 티끌을 말끔히 씻어낸 동안은 투명한 빛깔을 펴기까지 하였다. 속세의 권력과 금력에 탐욕을 내는 간승奸僧의 모습은 권신의 아첨배들처럼 탁하고 욕되게 보였다.

그런데 소윤은 그도 저도 아니다. 초췌해진 얼굴은 번뇌망상을 벗어나지 못한 속세의 인간들처럼 보이고, 야위고 허약해진 몸은 심신이 지치고 시달린 병약자처럼 보인다.

무엇이 소윤을 이토록 지치게 만들었나? 박천? 아니면 삼봉 자신? 그들 둘 중의 어느 것도 아닌 듯하면서 그런 듯도 하다.

"소윤아."

삼봉이 어지럽게 떨며 소윤을 찾았다.

"그 가사를 벗어줄 수 없겠나?"

"……."

"날 위해서 불공을 드리는 네 정은 고맙다만, 나는 불승을 부정하는 사람이 아니냐. 네 번뇌를 씻으려면 가사를 벗어던지고 환속을 해다오. 내 곁에 다시 와 다오."

"… 아미타불 관세음보살."

"진정으로 나를 위해 불공을 드리고 축수를 한다면 내 앞에서 해다오. 가사를 벗고 머리를 곱게 다듬고 미소 짓는 얼굴로 해다오. 세상 사람들이 삼봉은 불가와 인연 없이도 제 할 일을 다 해내고 제 갈 길을 너끈히 가는 사람이라고 칭하도록 말이다. 응? 소윤아."

"다 글렀어요. 나으리와 대감마님, 그리고 저 자신을 위해 남은 생을 바칠 따름입니다. 속가와의 인연은 이미 오래 전에 끊었습니다, 나으리."

"거짓말이다. 네가 하고 있는 몰골이 바로 거짓임을 말해주고 있다. 수도승이 언제 그렇듯 야위고 시들어가더냐?"

"……."

"내 말을 들어다오."

소윤이 일어났다.

삼봉이 그의 손을 잡아 다시 앉힌다.

"가야 합니다. 오늘 안으로 관음사의 공산 스님을 만나야 합니다. 모두를 위해, 어진 세상을 평온하게 다듬을 분들을 위해 불공을 드려야 합니다, 나으리이!"

소윤이 그 말을 마치고는 재빨리 삼봉의 곁을 빠져나가 대문 밖으로 사라진다.

삼봉은 우두커니 서서 그녀를 바라보다간 천천히 집을 나섰다.

소윤은 멀리 갈 사람 같지 않아서였다. 상시 그의 옆에서, 멀지 않은 곳에서 그를 지켜볼 것으로 믿어졌기 때문이다. 시간이 그를 해결해 줄 것이리라.

개경 천지는 신구 세력의 교체로 숨 가쁜 상태가 연일 계속되고 있다. 최영이 고봉현高峰縣에 유배되고, 대궐은 회군한 두 도통사의 수시중으로 넘어갔다. 동원령이 해제되고 휴식령이 내려졌다.

이성계는 숭교리 지화의 집에서 두 다리를 쭉 뻗고 쉬고 있었다.

그날 밤 우왕은 몇몇 시위 환관을 데리고, 이성계의 집을 방문하였다. 군왕이 친히 신하의 집을 찾아와 만나기를 청하는 일은 고려 5백 년에 처음 있는 일이었다.

우왕은 이성계 집의 대문 밖에서 부재중이라는 별장의 얘기를 듣고 물러갔다. 그때 이성계는 동문 밖 진중에 있었다. 우왕은 조민수·변안렬의 집을 다음 순으로 방문을 하였지만 그들 역시 만나지 못하였다.

이 소식이 남은의 귀에 들어갔다.

삼봉은 대사성의 직분을 얻고, 이성계의 집으로 가고 있었다. 도중에서 그는 남은과 마주쳤다.

"어 삼봉이, 큰 재미를 보았더군. 어딜 가는 길인가?"

남은은 마상에서 인사를 겸한 농담을 던졌다.

"대감 계시던가?"

"지금 동문 밖 진중에 계셔. 왜? 인사하려고?"

남은이 턱을 쑥 내밀며 빙긋 웃는다.

삼봉은 말머리를 돌려 남은과 나란히 섰다. 이성계의 막하에 들어간 이래 가장 배포가 맞는 남은이다. 조준도 쓸 만하였지만 겁이 많고 결단력이 좀 부족해서 성질이 걸맞지 않았다. 접객으로 성장하기는 부족한 점이 있었다.

그에 비하면 남은은 재치가 있고 배짱이 두툼했다. 잔인하다 싶어도 뒤에 올 결과를 견주고는 눈을 질끈 감아 버린다.

어수선하고 할 일 많은 지금 남은의 활약이 기대를 모으고 있다. 방금도 무엇을 하나 얻었는지 의미심장한 웃음을 띠고 있다.

"무슨 일인가?"

"이보게 삼봉, 이럴 경우 최영 장군만 죄인이고, 우왕은 죄인이 아닌가?"

남은이 거리낌 없이 말하곤 헛기침을 한다.

"나도 그 점에 동감일세. 후계자도 문제고 그래서 대감을 만나려는 걸세."

남은이 입술을 꼭 물고는 눈빛을 반짝 낸다.

"엊저녁 대궐에서 커다란 음모가 있었다는군. 이 대감, 조 대감, 변안렬을 살해하고, 막하 장수들을 제거하려고 세 분의 집을 습격했다는구먼."

금시초문의 그 말에 삼봉은 적이 놀란다. 별 저항 없이 조용히 당할 그들이 아닐 것으로 믿기는 하였으나 그 정도였다니 놀랍지 않을 수 없다. 대궐 안은 아직도 동서문 밖의 두 도통을 안중에 안 두고 있다.

"서둘러야겠군. 이 기회에 신辛가를 몰아내야겠구먼. 이보게, 자넨 이 길로 대궐로 들어가게. 동서문 밖의 장수들을 모아 그 사실을 알리고 대궐로 들어가 우왕을 보좌에서 끌어내리게. 내 말 알아듣겠는가?"

삼봉은 단호하게 말하며 채찍을 휘두른다.

남은이 말을 몰아 뒤를 따라오며 큰 소리로 외친다.

"영비寧妃도 함께 몰아낼까? 최영이 유배를 갔는데 그 딸인들 그냥 둘 수 없잖은가?"

"알아서 해. 많이 모으지는 말고 정원수만 모아 대궐을 점령하고 우격다짐으로 해보세. 난 대감을 만나 뒷수습을 하고 있겠네."

"알았다네."

남은은 서문을 향해 채찍을 휘둘렀다.

동대문 밖 우군 진영의 이성계는 낮잠을 즐기고 있었다. 출정 이래 쌓이고 쌓인 여독이 한꺼번에 몰아닥친 것이다.

"대사성이 웬일로 여기를?"

잠에 취한 눈이 의혹으로 가득 찬다.

"꿈자리가 어수선하였나 봅니다, 대감."

"아 그랬던가, 미안하구려."

이성계는 눈두덩을 비벼 정신을 바로 차리고 삼봉과 마주앉는다.

"대감, 이제 서서히 국가대사를 논할 때가 되지 않았습니까."

"그렇군요."

전쟁을 논할 때는 이미 지났다. 대권의 방향은 이미 정해졌고, 조정은 공백상태에 놓여 있다.

조민수가 대권의 절반을 쥐고 있다 하지만, 그는 허수아비나 진배없다. 시중 자리를 얼마 전에 지낸 적이 있지만 야심이 없고 몸소 모험을 치르려 하지 않는다. 그는 지금도 이성계의 눈치를 살피고 있다.

"최영을 처벌하는 것으로 명의 노여움을 풀지는 못할 겁니다. 이 기회에 이 왕조의 혈통을 다시 잇도록 해보는 것도 옳지 않겠습니까, 대감."

"글쎄, 그럴 듯도 하오만 너무 갑자기 이러니 … ."

삼봉은 그 특유의 이론을 뒷받침한 달변으로 계획하였던 바를 풀어놓았다.

"저쪽에서는 이미 눈치를 채고 있습니다. 묵은 정신을 가진 유학자들은 다음 군왕으로 창을 세울 작정인 듯합니다만, 창도 왕王 씨가 아니라 신辛가입니다. 구 정객의 주장을 꺾고 새바람을 조정 안에 불어넣도록 하십시다. 대감의 뜻은 어떠하십니까?"

묵묵히 듣고 앉았던 이성계는 고개를 조용히 저었다.

"목은을 중심한 그들의 의견을 좇는 것은 좋은 생각이오."

"안 됩니다. 그들은 이 역사적인 호시기를 천연시킬 앉은뱅이들입니다. 지금 새바람을 일으키는 마당에 완고하고 고루한 고집은 일을 천연시킬 따름입니다."

"삼봉, 대사성은 급해서 탈이야."

"급한 것하고 정치는 다릅니다. 이번을 일대 혁명기로 잡아야 합니다. 전제개혁 · 정치개혁 · 군사개혁, 산적한 일들을 눈치 때문에 천연시킬 수는 없습니다. 저들의 속은 도대체 알 수가 없는 능구렁이들입니다."

"그런 점도 있소만 중론을 존중해야지요. 설마 때가 있지 않겠소."

"지나친 자중은 실기의 원인이 됩니다."

"……."

목은을 비롯한 유학자들의 정치관을 익히 알고 있는 삼봉은 그들이 조정을 지키는 한 전반적인 개혁은 많은 차질을 가져올 것으로 믿었다.

남은을 비롯한 장수들에 의해 젊은 우왕은 옥좌에서 밀려났다. 심덕부의 인솔하에 대궐로 들어간 왕안덕 등 장수들은 궐내의 병장안마兵仗鞍馬를 모조리 압수하고, 병사들을 요소요소에 배치한 다음 대관전大觀殿에서 젊은 우왕과의 담판을 벌이고 있다.

며칠간의 빌미만을 달라고 와들와들 떠는 우왕을 그들은 강제로 말에 오르게 하고 군비와 명순옹주를 뒤따라 타게 한 뒤 강화도로 쫓아 보냈다.

이튿날 중신회의가 열렸다. 이미 이성계와 조민수는 우왕 폐위를 양해하였기 때문에 이 자리에 나오지 않고 각자의 집에서 결과를 기다리고 있었다.

대사헌 조준이 우왕 폐위에 관한 장황한 설명을 했다. 장내는 숨소리만이 들릴 뿐 무거운 침묵이 흘렀다. 조준의 설명이 끝난 뒤 성균사성 정도전이 신왕 추대에 관한 설명을 한다.

"… 관례와 태조대왕의 지엄한 법통에 따라 왕세자 창昌이 다음대를 이을 군왕에 추대되어야 마땅할 것이나 … 그는 이미 강화로 유배된 폐왕 우와 더불어 왕王 씨 성을 가진 고려의 왕손이 아니고 신돈의 피를 받은 타성他姓이었기에 …."

정도전의 설명이 중반에 이르렀을 무렵 판삼사사 이색이 팔을 내저으며 그의 말을 막고 나섰다.

"대사성의 말씀은 이 왕조의 법통을 정면에서 거역하는 바가 크오. 이미 폐왕 우가 등극할 때에 그 문제는 논의된 걸로 알고 있소. 그때 인정되지 않았는데 이제 와서 새삼스러이 거론한다는 것은 왕도王道를 짓밟는 반역의 행위인 줄 아시오."

노기를 잔뜩 띤 이색의 말은 독살과 같았다.

삼봉의 얼굴이 붉으락푸르락 일그러진다.

그에 못잖게 목은의 얼굴도 극도의 노기를 띠고 있다.

"말씀이 지나치십니다, 대감."

우현보와 포은이 나섰다.

"찬삼사사 대감의 말씀이 옳소. 전 왕대에 이미 인정을 받았고 대국에서도 시호를 내렸는데, 이제 와서 거론함은 왕조를 정면에서 거역함과 같소. 대사성의 제안은 극히 불손하오."

사면초가였다. 애초에 짐작했던 것보다 완강하고 거칠었으며 살기마저 띤 듯하였다. 겨우 9세밖에 안 된 창을 다음 왕으로 추대한다면 섭정이 필요하고, 그 결과는 이색을 중심한 고루한 정객들의 손에서 좌우된다.

신중과 자중을 일삼는 이성계의 능력은 고루한 그들의 고집을 이겨내지 못할 게 뻔하다.

삼봉은 자리를 박차고 일어나 이색과 정몽주를 노려보며 소리쳤다.

"이 사직은 왕王 씨의 사직이지 신辛가의 사직이 아님은 태조대왕 이후 5백여 년 지켜온 역사의 혈통이오. 비록 그때에 인정은 되었다 하여도 대의에 어긋날 때는 시리를 초월하여 쇄신하여야 합니다."

바위의 대침이었다. 우기고 주장할수록 감정적인 대립의 양상을 띠어가고 있어 조준이 슬그머니 삼봉을 만류한다.

그는 귀엣말로 나지막이 자중을 요구한다.

"이 대감이 양해하도록 말씀하셨소. 조 대감이 창을 왕으로 책봉하는 데 찬동하였다니, 삼봉은 그만 양보하는 편이 좋겠소."

"나도 이 대감의 부탁을 받았소만, 이렇듯 양보만 하다간 저 능구렁이 굼벵이들한테 밟혀 죽어요. 대사헌도 그 점은 알고 있지요?"

삼봉은 분루를 삼키며 물러섰다.

"내가 삼봉 대신 그들이 분루를 삼키도록 하겠소."

"참 그렇군요. 내가 깜빡 잊었구먼."

"두고 보시오."

"순서가 뒤바뀌어서 괜한 역정만 내었군, 허허허 … ."

거인의 첫발

"역시 대사헌은 역사를 보는 눈이 있소, 허허허 …."

삼봉은 조준이 내놓은 전제개혁안을 훑어보고는 만족을 표한다. 그동안 자주 들러 의견을 나누었는데 조준이 삼봉의 심중을 잘 헤아려 주어 가히 혁명적인 개혁안이 되었고, 이로써 두 번째의 거보巨步를 디딜 수가 있었다.

삼봉의 눈앞에는 극렬하게 반기를 들고 일어설 묵은 정치인, 묵은 관료들의 일그러진 모습이 하나하나 떠올랐다 사라졌다. 이성계가 반대하지 않고 뒤를 미는 한 이 개혁은 예정대로 착수될 것이고 그리되면 구 정객들의 몰락과 약화는 자명한 일이었다.

"설사 이번에는 지난번처럼 반대하진 못하겠지."

조준이 자신 있게 말하자 삼봉이 넌지시 꼬집는다.

"조민수가 문제야. 그 친구 섭정을 요구할 때 이미 객지혼이 된 이인임을 재등용하려 했잖아. 머리통이 썩었어."

"저런."

조준이 놀라 혀를 찬다.

"묵은 머리는 이 시점을 기준으로 하여 씨를 말려야 해. 개혁의 기치를 높이 쳐들고 나가는 마당에 장애가 되었으면 되었지 득될 것은 없거든. 인정이나 사감私憾에 좌우되는 정객은 국적으로 다스려야 해."

삼봉의 두 눈에는 살기가 등등하다.

도당회의가 열렸다.

대사헌 조준이 전제개혁에 관한 제안 설명을 하였다.

"… 이 개혁으로 하여 다사다난한 나라 안의 사정이 안정이 되고 백성들은 안심하고 생업에 종사할 수 있을 것입니다."

조준의 설명이 끝나자 대부분의 중신들이 찬성을 표했는데, 시중 조민수는 이의를 제기하였다.

"전제를 바꾼다는 것은 좋은 일이오만, 자칫하면 평지풍파를 일으킬 염려가 있소."

윤소종이 반박한다.

"전제개혁이 안 급하면 뭐가 급하단 말입니까. 대명에서는 철령위 문제에 신중을 기하지 않습니까. 고려의 주장에 일리가 있음을 인정하고 자세히 조사한 연후에 조처하겠다 하였습니다. 지금 조정의 국고는 텅 비었고, 백성들은 도탄과 기아에 허덕이고 있는데 주지육림에 빠진 조정이 무엇을 안다고 신중입니까?"

그 말에 조민수의 얼굴이 벌겋게 달아오른다. 조정이라니….

"시간이 그리 급하오? 졸속은 대의를 그르칠 염려가 있소. 충분한 검토를 한 연후에 시작해도 백성들은 살아날 거요!"

여태껏 침묵을 지키던 사람들이 조민수의 말이 끝나자 우르르 들고 일어섰다.

전제개혁에 대한 반감보다는 조준·정도전·남은·윤소종 등의 오만방자한 태도에 대한 반감에서였다. 이쪽에서도 지지 않고 탁자를 치고 삿대질을 하며 상대를 윽박질렀다.

"여기가 어디라고 함부로 삿대질이오!"

"무식한 것들이 무슨 잔소리냐!"

도당회의는 최악의 감정대립으로 맞섰다.

그 위에 대명對明 공략의 책임 문제가 남은의 입을 통해 거론되자 조민수가 분통을 터뜨렸다.

"책임을 따지자면 최영을 주살誅殺하자는 뜻인데, 고자질해서 죽게 할 것은 무어요. 난 그런 짓은 못하오."

남은이 피식 웃었다.

"최영이 중하오, 나라가 중하오? 대명의 발굽 아래 삼한 땅이 쑥밭이 된 뒤에 최영에게 책임을 물으려는 거요?"

"……."

그날 회의는 아무런 결론을 얻지 못하고 해산되었다.

조민수를 비롯한 일부 사람들은 이를 갈며 돌아섰다.

야심한 시각 심덕부·남은·조준 등은 심부름을 보낸 염탐꾼을 기다리고 있었다.

"조민수 한 사람 때문에 우리의 개혁이 차질을 빚고 있소. 이렇게 되면 회군의 의의가 없어지지 않습니까. 능구렁이 족속들이 조민수를 등에 업고 다시 지랄들을 할 겁니다. 개원사 쪽에서는 벌써 조민수에게 상당량의 뇌물을 주고 일당을 기르고 있다는 소문이 있습니다."

남은은 낮에 삼봉이 일러주던 개원사 건을 조민수와 연관지어 말한다.

모두들 몸을 부르르 떤다.

"지랄만 하면 그만이게. 대감이랑 우리들을 한꺼번에 해치울 음모를 꾸미고 있단 말입니다. 주저할 것 없이 해치워야 합니다."

조준이 열을 올리며 재촉한다.

심덕부는 드디어 결심을 한 듯 큰 소리로 외쳤다.

"무용한 무리들을 조정에서 몰아내도록 합시다. 우두머리만 치면 꼬리는 절로 물러나오. 요는 두어 사람이오!"

염탐을 보냈던 조영규가 돌아와 조민수의 거처를 알리자 그는 즉시 명령을 내린다.

"조민수·남성리·허인을 잡아 순군옥에 가두고, 날이 밝거든 조민수는 창녕, 남성리는 공주, 허인은 봉주로 귀양을 보내시오. 만일에 대비해서 성내의 요소요소를 경비하도록 하오. 매사는 전광석화電光石火 같이 숨통을 치도록 하오."

명령을 받은 조영규가 휘하 장병들을 찾으러 돌아갔다.

조민수 일당이 된서리를 맞고 조정에서 사라진 뒤에 조정은 이성계의 눈짓 하나에 따라 꼭두각시처럼 움직였다.

전제개혁안에 대해 미온적이거나 반대 입장을 취하던, 신중론을 펴던 목은·포은을 중심한 고루한 사람들이 대개 찬성하거나 중립적인 태도로 바꾸었다. 50여 명의 백관들 중 반대하는 자가 겨우 7명에 불과하였다.

포은은 그때에도 중립적인 애매한 태도를 취했는데, 남은이 눈살을 찌푸려 쏘아봤더니 외면해 버렸다.

말썽 많고 반대 많던 전제개혁안이 도당회의에서 통과되고, 명明에 보낼 표문의 작성도 끝났다.

삼봉은 이제 다리를 좀 뻗고 쉴 수가 있다. 사사로운 일을 돌아봐야 할 때가 온 것이다. 그는 별장 김용덕을 불러들였다. 아직 30대의 용덕은 삼봉의 말이라면 발로도 받아 혀를 갖다 댄다.

"너 개원사 알지?"

"백주에 있는 거찰 말씀이십니까?"

"거기 가서 백천이란 주지 놈을 묶어오너라. 병사 10여 명만 끌고 가면 될 거다."

사람을 끌어오고 족치고 죽이는 일이 하도 흔한 세상이니까 김용덕은 대수롭잖게 여긴다.

"중놈을 잡아오기는 회군 이후 처음이다. 대역죄로 체포한다고 하여라."

"분부대로 하겠습니다, 대감."

"잡아다 순군옥에 처넣고 아무도 접근 내통을 못하도록 하여라."

"넷."

"내 지시가 있을 때까지 다치지 않도록 하여라."

"알았습니다."

별장이 큰절을 하고 물러갔다. 삼봉은 의미 깊은 웃음을 잠시 웃다가는 별장이 나간 뒤를 따라 밖으로 나왔다.

남은은 숭교리 대감댁 사랑채에 쭈그리고 앉아 있었다.

"무얼 생각하고 있나? 대낮에."

"자네야말로 대낮에 웬일인가?"

둘은 대좌했다.

"난 조용한 자네를 보면 겁이 나. 또 무슨 일을 꾸미나 싶어서 말일세."

삼봉이 농담을 건네자 남은이 지지 않고 받아넘긴다.

"자넬 보면 숨이 가쁘다네. 어찌나 일을 재촉하는지 천천히 해도 꺼질 놈은 꺼지고 죽을 놈은 죽어."

"농담은 그만 두고 내 부탁을 들어주게나."

"무슨 일인데 이리 진지한가?"

"개원사의 박천 말일세."

"전에 얘기했잖나. 여태 그냥 있어? 이거 심 대감을 믿다간 월척까지 다 놓치겠는걸…."

조민수 일당의 체포 때 함께 때려잡아야 할 박천인데, 심덕부가 우두머리만 처벌하는 바람에 박천은 빠지고 말았다.

"지금도 늦지 않아. 천천히 해도 괜찮아. 자네가 잡아서 국문을 해주게나. 사찰 재산은 급전도감給田都監이 설립된 뒤에 적몰토록 하고.”

“또 뭐가 남았나?”

“사찰을 불살라 버리세.”

“허이, 이 사람, 중놈 때려잡는 데는 뭐가 있군. 다른 건 하겠는데 불 지르는 일은 못하겠어. 차츰 정리해도 되지 않을까? 중놈만 때려잡으면.”

“그럴까? 성질 같아서는 그러고 싶네만 참아보지. 참, 박천이란 놈 딸꾹 죽이질 말고 배배 틀어 죽여.”

“주문도 많다.”

사찰 재산의 적몰은 대역죄를 씌워 명분을 세울 수 있지만, 사찰 소진만은 명분이 서지 않았다. 아직 그러기에는 시기가 일렀다.

“박천도 죽고, 최영도 곧 죽을 거고, 다음에는 누가 남았나?”

남은이 노래를 읊듯 길게 말하고 팔 깍지를 끼고 뒤로 눕는다.

해질 무렵이었다. 백주의 개원사로 달려갔던 김용덕이 숨이 턱밑까지 차서 돌아왔다.

“어찌된 일이냐?”

일이 심상치 않은 예감이 들어 다급하게 물었다.

“늦었습니다, 대감. 벌써 도망을 쳤습니다.”

“저런!”

“저번 조민수 일당이 유배 가던 그 이튿날 도망갔다 합니다.”

“아, 내가 무심하였구나.”

"어떻게 할까요? 사헌부에 아뢰어 방을 붙여 박천을 잡아들이라 할까요?"

"그만둬라. 조 대감과 의논 뒤에 내가 결정할 테니."

별장이 물러간 뒤 삼봉은 왼손으로 턱을 괴고 방안을 왔다 갔다 한다.

박천이 도망가고도 남을 놈인 줄 진작 알아채지 못한 자신이 어리석었다 싶었다. 번거로운 대사大事에 몰려 소윤을 잠시나마 잊었던 자신이 부끄럽고 소윤에 대해 안쓰럽기 짝이 없었다.

'이 녀석을 어디서 잡아내지?'

박천은 이성계의 회군 이후 갑자기 부상하기 시작하는 삼봉의 위치를 보고 겁을 더럭 내었을 것이 틀림없다. 염흥방의 졸개 노릇을 하다 된통 당할 뻔한 것을 겨우 면했더니, 이번에는 이성계가 요지부동의 위치를 굳혀 또 한 번 가슴이 뜨끔하였다.

조민수 쪽에 손을 쓸까 망설이며 사태의 추이를 관망하였다. 그때 조민수의 막료가 찾아왔다. 손을 벌리며 내놓으라는 것이다. 이유는 다음에 말하겠다고 하였다.

그런데 기다리며 믿었던 조민수가 하룻밤 사이에 몰락하였다. 그와 아울러 박천의 이름이 이성계 일파 쪽에서 거론이 되었다는 소문이 들려왔다.

이제는 영락없이 죽었다 싶었다. 그는 친제親弟 박관을 독촉했다. 사찰재산 중 부피가 작고 값진 것을 죄다 긁어모으라 하였다. 박관은 중이 아니면서 개원사의 살림을 맡아 살고 있었다.

전에는 보잘것없었던 사찰이 박천의 스승이 주지로 앉고부터 번창하기 시작하여 삼한 내의 거찰이 되었고, 주지승이 열반에 들자 박천이 그 자리를 이어받았다. 사찰재산은 그의 호주머니 속에서 놀게 꽉 쥐어 잡았다. 여느 중들이 믿기지 않아 친제를 끌어다 재무일을 보도록 하였던 것이다.

그는 금은보화를 한 짐 챙겨들고 교주도 쪽으로 줄행랑을 쳤다.

삼봉은 얼굴이 벌겋게 달아올랐다.

'이 녀석을 놓치다니…?'

"여봐라. 밖에 누가 없느냐?"

그는 밖에 대고 고함을 쳤다. 별장이 가지 않고 기다리다가 대답한다.

"대사헌 대감께 갈 채비를 하라."

그는 조준을 만나 다짜고짜 개원사를 폐쇄하고, 사찰재산을 적몰할 교서를 달라고 하였다.

"참, 조민수와 내통했다면서 여러 조처가 없었지."

조준은 쉬 알아채고 교서를 작성해 준다.

그는 그 길로 개원사로 향하였다. 밤의 적막이 그의 앞길을 방해하여도 강행군을 계속하였다. 개원사에 도착하였을 때는 자정이 막 지난 뒤였다.

그를 따라간 병사들은 경내의 중요 부서에 경비를 펴고, 삼봉은 교서를 낭독하고는 불을 지르게 하였다.

한밤중의 곤한 잠에 녹아떨어졌던 중들이 비명을 지르며 뛰어나왔다.

"나오는 놈들은 하나 놓치지 말고 목을 베어라. 역적의 무리들은 모두 목 베어 버려야 한다."

삼봉의 명령에 따라 병사들은 닥치는 대로 찌르고 내리치고 달아나는 놈들은 따라가서 창검질을 하였다.

개원사는 순식간에 불밭 천지가 되고 아수라장이 되었다. 불 속을 헤어나지 못해 타 죽은 놈, 칼과 창에 맞아 죽은 놈, 도망치다 발목을 삔 놈.

박관은 암자에서 비첩과 노닥거리다 불이야, 외쳐대는 소리에 놀라 맨발로 허겁지겁 좇아갔다. 불기둥이 솟아오르는 본당의 모퉁이를 돌아오던 그는 또 한 번 소스라치게 놀라 우뚝 멈춰 섰다. 무자비한 창검질에 불소동 이상의 아비규환이 그곳에서 이뤄지고 있었던 것이다.

그는 암자 옆 바위 뒤에서 타오르는 불길을 보며 이를 갈았다.

'정도전 이놈! 소윤이 이년!'

박관은 옷을 대강대강 주워 입고 말을 달렸다. 이제 막가는 세상이다. 잡히면 죽는 몸이었다. 형님이 그렇고 내가 그렇다. 우선 몸을 피하고 그 다음을 생각하자.

형님을 만나 이 사실을 알리고 함께 산적이나 될까? 동북으로 나아가 여진족의 앞잡이 노릇이나 할까?

역사는 모진 땅을 헤치고 돋아나는 새싹인가. 잔인한 시련을 겪어야만 돋아나는 새움이 박달나무처럼 강하게 여물 것인지 모르겠다.

삼봉은 골똘히 생각하였다. 이제 왕 씨의 세상은 기운이 쇠잔하였다. 별의별 이해 못할 일들이 요 근래 몇십 년 사이에 숨 쉴 겨를을 주지 않고 연이어 일어났다. 왕가의 권위가 아니었고 사가私家의 눈총을 받고 있었더라면 노비로 굴러 떨어지고 말았을 것이다.

간승奸僧이 조정에 뛰어들어 대권을 휘어잡고 진흙탕을 이루었다. 비첩의 몸에서 난 자식놈을 왕王이라 속여 옥좌에 올려놓고는 만백성이 따르도록 하였다.

권신들이 눈을 부릅뜨고 불쌍한 백성들의 재산을 수탈하고 어진 사람들의 재산을 창검을 휘둘러 빼앗고는 역적의 누명을 씌워 베 죽인다.

왕이 어디 있으며 임금이 어디 있으며 군왕이 어디 있나. 군왕은 군왕이고, 내 주머니는 주머니다. 백성이야 굶어죽건 말건 내 배가 부르면 만사 그만이다.

어질고 착하며 선정을 베풀려는 공맹지도孔孟之道의 유학자들은 마치 남의 일을 보듯이 어물쩍 넘기고 있다.

산속 깊숙이서 수도에 전념하며 살면서 하화중생을 하여야 할 중들이 절간 밖으로 뛰어나와 속세 사람들이 혀를 내두를 추악한 짓들을 죽 먹듯 하고 있었다.

재산은 사찰과 권신의 손으로 넘어가 국고가 텅텅 빈다. 군역을 필할 젊은이들은 모두 절간으로 뛰어 들어가, 전장에 나갈 젊은이가 절대 모자랐다.

밖으로는 왜구가 장소도 때도 없이 쳐들어 국토를 수라장으로 만들고 여태껏 받들어 왔던 원元이 북으로 쫓겨가 유명무실의 대국으로 앉아 있다. 신흥 명明이 그 트집을 잡아 걸핏하면 위협을 해온다.

장님 눈으로 재 봐도 치수가 나올 국력으로 신흥강국 명을 공략하겠다는 얼빠진 중신이 충신이며 명정치가라는 평을 받고 조정을 흔들고 있다.

삼봉은 입맛을 다셨다.

새 역사의 창조를 위하여 이 무가치한 무리들은 죄다 사라져야 한다. 태조의 건국은 이런 단말마적인 왕조를 낳으리라고는 일찍이 생각하지 못하였다.

최영이 주살되었다는 소식이 왔다. 그동안 대자산大慈山 선영에서 영어의 생활을 하던 그는 충주로 귀양을 갔었고, 거기서 다시 개경으로 끌려와 수많은 백성들이 지켜보는 가운데 북문 밖 길가에 꿇어앉혀졌다가 참형을 당하였다.

그도 스님이 치는 목탁 소리에 따라 암송하는, 그가 평소 즐겨온 구절을 들으며 이승을 떠났다.

세존은 인간에 태어나서 스스로 정정을 얻고
정행을 갈고 닦아 마음 편히 스스로 즐기시오며
……

대소의 믿음 일체 단절하고 모든 구속 초탈하니
천상천하에 자재로워 얽매임 없고 집착 없도다
마치 백련화 물에 나고 물에 자라건만
진흙탕 붙을세라 고결한 빛깔 향기를 발함이여 —

역사는 대인의 영욕에 자애롭지 못하다. 역사의 흐름에 역행할 때는 죄인이 되고 역적이 되며 개인의 공적마저 불살라진다. 후세가 어떻게 말하건 발을 디딘 그 흐름만이 그때의 정의였다.

삼봉은 어쩔 수 없는 일이라며 다시 입맛을 다셨다. 이제 더 큰 흐름이 남았다. 거역하는 최영보다 엄청 더 큰 부피의 거역을 한 자를 역사 속에서 추방하여야 한다.

이성계가 팔관회 연회에 참석함을 기화로 그를 제거하려는 음모가 들통이 났다. 그의 막료들은 때를 기다렸다는 듯이 들고일어나 이대로 두고 있을 수 없다고 하였다.

그들의 음모가 진행되는 그동안 이성계는 우왕을 다시 개경으로 모셔오기로 작심을 굳히고 그 시기만 엿보고 있었다. 철따라 의복을 보내고 음식을 거칠지 않도록 대접하여 옛 신하로서의 예의를 소홀히 하지 않았다. 그런데 음모가 발각되었다.

약자와 강자의 윤리는 때로 거부현상을 낳기도 한다. 맹목적인 승리란 있을 수 없다며 실낱같은 기대로 시도를 해본다. 우왕 역시 그 시도의 도중에서 좌절이 되고 말았다.

이방원은 이성계를 주시하면서 얼굴에 핏대를 올려 덤벼든다.

"상왕이네 금왕이네 하는 무리들은 뿌리째 뽑아버려야 합니다. 아버지는 대체 어쩔 작정으로 이러십니까?"

"……."

삼봉이 방원을 거들며 나섰다.

"대감, 속히 영단을 내리셔서 운이 다한 이 왕조를 쓸어버리시고 새 역사의 창조를 선언하십시오."

"……."

이성계는 여전히 말이 없다. 표정도 어둡기만 하다.

방원이 폴짝폴짝 뛰고 삼봉이 준엄히 따져도 막무가내로 침묵만 지킨다.

"이미 내일의 도당회의에서 선언할 문구를 마련해 두었습니다. 이대로 앉았다가 언제 역습을 당할지 모르고, 새 역사를 위한 인고의 세월은 허사가 되고 맙니다. 대감, 통촉해주십시오."

이성계의 목이 옆으로 돌려졌다.

"이 역사의 흐름을 대감 혼자서는 막을 수는 없습니다. 막료들의 의견이 한결같으니 저희들이 꾸민 꽃수레에 오르시기만 하면 됩니다."

"… 안 되오."

이성계는 여전히 같은 태도를 버리지 않았다.

삼봉은 가슴을 치고픈 안타까운 심정을 누를 수 없어 옆의 방원과 남은 · 조준 등을 바라보며 한마디씩 거들라고 눈짓을 한다.

그들도 삼봉 못잖게 이성계를 볶아쳤지만 이성계의 반응은 한결 같았다.

"내일 도당회의에 나오실 채비만 하고 계십시오. 저희들이 알아서 처리하겠습니다."

삼봉은 혼자 그곳을 빠져나왔다. 뒤뜰을 돌아 나오려니 방석이 쫓아오며 안겨든다. 그는 텁석 껴안고 입을 맞추고는 안으로 데려다 준다.

"정 대감이십니까?"

지화가 목을 길게 빼고 안쪽의 동정을 살피다가 삼봉이 나오자 따라오며 부른다.

"예, 마님."

삼봉은 방석을 안고 지화가 이끄는 대로 안방으로 따라 들어간다.

"대감께선 여전히 고집이시니 큰일입니다. 마님께서 뭘 하십니까."

삼봉은 자리에 앉기 바쁘게 서두를 꺼내어 지화를 원망하는 투로 말하였다.

지화는 한숨을 푹 내쉰다.

"마님께서 대감을 가장 가까이 모시지 않습니까. 대세는 이미 결정되었고 천운이 우리 쪽으로 기울어졌는데, 어찌해서 천명을 거역하려 하십니까?"

삼봉은 방바닥을 치며 안타까워한다.

"전들 속이 안 상할 리가 있겠습니까마는, 마이동풍이시니 전들 어떻게 합니까. 되레 대감이 원망스럽습니다. 방원이는 뭘 하고 있어요?"

"이 형인들 오죽하겠습니까. 오늘 밤 마님께서 한 번 더 간곡히 설득해 주십시오."

"입도 못 떼게 하십니다."

"허어 큰일이군."

삼봉은 소리 나게 입맛을 쩝쩝 다신다.

"이렇게 앉아서 세월을 재다간 언제 저들의 화살이 날아들지 모릅니다. 왜 기선을 제압하지 않으려 하시는지. 이 왕조는 이미 쇠잔하여 더 버텨갈 여력이 없고 천운이 기울었습니다."

삼봉의 탄식과 열변에 지화는 초점 없는 시선을 허공에 던진다.

"낼 아침에 다시 들를까요, 마님?"

"그렇게 해주세요."

이튿날 삼봉은 숭교리에 들렀다. 삼봉 자신이 새로 지어준 숭교리 저택은 전에 비해 위엄이 있고 쓸모가 좋다. 대권을 쥔 대감의 저택이 좁고 낡아서야 어디 쓰겠냐며 삼봉이 우겨 새로 마련해 주었던 것이다. 그때도 이성계는 한사코 마다하였고 지화와 삼봉이 우겨 겨우 응낙을 받고 이사를 하였다.

이번에도 그리 되겠지 하는 기대로 안으로 들어갔더니, 지화는 기운이 하나 없이 축 늘어져 있었다.

"장차 이 일을 어떻게 할까!"

삼봉은 장탄식을 늘어놓았다.

이튿날 새벽 흥국사에서의 도당회의는 삼엄한 경비가 펴진 한가운데에 열렸다.

길거리 거리의 요소와 대궐 안팎에는 창검을 꼬나든 병사들이 눈알을 번들거리며 지켜 서 있었다. 마치 큰 혁명이나 변혁이 일어날 기세로 그들은 백성과 관리들을 감시하였다.

흥국사의 경내는 어느 장소보다 더하였다. 대궐 안의 경비가 무색하리만큼 병정들로 담을 쌓고 창검으로 벽을 쌓아 마치 병정의 사열을 하는 듯한 느낌을 주고 있었다.

정문에서 금당金堂에 이르는 통로와 대웅전 양 옆에는 수십 명의 병정들이 열 겹 스무 겹씩 에워싸고, 창과 칼 그리고 활을 들고 도열하여 드나드는 사람들의 길을 막고 있었다.

연락을 받은 중신들이 하나 둘 모여들었다. 그들은 번뜩이는 창검 밑을 지날 적마다 가슴이 섬찟해지며 식은땀이 주르르 흘렀다. 어쩐지 흥국사의 금당 안이 이 왕조의 마지막을 고하는 장소가 될 것이고, 아울러 자신들의 삶이 마지막을 고하는 목탁 소리가 울리는 장소가 될 것 같았던 것이다.

대부분의 중신들이 배열한 자리에 앉자 무장한 두 장수를 대동한 이성계가 협문을 통해 들어와 불단 아래에 좌정하였다.

삼봉이 앞으로 나아가자 중신들은 혁명의 선언과 아울러 죽음의 선고를 기다리는 마음같이 가슴이 죄어졌다.

"소위 상왕이니 금왕이니 하는 무리들은 왕 씨가 아니라 신돈의 후예라는 사실을 천하가 다 아는 사실입니다. 연전에 이미 누누이 밝혔거늘 권력에 눈이 어두운 간신들의 반대에 부딪쳤소만, 이제는 더 참을 수가 없습니다. 그러므로 우리는 당장 이 반역의 무리들을 몰아내고 왕실의 혈통을 바로잡아야 하겠소."

그는 잠시 말을 쉬면서 날카로운 눈초리로 중신들을 휘둘러보았다. 사람을 잡아먹을 날카로운 눈초리에 식은땀이 줄줄 흘렀다.

"이에 대해 이론이 있는 분은 앞으로 나와 주시오 …. "

그는 다시 장내의 중신들을 한 사람 한 사람을 뚫어지게 보았다. 장내의 공기는 무어라고 한마디를 하여도 칼탕을 쳐서 짓뭉개 없애버릴 기세였다.

이성계는 앞 벽을 똑바로 바라보며 고른 숨을 쉬고 있었다.

삼봉의 눈은 목은의 얼굴에 멎는다. 둘의 눈이 잠시 마주쳤다. 저번에도 그토록 반대를 하더니 지금은 그런 낌새조차 없다.

조준은 엇비슷이 앉은 삼봉을 훔쳐보다간 우현보와 포은을 차례로 본다. 그들의 눈은 허공에 고정되어 있었다. 마치 땅을 떠나 하늘로 날아가려는 이 왕조의 마지막을 잡아 보듯한 눈들이었다.

살벌한 공기를 찢는 자가 아무도 없자 삼봉은 다시 입을 열었다.

"조정의 막중한 자리에 앉은 여러분들이 모르실 리 없고 따라서 역도들을 몰아냄에 있어 전원 찬동한다 함은 지극히 당연한 일입니다. 대명大明에서 여태껏 친조親朝를 거절한 것은 이자들이 신辛씨였기 때문이오. 천자께서는 일찍이 이 점을 지적하였습니다만 이를 도중에서 변조한 도배가 있었습니다. … 도총 대감께서는 신종神宗 대왕의 7대손 되시는 정창군定昌君 요瑤 저하가 합당하시다는 의견입니다. …"

연설을 마친 정도전이 자리에 돌아와 앉자, 이성계는 두 장수를 거느리고 정문을 거쳐 층층대로 내려갔다.

자리에 남은 중신들은 두 갈래였다. 이미 내용을 아는 사람들은 희색이 만연하였고, 그렇지 못한 사람들은 살아 있다는 안도감과 한 왕조의 어처구니없는 종말에 분노와 허탈을 동시에 느끼면서 될 대로 되라는 식의 심정이 되었다.

그들은 대사헌 조준이 설명하는 이성계 살해계획의 전모도, 정도전이 설명하는 신辛씨를 몰아내라는 천자의 명령이 권근權近 등에 의해 변조된 경위도 귀에 들어오지 않았다. 그들은 살아 있다는 것이 더욱 이상하였다. 이성계는 역시 최충헌밖에 안 되는 인물이구나 싶은 생각도 들었다.

그날 밤 어린 창왕은 몰려든 병정들의 발아래 무참히 짓밟히며, 침소에서 쫓겨나왔다.

"어찌 이리 무엄할 수가 있느냐? 게 누구 없느냐?"

"요것이 잘도 논다. 예, 여기 대령하였습니다. 신창 도둑놈아!"

"이놈이!"

"이 신辛가놈의 뼈다귀, 오늘이 마지막이다. 냉큼 꿇어 앉아."

병정이 어깨를 내리눌렀다. 창왕은 땅바닥에 피식 쓰러졌다. 주변에는 나인 하나가 없다.

옆방에서 자던 어머니 근비가 놀라 달려왔다.

"넌 뭐냐?"

병정이 돌아서며 그녀의 빰을 후려치고 땅바닥에 팽개쳤다. 아들과 어머니는 한데 엉켜 뒹굴었다.

"아무리 세상이 말세라 하여도 … ."

눈물이 왈칵 솟아나 아들을 껴안고 흐느꼈다. 아들도 울음을 크게 터뜨렸다. 둘은 목을 놓아 울었다.

어둠 속에서 별장의 외치는 소리가 들렸다.

"뭣들 하느냐?"

"예, 에미라는 년이 앙탈을 부립니다."

체념한 여자는 옷이라도 좀 바꿔 입게 해달라고 애원하였다.

병정이 그녀의 머리카락을 낚아채서 아들로부터 떼어 놓았다. 그리고는 아들을 말에 태운다.

"그년도 함께 태워라!"

창과 근비는 말 한 필에 실려 어디론가 떠났다.

개경 소식은 두 달이 지나도록 감감 무소식이었다. 창은 근비와 나란히 마당가에 나서서 개경 쪽 하늘을 우러렀다. 그때 한때의 사람들이 이리로 다가오고 있는 게 보였다. 무슨 일일까? 가까이 온 그들은 어명을 받으라 하였다. 예문관 대제학 유구柳拘와 정당문학 서균형徐均衡이 어명을 들고 강화를 찾아온 것이다.

창은 차가운 땅바닥에 꿇어앉았다. 혹시나 하는 기대에 참새 같은 가슴은 자꾸만 팔딱거린다.

"… 역신 신돈의 손자 신창은 대명을 기만하고 만백성을 유린하여 대위를 찬탈한 지 1년, 실로 하늘이 이를 용서치 못할지어다. … 이에 교수絞首를 명하노라 … ."

근비가 쫓아 나와 아들을 잡고 울음을 터뜨린다.

"나으리, 날 대신 죽이고 내 아들을, 내 아들을 제발, 제발 이렇게 이렇게 빌게요."

"저 계집애를 끌어내라."

순군별장의 호통 한마디에 병사 셋이 덤벼들어 그녀의 머리채를 휘어잡아 넘어뜨린 뒤 덜렁 들어 마당가를 흐르는 개울 속에다 집어 던졌다.

어린 창은 몸부림을 치며 울부짖었다.

"어서 시행토록 하여라!"

별장이 다시 소리를 지르자 병사들이 달려들어 창의 몸을 깔아뭉개면서 목에다 오랏줄을 걸었다.

'모질고 더러운 신辛가놈의 씨앗은 오늘로 마지막이다!'

누군가가 중얼거리며 오랏줄을 뽕나무에 걸었다.

10여 명의 병정들이 폐왕 우를 모시러 왔다. 그를 강릉으로 데려가려는 것이다.

"어떻게 된 일이냐? 이놈들아!"

서슬이 시퍼래가지고 호통을 질렀다.

"가보면 알게 될 거다! 폐서인이 무슨 말버릇이 그러냐. 한 대 맞고 싶어?"

병사들의 부라리는 눈망울 앞에 우는 하늘이 꺼지는 절망감을 느끼며 말조차 할 기력을 잃는다.

이성계가 날 속였구나. 개경으로 다시 데려간다고 약속하였는데. 올해 안으로 데려간다 하였는데.

그의 귀에는 '폐서인 신우辛禑'라 칭하던 병사들이 말이 앵앵 맴을 돌았다.

강릉으로 내려간 그는 개경 소식에 눈이 빠질 듯하였다. 뒷산으로 올라가 땔나무를 하면서 내거리 개경 쪽 하늘을 바라보았다. 하마나 대관령을 넘어오는 이성계의 사신이 있을까? 고갯길이 너무 험해 쉬어오느라 늦나? 이성계 그 사람이 날 이렇게 대접할 리가 없는데. 그 남은인가 남재인가 하는 녀석하고 삼봉이 날 이렇게 만들었겠지, 흥!

바닷바람이 유난히 거칠고 매웠다. 나무 한 짐을 해 지고 산을 내려오니까 병사 10여 명을 거느린 정당문학 서균형이 집 앞을 서성거린다.

우는 엎어지며 미끄러지며 나뭇짐을 내던지고 마당가로 내려갔다.

"오, 서균형 오랜만이다. 별고 없었느냐? 이성계의 부름이 있었더냐?"

그는 서균형을 끌어안을 듯 반가워하였다.

"역신 우는 어명을 받을지어다."

서균형의 입에서는 뜻밖에도 거친 소리가 튀어나왔다.

"응? 어명? 어떤 어명? 내 아들 창왕이 날 불러올렸다?"

"폐서인 신창은 강화에서 교수형에 처하였다!"

"뭐? 교수형?"

신우는 그만 얼굴을 감싸 쥐고 흐느낀다. 아들과 아내가 한꺼번에 잡혀가 폐서인에 교수까지 당하였다면 이성계가 왕이 되었다는 뜻이 된다.

"신종의 7대손 왕요王瑤가 공양왕으로 추대되고, 신우에게 어명을 내렸다."

"신우? 왕요가 공양왕?"

왕요라니? 기억이 날 듯 말 듯한 인물이었다. 아주 오래 전에 들었음직한 이름이다. 등극할 그 무렵 경쟁자로 함께 부상되었었고 태후와 경복흥 등이 적극 밀었던 그였다. 욕심과 야심이 없고 그날그날을 돼지처럼 먹고 자고 놀고 이것으로 일과를 삼는 위인이었다. 젊은 그때도 왕이니 보좌니 옥새니 하는 따위는 노리개만도 못하고 바람기 많은 과부보다 못한 것들이었다.

신종의 7대손이 된다는 그것이 그를 그렇게 만든 것이다.

그의 아우는 이성계와 사돈 간이 된다. 방원이 그의 조카사위니까 말이다.

서균형은 넋을 놓고 있는 우를 보자 등극하던 그때의 왕요 모습을 슬그머니 떠올려 생각하였다.

삼봉은 이성계 이하 만조백관들이 정좌한 정비궁定妃宮에서 왕요의 등극 절차를 밟는 주역이 돼 있었다.

옥새를 안치한 대왕대비 안 씨는 만조백관들 앞에서 방금 끌려 들어온 정창부원군 왕요를 내려 보며 꺼질 듯한 한숨을 쉬었다. 그녀는 천천히 삼봉이 건네준 교서를 읽어 내려갔다.

… 이에 요瑤에게 명하여 왕위에 올라 종묘와 사직을 받들게 하고 우와 창을 폐하여 서인을 만드노라. …

대비 앞에 엎드린 왕요는 눈물을 흘리며 중얼거렸다.

"대비마마, 신은 평생 의식이 넉넉하여 세상물정을 모를뿐더러 도저히 왕기王器가 아닙니다. 통촉하와 이를 면하게 하여 주옵소서."

삼봉이 눈짓을 보냈다. 남은과 조인옥이 두꺼비처럼 엎드린 왕요의 양 겨드랑이를 끼고 일어나 대비 앞으로 끌고 간다.

"이러지를 말아주오. 내가 언제 왕이 되고 싶다 하였소. 나이 마흔 다섯이 되었어도 그런 욕심은 없다오. 이걸 놓으시오, 이걸."

"정창군, 고정하시오!"

"사둔, 정말 이러십니까!"

보다 못한 삼봉과 방원이 언성을 높여 왕요를 윽박질렀다.

대비는 떨리는 손으로 옥새를 들어 그에게 전하였다. 왕요는 얼굴을 푹 꺾은 채 받을 염두도 않자 삼봉이 대신 받아 그에게 안긴다.

우는 들릴 듯 말 듯 중얼거렸다. 모든 게 다 틀렸구나.

서균형이 우의 사형을 선포하는 어명을 읽어갔다.

역신 신돈의 아들 우는 … 이에 뭇 신하들의 주청에 따라 교수형에 처하노라.

"서균형 너도 한때는 내 신하였다. 돌아가거든 이성계에 일러라. 제발 남의 가슴에 못을 박지 말라고 말이다."

"……."

"억울한 못은 돌아와 네 가슴에 꽂히는 법이다!"

"어서 집행하여라!"

서균형이 돌아서서 별장을 향해 외쳤다.

"성은이 망극하사 교수형을 처하는구나…."

우는 늘어뜨린 오랏줄에 머리를 디밀며 그렇게 중얼거렸다.

이제 한시름을 놓았다. 다리를 좀 뻗고 쉬어야겠다. 남은 것은 이성계의 맘이 언제쯤 야욕의 불이 붙느냐다. 그것만 되면 만사는 뜻대로 이뤄진다.

삼봉은 코밑을 가로질러 자란 수염을 쓸며 마당가를 서성거렸다. 거슬리는 자가 누구 또 있을까? 공양왕 등극과 때를 같이하여 눈엣가시처럼 귀찮게 거슬렀던 이색 부자와 이숭인·권근·하륜·이거인·유혜순 등이 모두 뿔뿔이 흩어져 귀양을 갔다.

돼먹지 않은 그들이었다. 머리에 깊이 든 학문이 없으면서도 세상을 제도할 듯이 혼자 떠들었다.

꼴통들이었다. 시대가 요구하는 인물들이 아니며 역사의 흐름을 저해할 그들이었다. 조정 안에서의 제거는 말할 나위가 없고, 후계자의 양성까지도 막아버려야 하는 것이다.

그래도 이 정도를 해뒀으니까 한숨은 돌릴 수 있었다.

그는 숭교리에 들러 지화에게 그간의 경위를 대충 설명드리며 아들 방석과 딸 경순에게 작은 선물을 해주었다. 그런 일들 때문인지 방석은 삼봉을 몹시 기다리고 만나면 자꾸만 칭얼대며 기댔다. 귀여운 사내아이였다. 이성계의 일곱 아들 중 가장 쓸모가 있고, 그릇이 클 애였다. 자라나는 모양을 보면 장래를 좀 점칠 수 있는 눈을 가진 삼봉이어서 그런 것쯤은 능히 짚을 수 있었다.

"이제 남은 일은 뭐가 되겠지요?"

지리산에서 올라온 밤을 구워 들고 온 지화가 치맛자락을 풍성하게 날리며 앉는다.

삼봉은 말뜻을 얼른 깨닫지 못한다.

"우리 관음사에 가보실까요?"

아뿔싸 하였다. 너무 등한히 지낸 그간의 소윤이었다.

"보고 싶지 않으세요?"

지화가 상냥스레 묻는다.

"만나고 싶군요."

"아직도 중이 되었다고 망설이시는가요?"

"……."

그렇다고 얼른 대답이 나오지 않았다.

"환속해도 안 될까요?"

"……."

"고집이 너무 세군요. 저희 대감과 동고동락 생사를 같이하실 분과 제가 동고동락 사생을 같이할 수 없다니 너무 욕심이 많으시군요."

지화가 뾰로통 틀어진다.

"미안합니다, 마님."

삼봉은 얼굴이 달아올라 고개를 들지 못하였다.

"생각을 고쳐 하세요. 부탁이에요."

지화가 집을 나왔다. 아름다운 여인이다. 이성계도 복이 많은 사람이다. 저런 부인을 얻어 만년을 즐겁게 보낸다니 부럽기 한량없다.

소윤이도 그 못잖게 예쁘다. 지금은 시들고 지쳐 얼굴이 많이 상하였지만 전에는 지화 못지않았다. 그런 소윤을 가까이서 안지 못하는 자신이 딱하기는 하였다.

왜 하필 불가와 인연을 맺었나? 박천과 인연이 닿았나? 애달프고 애달픈 일이었다.

그동안 공산 스님께 서찰을 보내어 환속을 종용해 달라는 간곡한 부탁을 하였다. 하마나 기다려도 소식은 없고 그때마다 삼봉을 위한 불공을 드리느라 얘기할 시간이 없다는 스님의 안타까운 전갈이 있었다.

소윤을 그리워하는 정이 결코 모자라서는 아닐 것인데. 다시 한 번 환속을 종용해볼까.

소윤은 법당에 앉아 능엄경을 암송하고 있으려니, 애기승 명인明仁이 공산 스님의 심부름이라며 찾아왔다.

"할 얘기가 있으시대요, 빨리 오시래요."

곧바로 공산 스님이 거처하는 암자로 올라갔다.

요새는 모든 것이 너무 번거롭고 귀찮다. 공산 스님의 부름도 그분의 권유도 다 귀찮다.

개원사의 박천·박관이 어디론가로 달아나 자취를 감추었고 개원사가 재로 화하였으며 사찰재산이 적몰되어 국고로 환수되는 사건 이후는 더욱 그랬다.

어쩌려고 그토록 끔찍한 보복을 하였나? 박천이 극악무도한 녀석이라 하더라도 지나친 보복은 반발심을 불러일으키고 끝내는 끔찍한 보복을 하게끔 만든다.

박천 형제가 종적을 감추었으면 어느 때건 세상 밖으로 다시 나오겠다는 뜻과 같은 것이다. 세상 뒤에 묻혀 칼을 갈고 있을 것인데 언제곤 그 칼을 받아야 한다. 살기 아니면 죽기 판의 그들이 주저할 이유라곤 한 가지도 없다.

두려웠다. 삼봉이 그 칼의 과녁이 되었다는 데에 소윤은 한없이 허무를 느낀다. 삼봉이 무능하게 칼침을 받고 있을 턱이 없지만 정도를 피한 이면의 기습을 삼봉인들 막을 수 있을 것인가?

"해정海禎 스님, 생각해 보았는가?"

공산은 그녀를 보자마자 물었다.

"다 소용없는 짓입니다."

"아직 고집이 여전하니 내 원 답답하여서 …."

"그분을 위한 일념은 변함이 없습니다. 더 재촉하지 말아 주십시오, 공산 스님."

"허허 내가 어렵구먼."

공산은 더 권하지 않았다.

4월이 가고 9월이 갔다.

공산 스님은 잠시 지화의 집으로 출타하였고, 암자에는 소윤 혼자 앉아 백팔번뇌를 염송하고 있었다. 송악산 기슭에 걸린 열이틀의 달이 적요의 암자 위를 비추며 소윤의 맘을 설레게 한다.

약속한 삼봉이다. 아무리 불제자가 된 소윤이라지만 몸소 한 번 찾아주지 아니하고 환속만을 고집하는가, 한 번만이라도 찾아와 주었으면 여한이 없겠다. 속세의 온갖 티끌을 죄다 안고 지낸 소윤이 그것 말고 무엇을 더 바라겠나. 환속만을 고집하고 먼 거리에서 기다리고 있음은 한낱 인사치레에 그치는 것이 아닐지 몰랐다.

이제 권력의 핵심인물이 돼 가니까 생각이 달라졌을 가능성이 없지도 않았다. 허무한 일이었다.

한 무리의 구름이 흘러가며 달빛을 마셔버렸다. 암자 주변은 서늘한 밤기운이 어둠에 녹아 가슴속까지 썰렁하게 하였다. 누군가가 이리로 오는 소리가 들렸다. 이 밤에 누구일까. 다가오는 모습이 꼭 도둑놈 같다. 발소리를 죽이고 살금살금 다가오는 것이다.

"누구요!"

소윤은 반사적으로 소리쳤다.

"쉿!"

건장한 체구의 사내가 소윤 앞으로 달려들더니 입을 틀어막고 칼을 목에다 갖다 대었다. 박관 그 녀석이었다. 소윤은 꼼짝을 못하고 그에게 끌려 숲 속 깊숙이까지 가게 되었다.

“이년! 너 때문에 우린 망했다. 알거지가 됐단 말이다. 널 가루로 만들어 마셔야겠다.”

박관은 이를 바드득 갈았고, 소윤은 어딘지도 모를 곳으로 자꾸만 끌려갔다. 소리를 지르려도 입에 재갈이 물려졌고 사지를 움직이려도 뒤도 결박지어졌으며, 칼날이 그녀의 등 뒤에 지켜 있었다.

긴 늦가을 밤을 계속 산을 넘고 물을 건넜고 낮에도 깊은 산중을 더듬어 남쪽 방향으로 내려갔다.

“으하하하, 소윤이가 드디어 내 품안에 다시 왔구먼. 삼봉 이놈, 넌 암만 지랄염병을 해싸도 넌 졌다. 내가 이겼다, 이놈아!”

박천의 호방한 웃음소리가 귓전을 때렸다. 산속의 토막집은 그들 형제가 사는가 보았다. 집의 생김새가 토굴을 면치 못하듯이 박천의 모습 또한 산적을 방불케 하였다. 반 자쯤 길이로 자란 수염이 얼굴을 덮었고 번들거리는 눈이 시커먼 얼굴 가운데서 번들거렸다.

“이제 넌 내 품에서 못 빠져나간다. 절대로 널 놓치지 않는다.”

박천은 너털웃음을 지으며 소윤을 텁석 끌어안고는 얼굴 아무데고 입을 갖다 대고 비빈다.

“내가 너 때문에 당하는 곤욕은 네가 있음으로써 말끔히 잊을 수가 있어! 널 얻기 위한 대가였지. 낮에는 노루 토끼 잡고, 약초 캐고 산나물 뜯어 신선처럼 사는 거야, 알았어?”

“나쁜 놈들! 혀를 깨물고 죽는 꼴을 봐야 속이 시원하겠니?”

박천이 죽일 듯이 노려보더니 투박한 손으로 소윤의 뺨을 딱 친다. 한 대에 속이 안 풀리는지 두 대 세 대를 거푸 쳤다.

"나쁜 년! 널 위하는 내 정을 모르고 주둥아릴 함부로 놀려?"

"……."

"삼봉은 곧 망한다는 걸 알아야 해. 그놈은 적이 너무 많아, 너무 잔인해. 타협을 모르는 악질이야. 권력의 세계가 얼마나 허무한가를 그 녀석은 모르고 있어!"

"맙소사!"

소윤은 꼼짝없이 박천에 잡혀 그가 시키는 대로 하는 수밖에 없었다. 박천이 산으로 나가는 날은 박관이 집 주변을 맴돌았다. 교대로 그녀를 감시하기 때문에 빠져나갈 엄두도 못 내었다.

박천은 이미 50객이 되어 약초·산나물 따위를 캐오지만, 박관은 아직 40 전의 한창 나이여서 사냥질에 대단한 솜씨를 보였다.

"자 이걸 입어봐, 네 시동생이 만든 거다!"

박천이 노루가죽으로 만든 옷 한 벌을 들고 와 소윤한테 권하였다. 끌려올 때 입었던 옷은 해져 속살이 내비쳤다. 그걸 받아 입었다.

"이봐, 이제 죽을 생각이 없지? 그래야 나도 삼봉 그놈을 잊고 지내지. 그 녀석 능력은 대단해. 대명관계를 바로잡아 외환을 없애면서 내실內實을 다지려는 솜씨는 단연 으뜸이야. 하지만 정치 무상을 모르고 있어 탈이야. 내 배짱이 얼마나 편한가? 삼봉은 그걸 몰라, 하하하."

억양이 맺힌다. 저토록 달라질 수가 없는 사람의 일이다. 불승의 탈을 쓰고 주지육림에 묻혔던 녀석이 이제는 원시의 밑바닥을 허우적거리면서도 만족을 느끼고 인생의 희열을 만끽한다. 법열이 저런 것일까 싶었다.

삼봉을 저주하거나 욕하지 않는 그것도 놀랄 만큼 달라진 박천의 새로운 모습이었다. 정말 부처님이 되었나 싶기도 하였다.

그녀는 속세의 모든 것으로부터의 해방이 불가에 귀의함으로써 이뤄지리라 하였던 종래의 사생관계에서 새로운 눈을 뜨게 되었다. 박천은 이미 그런 데서부터 해방되어 자기 세계에서 희열을 만끽하여 산부처님처럼 살고 있는데 그게 더없이 부럽게 느껴졌다.

그러나 박천이 먼데로 약초랑 버섯을 따러 가고, 박관이 잡아온 산짐승을 다듬을 때 간간이 해대는 속기침 소리가 들릴 때 그녀는 왠지 소름이 끼쳐 가까이 가기가 싫어졌다.

소윤의 행방이 묘연해졌다는 공산 스님의 소식은 삼봉을 한없이 외로운 사람이 되게 하였다.

어디를 갔나? 다시 삼한을 두루 유랑하며 탁발승의 정도를 걷고 있을까? 한 번 찾아가 대놓고 심중을 털어놓지 않았던 것이 후회되어 밤잠이 잘 오지 않았다.

지화가 그런 삼봉을 측은히 여겨 사헌부에다 소윤의 행방을 찾아내도록 조력을 청했으나 어느 절간에도 소윤이 있지 않다는 대답이 왔었다.

주위 사람들에게 일언반구도 없이 혼자 떠난 소윤의 속은 천 길 물속보다 깊었다.

그런 점에서는 이성계가 그에 버금가라면 서러워할 인물이었다.

그 속을 아무리 뒤집고 젖혀 눈을 꽂고 살펴봐도 알 길이 없었다. 오래 자세히 살펴볼수록 더 묘연해지는 것이었다.

윤이尹彝·이초李初의 사건이 명 태조 앞에서 터졌을 때 삼봉은 무릎을 치며 바로 그거다, 하였다. 이성계를 믿고 그의 윤허를 기다리며 일해서는 안 된다는 것을 깨달은 것이다. 그의 계획대로 차곡차곡 진행시켜 가면 그만으로 여겼다.

그는 오랫동안 고질로 다뤄왔던 관련자들을 하나하나 가려내어 조정에서 몰아냄은 물론, 아주 조정과 개경 안에는 발도 못 붙이도록 처리하리라 하였다.

이미 삼봉을 앞질러 남은·조인옥·방원 등이 그 문제를 들고 일어났으며, 대사헌 김사형은 두 팔을 걷어붙이고 죄인을 다루는 일에 앞장을 섰다.

전국에 대대적인 수색령이 내려졌다. 개경에 있던 우현보 등은 순군옥에 끌려갔고, 귀양 혹은 시골로 좌천을 당하였던 이색·이숭인 등은 청주옥清州獄에 끌려갔다.

개경과 청주에서는 이들 반역의 무리들을 주리를 틀고 화형을 가하는 등의 가혹한 형벌로써 윤이·이초와의 관련성 여부를 캐내려 하고 있었다.

한산군 이색은 개경의 우현보가 당하는 것처럼 젊은 신진 관리들의 집요한 추궁에 기진맥진하여 될 대로 되라는 식으로 체념해 버렸다. 아무리 권력에 눈이 어두운 패거리들이지만 없는 일을 자백하라는 데는 더 할 말이 없었던 것이다. 그들의 각본대로 따라갈 수밖에 없었다.

청주에 올라온 국문의 결과는 개경의 국문 내용과 일치하였다.

남은이 마른 입술을 축이며 방안에 함께 있는 방원 · 삼봉 · 조인옥 · 윤소종 등에게 그간의 노고를 털어놓으며 적이 만족한다.

"정 대감의 뜻이 옳았어. 일은 지체를 하지 말고 착착 진행해 나가는 데에 근본 취지가 있다고 봐. 이번으로 묵은 정객들의 장래는 끝났어. 그들이 조정에 얼씬거리는 것이 맘에 걸리더니, 아 시원해!"

잠자코 듣고 있던 방원이 입을 쑥 내밀었다.

"남 형, 너무 좋아하지 말아요. 아직도 그들에 대한 처형은 내려지지 않았소. 아직도 그들과 진배없는 정몽주가 조정 안에 버티고 있다오. 그를 어떻게 우리 편으로 끌어들이지? 이 왕조의 부흥을 위하여 안간힘을 쓰는 그를 보면 내가 탐을 내고 싶구먼."

삼봉은 그들의 얘기가 재미있어 빙그레 웃으며 듣고 있다간,

"대감의 뜻이 어떠하건 우린 우리들 계획대로 실천하여야 하오. 민심의 향배가 대세를 결정짓는데 그것을 우리 쪽으로 끌어들이지 않으면 아무것도 안 되오. 포은이건 목은이건 그것을 믿고 침묵하거나 속을 숨기고 있는 거요."

그는 개경에서 우현보 등을 국문할 때에 느낀 바가 한둘이 아니었다. 아직도 그들은 상당한 기대와 영향력을 갖고 있다는 사실이 밝혀졌다.

지금은 어수선한 시국이 계속되고 있다. 언제 충신이 역적이 되고, 역적이 충신으로 칼을 잡을지 모르는 애매한 시기였다. 민民이

나라의 근본이며 민의 지지를 받지 못하는 한 대의는 한갓 발악에 불과하다. 어느 때 저쪽으로 넘어갈지 모르는데 그것을 미리 알아 기선을 잡지 않으면 안 되는 것이다. 그러기 위해서는 여세를 몰아 정리할 것은 정리하고, 제거할 것은 서둘러 제거하여 민심의 방향을 이끌어나가야 하는 것이다.

민심이 그리 애매한 것은 이쪽이 방향전환을 시킬 수가 있지만, 이성계가 태도를 애매하게 지켜 이쪽의 노력은 몇 곱절의 힘이 들었으며 모험적이었고 위험성을 안고 있기도 하였다.

한시도 맘을 놓을 수 없는 어려운 시기였다.

삼봉의 그런 우려는 윤·이 사건의 마무리가 지연되면서 적중하였다. 민심을 혼란에 빠뜨릴 그들을 목 베어 민심수습을 함과 동시에 명에 대한 체면을 유지시키려던 계획이 이성계에 의해 간단히 거부된 것이었다.

모두 사면하여 풀어주라는 명령이 내려졌다. 왕명인가 하였더니 이성계가 이를 건의하였던 것이다.

"대체 왜 이럴까?"

"상처喪妻를 당하시고 처형마저 열반에 드시니까 심정이 착잡해지신 모양이지요. 두 분 모두 살육을 금기로 삼으셨던 분이었거든…"

사려 깊은 조준은 그렇게 생각하였다. 큰부인 한 씨는 늘 정치의 이면이 피투성이 암투극의 연속이란 사실에 넌덜머리를 내었고, 남편의 정계 진출에 남모를 고민을 안고 있었다. 그 고민이 병이 되어 그녀는 회생하지 못하고 사라졌다. 임종 시에도 간곡한 부탁을 하였다 한다. 유언이 이성계의 심금을 흔들어 놓은 것이었다.

이성계의 그런 후회는 막료들의 장래에 커다란 암영을 던져주었다. 여태껏 죽으라면 죽는 시늉까지 어쭙잖게 해대던 무리들이 민심을 편동하여 들고일어난 것이다. 애매한 죄목을 씌워 생사람을 죽이기를 밥 먹듯 하는 정도전·남은이라는 욕설이 개경 거리에서 노골적으로 들렸으며, 그들을 막하에 거느린 이성계는 극악무도한 살인마의 괴수요, 대역을 저질러 이 나라와 만백성을 죽음의 수렁에 처넣을 역적의 괴수라고 악평을 늘어놓았다.

감정이 극에 달하고 대립은 칼부림을 방불케 하였다. 누군가가 먼저 피를 흘리지 않으면 인심은 쉬 가라앉을 것 같지 않았다.

이성계는 피곤하였다. 만사가 귀찮게 여겨졌다.

산다는 것이 대체 무어냐? 이 한 몸 눈감으면 세상의 부귀영화 한갓 물거품인데 아귀다툼을 해가며 살게 무엇인가.

전장에서 무수한 살상, 조정 안에서의 모략 살상이 싫어 조정으로 들어왔더니 여기도 피비린내는 여전하다. 이걸 보려고 조정에 들어온 것이 아닌데.

삼봉은 왜 인심을 그리 잃었나.

그는 대답이 싫어졌고 피비린내에 몸서리가 쳐졌다. 국사를 논할 때 서로 의좋게 이마를 맞대어 현명한 정책을 짜내면 얼마나 좋은가? 칼을 쓰는 무인武人은 어진 선비들로부터 경세의 지도가 인仁과의義로부터 발생함을 배우는 그 길일 터인데 구신들 중 모두 학문이 깊은 선비들이 아닌가.

이성계는 그들과 다시 손을 잡고 이 왕조의 어지러운 사회를 바로 잡으려 하였다. 구신들의 비난의 과녁이 된 삼봉을 평양윤으로 내려 보내었다가 그걸로 부족하여 나주로 귀양을 보냈다.

"송헌이 날 죽이는구먼."

삼봉은 장탄식을 하였다. 기선을 제압당한 위기에 놓인 이성계의 우직함이 땅을 치고 통곡한 대도 소용이 없는 판국이니 이 노릇을 어떻게 하여야 할까?

막료들이 그의 곁에서 하나 둘 떨어져 나간 뒤면 그도 일개 늙은 신하에 불과하다. 그들은 호시탐탐 기회를 노리며 이성계 일당을 제거할 계략을 꾸미고 있다. 머리통이 이미 이 왕조의 말기현상처럼 썩고 굳은 그들이 어진 정치를 베풀고 왕업을 빛내기는 글렀다. 그런 무리들과 타협을 벌이고 민심수습에 나선다는 것은 애초부터 불리함을 안고 들며 치명상을 입을 잔꾀에 말려드는 것이다.

방원은 이성계처럼 포은 정몽주를 쓸 만한 중재重才로 믿고 있지만 그 역시 아무런 쓸모가 없으며 썩은 머리다. 그는 왕 씨네에게는 교두보처럼 믿음직한 존재지만, 이 씨네에게는 거추장스럽기 짝이 없다. 정몽주가 그럴 바에야 어느 구신들인들 믿을 데가 있을 턱이 없었다.

민심을 무얼 그리 두려워하나? 민심은 만들어지는 것이다. 정치가 민심을 좌우하는 수가 더 많다. 어진 백성들은 정책에 의해 민심을 만들어낸다. 여태껏 새로 펴온 중요정책만으로도 민심의 흐름을 유도할 수가 있다. 구신들에 비하면 일대 혁명에 가까운 것이다.

썩은 머리통들은 사람 잡는 재주만 능한 것이 아니다. 백성들을 외면하는 백치의 흉내도 잘 내고 있다. 제 일신과 왕족의 평안함이 치도의 제 1의라 믿고 있다. 이 왕조의 말기현상에 드러난 것처럼 일부 특권만을 위한 정치를 그들은 선정의 첨단이라 믿고 있으며 이성계 막하의 말썽꾼들만 없으면 요·순을 능가할 정치를 할 수 있다는 장담을 하였다.

기회가 바로 왔다. 이성계의 눈치를 보느라 사팔눈이 돼 가던 그들이 드디어 때를 포착하고는 시중 심덕부와 수시중 정몽주를 중심으로 하여 한 덩이로 뭉쳤다.

왕세자 석奭이 명에서 돌아오는 마중을 나갔던 이성계는 세자 일행을 맞은 뒤 해주 쪽으로 사냥을 나갔다. 그는 거기서 낙마落馬 하여 심한 상처를 입고 벽란도碧瀾渡에서 요양을 하고 있었다.

조정에서는 그의 상처가 재기불능의 치명상이라는 소문이 자자하게 퍼졌다.

행동은 민첩하였다. 정도전·조준·남은 일당을 제거해야 한다는 상소가 강력한 문구로 다듬어서 올려졌다. 심덕부와 정몽주가 그들을 두둔하고 나섰다. 상소를 처리해 달라는 것이었다.

조준은 이산泥山으로, 남은·윤소종·조박은 수원으로 귀양길을 떠나고 정도전은 교살형이 내려졌다.

벽란도에서 정계를 떠나 안온한 시간을 즐기며 병 치료를 하던 이성계는 당일로 달려온 방원으로부터 그 소식을 전해 듣고 밤길을 재촉해서 개경으로 돌아왔다.

실로 놀라운 세상이었다. 잠시 자리를 비운 사이 비수가 목을 겨냥하고 날아들었다. 이럴 줄 진작 모르고 삼봉의 권유를 뿌리쳤던 것이 잘못이었다.

그는 삼봉이 열을 띠고 아뢰던 말을 다시 떠올렸다.

"어진 학자로 자처하는 이색 · 우현보 등의 구족舊族 중신들은 이미 새 시대에 대응할 기반이 없는 허수아비들입니다. 학문이란 종이 위에 쓰인 검은 글자의 표시가 아니라, 글 속에서 새로운 학과 도를 찾아내는 일입니다. 이런 무리들이 조정의 안팎에 있는 한 민民을 위한 새 시대의 창조는 불가능에 가깝습니다."

이성계는 눈을 감은 채 윤이 · 이초의 사건과 이색 일당의 연관성이 극히 희박하며 조작극에 가깝다는 소문을 떠올렸다.

"윤이 · 이초와의 연관성이 극히 희박한데, 그걸로 죄인으로 몰아 죽일 것까진 없지 않소!"

"거대한 역사의 수레바퀴가 한두 사람 때문에 회전을 멈추어서야 되겠습니까? 치죄治罪의 형태는 이렇듯 다양성을 띠고 있습니다."

"어허음!"

이성계는 헛기침을 토하고는 눈을 뜨고 삼봉을 건네다 보았다.

"난 자신이 없소."

"제가 그 문제에 전적인 책임을 지겠습니다. 이 한 몸을 바쳐 새 역사를 이룰 수 있다면 주저 않고 바치겠습니다. 한 개인의 영달이 대의를 그르치게 할 수는 없지 않습니까?"

감정은 아닐 텐데 … 이성계는 일단 그렇게 믿으면서 삼봉의 정치관에 입이 쩍 벌어졌다.

이성계의 돌연한 개경으로의 귀가는 조정 안을 공포의 도가니로 몰아넣었다. 삼봉 등을 몰아내는 데 책임을 지겠다던 심덕부 … 정몽주는 사색이 다 되어 우왕좌왕하였다. 그들은 싸리골 이성계 집에서 장차 일어날 일에 전 신경을 곤두세우곤 숨소리조차 제대로 내지 못하였다.

이성계는 아들 방과·방원과 한방에 앉아 탄식을 길게 한다.

"군왕의 뜻이 정말 내가 이리 되기를 바랐을까? 사람이 상해서 사경을 헤매는데 그 틈에 나를 없애려고 음모를 꾸미는 도리는 어디서 배운 것인지 실로 한스럽구먼. 방과, 넌 좀 알고 있니?"

"알 것도 없습니다. 그들의 하는 짓이란 보나마나한 것이 아닙니까."

방과는 기분 나쁘다며 침을 퉤퉤 뱉었다.

"조정 안의 누가 대체 이런 짓을 모의하나? 설마하니 정몽주·심덕부가 그러지는 않았겠지?"

삼봉이 하던 말이 순간 퍼뜩 떠올랐다. 묵은 머리는 똑같으며 지금의 우두머리는 정몽주 그 녀석뿐이라던 것이 귀 안을 한차례 때리고 지나갔다.

"나쁜 녀석! 아버지를 제거하고 대권을 잡으려는 음흉한 녀석!"

방원은 모든 것을 알고 있다며 눈에다 독기를 새파랗게 띠우고는 이를 악문다. 그러더니 자리를 박차고 일어났다.

성질이 모질고 괄괄한 그는 생각도 깊지만 설치는 수가 많아 큰일 하기에는 부적합한 점이 많았다. 무슨 일을 저지를지 그저 위태위태하였다.

그날 밤 방원은 사랑방에 묻혀 이제·이화·변중량과 이마를 맞대고 무엇인가 긴중한 의논을 하고 있었다.

"난 여러 날을 두고 생각하였소만, 포은은 아무래도 위험한 인물이오. 그대로 둘 수가 없소!"

방원의 말에 방과가 나섰다.

"아버지가 들어주실까?

"들어주시도록 하여야지. 솔직히 말해서 아버지보다 내가 더 그 녀석 포은을 기대하였다만 이제 보니 우리의 가장 큰 적이 되어 있어. 그 녀석만 해치우면 이 조정과 사직은 교두보를 잃고 말아."

이방원은 포은을 처치할 방도를 그 밤을 새우면서 짜냈다.

조영규를 설득하여 행동대장으로 삼고 병정 십여 명을 확보하였다. 먹느냐 먹히느냐의 숨 가쁜 시각에 지체하고 있을 수만은 없는 것이다. 이 기회를 잡지 않으면 그에게 손을 쓸 기회는 좀처럼 오지 않을 것이다. 쇠뿔은 단김에 빼다지 않았나.

정도전의 유배생활이 다시 풀렸다. 짧은 기간이었지만 여러 곳을 옮겨 다녔다. 자리가 잡히기 전에 또 옮기곤 하여 어느 곳을 거쳤는지조차 삼삼하였다. 평양윤으로 내쳐졌을 때 이성계가 한마디만 하였던들 그 이상의 험로는 없었을 것이다. 믿었던 사람의 우유부단이 빚은 결과는 엄청나다.

민심이 자기 쪽으로 오기를 기다리는 모양이 흡사 비바람 속에서 낚싯대를 드리운 노옹老翁 같다. 민심이 그리 순박하고 어리석은 줄 아는 사람은 다루기가 곤란하다. 이성계는 결코 대하기 어려운 사람이 아닌데도 때로는 엄청난 오류를 범하였다.

평양윤에서 관직이 삭탈되고 나진으로 내려갔고, 거기로 봉화로 다시 광주光州로 쫓겨 갔다. 봉화에서 광주로 간 것은 불행 중 다행이었다. 하마터면 주살誅殺의 화를 당할 뻔하였던 것이다.

삼봉은 유배지의 더러운 먼지를 툭툭 털었다. 앞으로는 세상없어도 적소에 내쳐지는 따위는 없으리라며 굳게 다짐하였다. 누가 감히 나를 적소에 내쳐! 이 손으로 묵은 때가 묻은 녀석들은 죄다 쫓아 보내야지. 어디 두고 봐라, 내가 가만히 있는가.

그렇게 꽁꽁 다지고 벼르더니 포은의 생각이 불쑥 솟아났다. 죽일 놈! 이미 죽어 없어진 놈이지만 열 번 죽여도 시원찮을 놈이었다. 자기와 내가 어떤 사이인데 나를 죽여.

다른 이는 몰라도 포은만은 삼봉 정도전을 알아줘야 한다. 대명 관계를 반석 위에 올려놓은 따위로 뻐기는 것은 결코 아니다. 이 사직의 어진 백성들이 삼봉의 도움 없이는 안일과 풍요를 누릴 수가 없다. 그 어려운 복안이 삼봉의 빼빼 마른 체구 속에 차곡차곡 쌓여 있었다.

포은이 그런 것을 가장 잘 알고 있는데 그가 앞장서 제거를 하려

하였다. 이성계가 잘 모르는 삼봉의 가치를 그가 알면서 시샘하고 주살을 시키려 해?

그는 남경서부터 호위군 수를 늘려 개경으로 향하였다. 개경의 봄 날씨는 춤을 추고프게 맑고 화창하였다. 남문 밖에 이르니 새소리 한창 정겹고 아지랑이 가물거리는 모양이 마치 자신의 개선을 축수하듯 하였다.

그는 곧장 싸리골로 향하였다. 요새는 늘 집안에 들앉아 외부인사들과의 접촉을 피한다는 이성계를 만나 좀 따지고 싶은 것이다.

싸리골에는 이성계는 없고, 지화만이 안채에서 삼봉을 맞았다. 아직도 40대 초반의 지화는 여전히 곱게 예쁘다.

삼봉은 그녀의 아름다운 얼굴을 유심히 들여다보며 인사를 한다.

"적소에서 고생이 많으셨지요?"

"별로. 대감께선 여전히 고집이십니까?"

"예!"

지화가 못마땅해 한다. 남편에 대한 불만이 예사 아닌 모양이었다.

"포은이 무너졌으면 마지막 교두보가 붕괴된 것이 아닙니까. 거슬리는 것이 무엇 있다고 내거리 옹고집을 피우시는지. 내가 고생한 걸 털어놓으면 아마 피를 토할 사람도 있을 겁니다."

삼봉은 특히 봉화에서 당할 뻔하였던 주살이 끔직스럽게 떠올라 입술을 물고 미간을 찌푸려 고개를 마구 흔든다.

"대감도 몹시 노하셨어요, 그때는 그런데 지금은 또 포은 때문에 우울해 하시거든요. 왜 그런지 모르겠어요."

"마님이 모르시는데 전들 어떻게 압니까, 그저 답답합니다. 답답해요."

삼봉은 그곳을 물러나왔다. 답답한 가슴이 개경에 오면 환해질까 하였더니 더 답답해졌다.

여름더위가 기승을 부렸다. 오늘이 초엿새인데 일진이 좋았는지 숭교리 넓은 마루에 모인 사람들은 집주인 이방원이 권하는 술잔을 받고 기분들이 좋아 있었다.

"정 대감께서는 우리 어머니를 책임지셔야 합니다."

주기가 불그레 오른 방원이 삼봉에게 다짐을 받는다.

"아암, 염려 말아요."

삼봉은 입을 함빡 벌리고 대답하였다.

이방원은 이래 시원해서 좋다. 선죽교에서 포은을 피살한 용기는 그가 아니면 못할 일이다. 이성계의 아들 중에 이런 호방한 기질을 가진 아들이 있다는 것은 좀 의외성을 띤 것이었다.

"참 열 이튿날 싸리골에서 동맹주同盟酒를 마신다는 얘기는 어찌 되었지요?"

삼봉은 그 말에 눈이 번쩍 떠졌다. 왕이 신하와 동맹을 맺고 그 축하주를 대궐이 아닌 신하 집에서 마신다니 육갑도 이런 정도면 할 말이 없을 정도였다. 오죽 못났으면 신하에게 매달려 애걸복걸을 할까. 제 명을 스스로 단축시키는 행위였다.

"내쫓으려면 지금인들 못하겠소. 하지만 내쫓는 날이 우리 대감이 개국開國하는 날이라오. 그러니 일진도 봐야겠소. 내가 가만히 짚어보니 열 이튿날이 괜찮구먼요, 그날로 합시다."

조준이 거기 따라 한마디 거들었다.

"나도 열이틀로 일진이 나왔어요."

조준의 말에 이방과·이방원의 눈이 활짝 열리더니 오랫동안 돌아올 줄 모른다. 말로만 개국이니 등극이니 찬탈이니 수없이 지껄여 왔지만, 날짜를 잡고 구체적인 절차를 밟는 지금 모든 것이 한갓 꿈이 아니라 현실 바로 그것이었다. 실감이 나지 않는 현실이었다.

"고맙소이다, 여러 대신들."

이방원이 꿈을 꾸듯한 눈을 스르름 감으며 중얼거렸다. 그의 눈에는 눈물이 엷게 낀다.

남은이 그에 답례하면서 함께 엄숙해졌다.

"나도 꿈만 같군요. 여태까지는 호형호제하여 결례도 하였소만 며칠 후부터는 왕자와 신하의 담이 생기게 될 것이니 우리도 이제부터 예를 갖추는 자세를 가져야겠소. 그 담은 우리들이 쌓은 것이지만 어느 누구도 넘을 수 없는 불멸의 담이오."

"우리 이 세상을 산 보람을 앞으로 오래오래 누리도록 합시다. 자 술 듭시다. 여러 대감들, 우리 은인들."

이방원이 옆의 방과를 충동해서 함께 술잔을 들어 주위 사람들에게 권한다.

삼봉은 첫 번째로 잔을 받았다. 얼른 마시지 않고 잔 속을 응시한다. 그의 얼굴에 순간적으로 엷은 어둠이 스쳐 지나갔다. 술잔 속에 지화의 얼굴이 잠시 떠올랐다 사라졌던 것이다. 이 친구와는 제발 군신君臣의 관계가 이뤄지지 말았으면 싶은 생각도 따라서 얼핏 들었다.

정객政客들

나인들의 부액을 받으며 대청에 마련된 교의에 앉은 왕대비 안 씨는 뜰아래 늘어선 배극렴과 남은 등을 보고 가슴이 섬찟해 옴을 느낀다. 무슨 일이길래 저자들이 몰려와 극성인가.

"신 배극렴 아뢰오. 금상이 혼암昏暗하여 이미 군도를 잃었고 인심도 떠났습니다. 따라서 사직과 생령의 군주가 될 수 없사오니 청컨대 이를 폐하여 주옵소서."

왕대비는 심장이 멎는 듯하였다. 태조대왕이 세운 나라가 지금 막 부서지고 있는 것이다.

배극렴은 남은의 손에서 문서를 받아들고 올라와 대비 앞에 내밀었다.

"폐왕 교서의 초는 여기 있사오니 보아주시기 바랍니다."

왕대비는 허억! 헛소리를 지르고 교의에 쓰러져 정신을 잃고 만다.

"왕대비전의 교지가 내렸으니 모두 복천궁으로 가자."

배극렴의 명령에 따라 모여 섰던 중신들은 대비궁으로 빠져나왔다.

아침 일찍 싸리골 이성계 댁으로 가서 동맹주를 마시려 하였는데 아침부터 정도전이 나타나 잠시 기다려 달라는 부탁을 하였다.

"왜 그러시오, 개국백開國伯."

공양왕은 매서운 눈초리를 번뜩거리는 삼봉을 바로 보지 못하고 묻는다.

"수시중이 와야 합니다. 그때까지 용상에 앉아 기다려주십시오."

공양왕은 그의 눈초리에 밀리듯 도로 용상에 털썩 앉았다.

"날씨가 참 좋군요. 이 도통은 밤에 별일이 없었는지!"

열이틀이란 날짜에 매어 간밤을 뜬눈으로 지새운 공양왕은 나오는 하품을 참느라 필요 이상의 말을 해댄다.

배극렴이 남은 등의 관원들을 거느리고 서문을 통해 들어왔다.

"오, 수시중이 왔군요. 어서 떠납시다."

공양왕이 엉덩이를 들썩 들었다.

"전하의 체통에 관계됩니다. 잠깐만 더 기다려주십시오."

옆에 서 있던 방과·방원 형제가 왕을 제자리에 도로 앉힌다.

왕은 그제야 시립한 중신들의 얼굴을 살펴봤다.

모두들 입을 꾹 닫고 눈짓들을 번거롭게 보내고 있다. 그 눈빛은 희열에 버무린 것처럼 반짝이는 빛을 내고 있다. 무슨 일들일까?

남은이 서열의 앞으로 나와 머리를 조아렸다.

"왕대비전의 교지가 있습니다. 성상께선 자리에서 내려 공손히 받으시기 바랍니다."

왕은 엉뚱한 눈으로 다시 중신들을 둘러보며, 용상에서 내려 마룻바닥에 꿇어앉고 고개를 숙였다.

남은으로부터 교서를 받아든 우부대언 한상경韓尙敬이 왕대비의 교서를 읽는다. 왕의 귀에는 아무 소리도 들리지 않았다. 그의 눈에서는 눈물이 수없이 흘러내렸다.

만조백관들 앞에서 눈물을 훔치는 추태를 보일 수도 없고, 눈물을 그치자니 자신의 처량해진 신세가 자꾸만 울음보를 건드렸다. 참다못한 그는 울음을 탁 터뜨리고 옷소매로 눈물을 훔치며 외쳤다.

"내가 언제 임금이 되겠다 하였소? 모두들 억지로 갖다 앉혀 놓고는."

하고는 한참을 울다가 삼봉의 얼굴이 눈앞에 어른거리자,

"개국백, 말 좀 하시오. 내 언제 임금이 되겠다 하였소? 개국백이 나를 꾀어내고 위협해서 억지로 임금을 만들지 않았소? 그래놓고 이제 와서 나를 이 지경으로 만들다니 너무하군요."

남은이 그의 앞을 막아서더니 손목을 잡아 일으켰다. 비틀거리며 일어선 그는 용상에 주저앉으려 하였다.

"용상은 임금이 앉는 자리요."

남은이 잡은 손을 옆으로 당겼다. 왕은 마루 위에 피씩 쓰러졌다 일어났다.

남은이 손짓을 보내자 관원들이 왕상으로 몰려와 그의 양 겨드랑이를 끼고 계단을 내려가 준비되었던 말 잔등에 태운다.

별장이 남은·정도전에 읍하고 채찍질을 가한다.

"어디로 가는 길이오?"

모든 것을 체념한 왕은 별장에게 가만히 묻는다.

"사저私邸로 모신답니다."

공양왕을 몰아낸 배극렴·정도전·남은 이하 대소 관원들은 의미 깊은 웃음을 서로 마주보고 나누고는 국보國寶를 받들고 왕대비궁으로 직행한다.

"대비전, 국보를 봉안하여 왔사오니 만기를 재결하여 주옵소서."

자리에 누운 왕대비는 대답이 없다. 아까 정신을 잃었는데 아직껏 기운을 차리지 못한 모양이다.

한상경이 국보를 보관시키러 들어갔다.

이튿날 삼봉은 남은과 더불어 왕대비궁으로 갔다. 수시중 배극렴이 허겁지겁 뒤따라 쫓아와 맨 앞에 섰다.

"미안하오, 늦잠을 자서."

삼봉에게 나지막이 사과하고는 목청을 가다듬어 안에 대고 큰 소리로 외쳤다.

"수문하시중 배극렴 아뢰오. 왕대비전 왕후가 위중하옵기에 이시중으로 하여금 감록국사監錄國事로 세움이 어떠하오이까?"

"……."

장지문 안에는 기척이 없었다. 나인들이 와들와들 떨며 어떡할 바를 모르고 서 있다.

"어떠하오이까?"

배극렴이 재차 묻자 그 안에서 여자의 가느다랗게 흐느끼는 소리가 들렸다.

"신 등은 그렇게 알고 교지대로 거행하겠습니다."

그들은 왕대비전을 물러나왔다.

“구름이 참 곱고 희한하구마는.”

왕대비전을 물러나온 삼봉이 맨 앞에 서 가다 하늘을 우러르며 혼자 중얼거렸다. 한줄기의 비를 뿌린 뒤의 파란 하늘을 볼 때처럼 뭉게구름이 개경의 하늘을 아름답게 수놓고 있었다. 그 모양이 각양이었다. 청룡 모양도 있고 백호 모양도 있었으며, 모란꽃 같기도 하였고 국화꽃 같기도 하였다.

삼봉이 먼저 감탄하자 뒤따라 나오던 사람들이 저마다 한마디씩의 감탄을 따라하였다. 삼봉의 눈에는 어느새 뜨거운 눈물이 괴었다. 이제 새 역사는 시작되었구나!

7월 열 엿샛날의 개경거리는 삼엄한 경비망 속에서 장차 이루어질 새 역사의 창조를 숨을 죽이고 지켜보고 있었다. 요소 요소에는 창검을 든 병사들이 지켜 있었고, 싸리골에서 수창궁壽昌宮에 이르는 넓은 길에는 창검을 든 병사들이 세 겹으로 도열해 있었다. 창검을 든 병사들 뒤에는 활을 든 기마병들이 정연한 모습으로 서 있었다.

싸리골의 이성계 집은 고적한 대궐과는 달리 대소 관원들이 분주히 오가고 있었다.

배극렴을 필두로 정도전·남은·조준 등 이번 일에 주동을 맡았던 사람들이 차례로 들어와 이성계가 누운 사랑방 앞에 선다.

“행궁할 행차준비가 완료되었습니다. 어서 납시길 바랍니다.”

배극렴이 큰 소리로 안에 대고 아뢰었다. 장지문이 열리며 지화의 부축을 받은 이성계가 불편한 몸을 가누어 뜰을 내려와 정렬한 막료들을 둘러본다.

그의 표정은 약간 어리둥절하였다. 옆의 지화도 그럴 듯하였다.

이성계가 준비되었던 말에 올라앉자 그의 막료들도 대문 밖에 준비되었던 말에 올라 그의 뒤를 따랐다.

수창궁에 이른 이성계는 밀직에 들러 강사포絳紗袍 원류관遠遊冠으로 단장하고 정전으로 나와 당상 정면에 앉았다.

우부대언 한상경이 왕대비전에서 안다시피 들고 온 국보를 정성껏 이성계 앞에 바쳤다. 국보를 받아든 그의 손은 가늘게 떨렸고 눈빛은 가을 하늘처럼 조용하였다.

유량한 주악이 울려 퍼지고 중신들이 나배를 올렸다.

이제 이성계는 이 나라의 대권을 한 손아귀에 쥔 지존의 군왕이 되었다.

수창궁으로 옮겨 앉은 태조 이성계는 요즘 들어 수심에 잠기는 날이 잦아졌다.

일등개국공신 찬성사 삼봉이 그것을 모를 리가 없다. 그는 태조의 수심을 볼 적마다 아름다운 현비 지화 생각을 하였다. 그늘진 얼굴은 주름살이 더 깊고 탄력이 없었으며 중상을 입었던 몸이 기운을 회복하기에 힘이 든다. 그가 탄식인지 탄성인지 모를 말을 하였듯이 몸만 성하였다면 한 필 말을 타고 등극을 피할 수 있을 터인데, 지금은 그런 기운이 없다.

현비 강 씨는 아직 젊다. 그 품에서 자라고 있는 무안군撫安君 방번과 의안군宜安君 방석은 아직도 소년티를 벗지 못하였다.

삼봉은 태조 등극 직후부터 왕세자 책봉을 서둘러 왕가의 전통을 세우라는 진언을 여러 번에 걸쳐 하였다. 태조의 얼굴은 그때마다 어두웠다.

8월 초였다. 조하朝賀가 끝난 뒤 삼봉은 좌시중 배극렴, 우시중 조준과 함께 태조의 부름을 받았다.

"경들이 며칠 전부터 진언하던 동궁 문제는 어떻게 함이 옳겠소?"

배극렴이 머리를 약간 조아렸다.

"전례로 보아 연장자나 또 공이 많은 분을 세우는 것이 합당할까 합니다."

"합당하오만 연장자는 공이 없고, 공이 있는 아이는 연하이고 어떻게 하면 좋겠소?"

세 사람의 입은 열려지지 않았다. 소홀히 대답할 일이 못 되었다. 왕자 일곱, 잘못 짚었다가는 목이 달아날 판이었다.

"방번이 어떻겠소?"

"그분은 경한 데가 있어서…."

배극렴이 대답하자 조준이 고개를 들려다 그만둔다.

"좌시중 말이 옳소. 방번은 큰 그릇이 못 되오."

삼봉은 오금이 저려졌다. 공이 큰 사람으로 꼽을 때는 단연 정안군靖安君 방원과 영안군永安君 방과의 순이 된다.

방원의 야심에 찬 모습은 응당 제대로 일이 될 것으로 기대하며 믿고 있었다. 그는 결함이 많았다. 모험과 의협심 등이 지나쳐 혁명아, 풍운아는 될 수 있어도 개국 뒤에 안정을 요하는 시기에는 부적합하였다.

현비와 삼봉의 사이가 자별함을 자주 빈정대기도 하였는데 삼봉에게는 가장 멀어져야 할 인물이었다.

그는 태조의 입을 흘낏 쳐다봤다.

"찬성사는 어떻게 생각하오?"

"모두 영특하시니 어느 분이 좋을는지 신은 얼른 판단이 서지 않습니다."

"어허어 큰일이구려, 알았소이다."

태조는 시무룩해지며 고개를 돌렸다.

퇴궐하려는데, 흥안군興安君 이제李濟가 삼봉을 찾아왔다. 절제사의 직을 맡아 병사에 종사하는 그가 돼서 삼봉과 자주 만날 기회가 없었다.

"찬성사 대감, 잠깐 좀."

곁으로 바싹 다가오더니 귀엣말로,

"현비마마가 좀 보자십니다."

한다.

삼봉은 고개를 끄덕이고는 날이 어둡기를 기다렸다가 현비를 찾아갔다.

안색이 별로 좋지 않은 현비는 삼봉이 들어가자 돌아앉는다.

"대감은 어제의 교의를 잊으셨소?"

"망극하여이다. 마마께서 이미 전하께 진언하실 줄로 신은 알고 있습니다."

현비의 표정이 풀어졌다.

"아직 세자 책봉은 안 하였단 말씀이신가요, 대감?"

"차제로 미뤘습니다."

후우! 현비의 한숨 소리가 문 밖까지 새어 나왔다.

"난 또 어린것들이 변을 당하고 곤욕을 치를까 봐 … 고맙소이다, 대감."

"망극하여이다, 마마."

"대감 생각에는 의안군이 어떻소? 내 유별난 우의를 믿고 사사로운 사이로 묻는 것이니 지체 말고 대답해 보구려."

삼봉은 순간 난감해진다.

여기 올 때까지는 방석을 천거해도 무방하리라 여겼는데 얼굴을 맞대고 보니 선뜻 말이 안 나왔다.

"상감께 그렇게 진언하심이 좋을 듯합니다. 그러면 신도 그에 쫓아갈 따름입니다, 마마."

"고맙소이다."

현비가 입술을 꼭 물고 한참동안 눈을 깜박이더니 자세를 부드럽게 풀었다.

"요새 대감 생각이 자주 나더군요. 내 왕비가 되고 보니 적적할 때가 너무 많아 뜻 맞는 옛 친구나 있었으면 좋겠구려. 소윤이는 아직 소식이 없나요?"

"예, 그런 줄 압니다."

"… 여태 소식이 없다니 … 대감의 정이 부족해서는 아닐 텐데 모진 곳에 잡혀 있나?"

"예?"

"아니오, 혼자 해본 소리요."

"득병하여 열반에 들지는 않았을 것이 분명하고 … 그럼 어떻게 되었을까?"

삼봉은 무례함도 잊고 혼잣말을 중얼거리는 현비를 고개를 쳐들고 빤히 바라본다. 이제 이 짓이 불충不忠이 돼 있는데 그나마도 못하게 되면 소윤의 생각은 뭘로 쓰다듬나?

'야속한 사람! 못난 사람, 이 영광을 누리지 못하고 무엇을 하고 있나 ….'

"대감의 고집이 너무하셨소. 대감의 고집이 내 친구를 잃게 하였소!"

"예?"

"내 각 도의 수령에게 일러 내 친구를 찾아내고야 말겠소. 대감, 괜찮겠지요?"

"……."

삼봉은 망연자실해지면서 다시 현비의 얼굴을 물끄러미 쳐다본다.

명으로부터 조선朝鮮이란 국호가 내려졌고, 새 도읍지로 계룡산鷄龍山을 정하여 대역사가 새로 시작되었다.

삼봉은 새 왕조 조선의 천년대계를 닦을 터전의 마련에 부심하였다. 태조가 무장 출신이라서만이 아니다. 국토를 온전히 보전하고 나아가 확장을 위해서는 군사력의 양성에 주력을 하여야 하였다.

그는 고대 중국의 《주례》周禮의 사마수수지법司馬蒐狩之法과 진晋·위魏·제濟 등의 병법을 참고로 하여 《오행진출기도》五行陣出奇圖를 짓고 《사마법》을 증손增損하여 《강무도》講武圖를 지어 군사력의 기본 자료로 삼게 하였다.

전 왕조의 불교가 정치와 국가 전반에 미친 악영향을 고려해, 불교를 사찰 내에 머물도록 하려는 것이 그의 주장이며 사상이었는데 태조는 무학대사無學大師를 왕사로 삼았다.

그는 신돈의 재등장이 되지 않을까 하여 태조에게 수차에 걸쳐 진언을 하였다.

"내가 이 자리에 오르게 된 것은 모두 개국공의 힘인 줄 세상이 다 알지 않소. 서로 경신敬信하여 자손만대에 변함이 없으려는 것이 내 뜻이오. 그런데 어찌 내 일찍이 신돈의 피폐함을 모르겠소."

"사람의 일이란 알 수가 없습니다. 신도 예전 중국의 제환공濟桓公이 포숙鮑叔에게 치국의 반도를 물었을 때, 포숙은 공公은 거莒에 있을 때를 잊지 않고 나는 함거檻車에 실려 있을 때를 잊지 않으면 된다 하였습니다. 전하께옵서는 낙마하였을 때를 잊지 말고, 신은 옥에 쇠줄이 매여 있을 때를 잊지 않으면 자손만대에 변함이 없을 줄 믿습니다. 그런데 ···."

"염려 말라니까 그러는구먼."

"그러하오나 전하, 석씨지도釋氏之道는 사찰 안에 있어야 하고, 공맹지도孔孟之道는 나라 안에 있어야 합니다. 국가대세를 이에 준하여 재가함이 지당한 줄 아옵니다."

"나도 그 점은 알고 있소."

"앞으로 불도를 고향으로 돌려보내 병부兵賦에 충용하고, 그 집에 살게 함으로써 호구戶口를 증식케 하고 그 서書를 불살라 버림으로써 그 근본을 끊을 것이며, 소급所給된 전지는 군자사軍資寺에 맡겨 군량을 담당케 하여야 합니다. 사찰의 노비는 도관都官에게 맡겨 각 사司・관官에 속하게 하여 갑병甲兵을 만들게 하고, 사찰의 그릇은 예빈사禮賓寺에 속하게 하여 각 사・관에 나누어 쓰도록 하여야 합니다. 그런 연후에 그들을 예의로써 가르치고 도덕으로써 기르는 길이 치도의 근본인 줄 압니다."

"염려 마오. 개국공은 그러기에 이 조선왕조를 천년의 반석 위에 올려놓을 뒷받침을 해주오."

"성은이 망극하여이다."

태조의 신임과 기대가 그 이상일 수 없으나 꺼림칙한 기분은 쉬 떨쳐지지 않았다.

무학대사가 그의 비위를 상하게 하였더니 하륜河崙과 목은의 등장이 쌍심지를 켜게 하였다. 왕기가 쇠해 버린 개경을 떠나 새 도읍지를 정하는 가운데 하륜의 입김이 의외로 세었던 것이다.

무학이나 중신들은 계룡을 새 도읍지로 정하였지만, 하륜만은 건방乾方과 손방巽方을 들어 한양이 적합한 곳이라 우겼다. 태조는 그의 의견을 좇아 계룡의 공사를 중단하고 한양을 새 도읍지로 정하여 궁성을 허락케 하였다.

하륜의 기고만장이 눈꼴이 시릴 지경인데 이번에는 목은을 불러 왕사 무학과 더불어 국가대세의 충언을 부탁하는 것이었다.

고려왕조에 인신지극人臣之極한 목은이 그를 들을 리 없었지만 삼봉은 비위가 뒤틀렸다. 아무런 쓸모없는 그를 유종儒宗이라 일컬어 대궐을 드나들게 하고 정책에 입김을 불어넣게 할 수가 있는 것이다.

그의 등장으로 인해 함께 유배되었던 우현보 등이 경외종편의 특사를 받아 삼봉은 여말麗末의 재판이 될까 봐 안절부절 못하였다.

불쾌한 일이었고 불길한 예감을 주었다. 마치 죽었던 원귀怨鬼가 살아나와 세상을 어지럽히려 자리를 찾는 것만 같았다.

남은도 삼봉처럼 그들의 출현이 못마땅하였던지 불만을 터뜨렸다.

"범을 잡았더니 껍질은 자기들이 차지하려는 것이 아닌가? 죽음을 무릅쓰고 그자들이 옹위하던 왕가놈의 세상을 뒤엎었는데, 다시 그놈들이 조정 구석에 처박히게 되면 우린 언제 밀려날지 모르지 않겠나. 이보게 삼봉, 왜 말이 없는가, 자네는."

"글쎄 나도 어안이 벙벙하다네."

태조의 눈치를 보아서 머잖아 경외종편마저 풀어주곤 요직에 중용하려는 것이 틀림없어 보였다.

그들의 괴수가 왕사 무학과 더불어 태조의 자문에 응하는 한 구신들의 등용은 자명한 것이며, 따라서 원수마냥 미워하던 개국공신들이 차츰 태조로부터 멀어지기 십상이었다.

"상감께로 함께 갈까?"

"좋은 생각이 있어?"

"응."

둘은 편전으로 들어가 태조를 알현하였다.

마침 목은과 마주앉아 국사國師에 관한 의견들을 나누던 태조는 눈이 휘둥그레진다.

"무슨 일들이오?"

삼봉은 목은을 힐끗 돌아보곤 태조한테로 머리를 조아렸다.

"상감, 이 왕조는 고려조가 아닙니다. 어찌해서 여조麗朝의 역신들을 가까이 하시는지 신은 몸 둘 바를 모르겠습니다."

목은은 이성계의 눈짓을 받아 한걸음 물러서 앉는다.

"나도 알고 있소."

"신이 생각건대 한 역사가 막을 내리고 다음 역사가 문을 열었을 때는 새 인재로 대사를 논의함이 가한 줄 압니다."

"……."

"목은을 말할 것 같으면 여조에 충성을 다하였고, 허다한 실정을 저지른 실로 전율할 역사의 죄인입니다. 나라와 백성을 위해서는 사리를 앞세우고 자신의 영화와 후손의 번영에는 진력을 다하는 이중의 안일한 태도가 있었기 때문입니다. 한 목적을 위해서는 분골쇄신 책임을 질 수 있는 정치가가 아니고는 누구도 중용은 될 수 없습니다. 원컨대 이 조선왕조의 무궁한 발전과 번영은 사리私利를 외면한 분골쇄신의 노력과 책임을 질 수 있는 사람만이 정사에 참여하여야 할 줄 압니다."

"나도 그 점은 알고 있소."

삼봉은 늦추지 않고 자꾸만 죄어간다.

"정사를 논하는 자가 두 갈래의 맘 쓰임을 한다면 실정의 책임을 물을 수 없고, 역사가 열 번 바뀌어도 여전히 구태의연한 자들이 판을 치는 세상이 될 것입니다. 혹자는 역사의 계승이란 미명 아래 응당 중용될 것으로 믿고 사리사욕에 여유를 갖고 있다고 합니다. 실은 전제개혁이 논의되었을 때 수많은 구족명신들의 미움을 샀습니다. 전하께옵서도 소신이 적소에 유배된 사실을 기억하실 것입니다. 그 점만 봐도 역사의 계승이니 두뇌의 재등용이니 하는 일은 절대 삼가셔야 할 것입니다."

태조는 눈을 감고 삼봉의 말에 귀를 기울인다.

목은은 쥐죽은 듯 숨도 안 쉬고 구석에 처박혀 있었다. 자신이 왜 여기에 들어왔는지를 두고두고 후회를 한다.

"새 역사에 맞는 두뇌는 얼마든지 있습니다. 신이 목은을 두고 이르는 것은 인신지극人臣之極을 사람의 도리에 국한시켜서가 아닙니다. 백성과 나라를 위한 헌신의 자세를 두고 이른 것입니다. 여말麗末의 난맥이 모두 그에 기인함을 전하께서는 통촉하셔야 될 줄로 압니다."

태조가 눈을 뜨고 삼봉과 남은을 번갈아 바라본다.

"참, 내 깜빡 잊을 뻔하였소. 구족들의 일은 뒤에 어찌 되었소?"

등극 직후 왕王씨의 성을 가진 모든 사람들을 거제도와 강화도로 몰아낸 일이 있었다. 많은 숫자가 자살하거나 아사餓死하였다.

그 뒤 그들을 육지로 다시 불러들였는데, 태조는 그 점이 맘에 걸렸다.

"신 등이 염려하는 바도 거기에 있습니다."

"으음."

태조는 깊은 신음을 하였다.

"박위朴威·김가행金可行 등이 왕화王和·왕거王琚의 신수를 유명한 점바치에게 묻는 등의 심상치 않는 일이 지금 벌어지고 있습니다."

남은이 아뢰자 태조가 벌떡 몸을 바로 세웠다.

"뭐라고? 왕가王家를 재건립할 준비를 한다고? 주모자를 모두 국문하여 순군옥에 가두고 그들을 육지에서 몰아내어, 거제·강화로 도로 몰아넣으시오."

태조는 부들부들 떨면서 전교를 내렸다.

어명에 따라 박위 등은 하옥되고, 육지로 나와 있던 왕 씨들은 다시 섬으로 밀려났다.

사헌부의 관리들은 주모자들을 극형에 처하고 왕 씨들은 멸족을 시켜야 마땅하다는 상소를 올렸다.

남은이 주동이 되어 올린 상소는 무학대사에 의해 간단히 거절되곤 하였다.

"이 중놈의 새끼, 절간에 처박혀 있지 뭣하러 기어 나와 말썽인가."

남은은 이를 갈며 분개하였다.

거절이 되건 말건 거의 매일 같은 상소를 올리고는 왕 씨 왕국 재건립의 계획을 포착한 내용을 폭로하였다. 아울러 사헌부와 형조의 관원들은 어전에 엎드려 상소의 윤허를 기다리고 있었다.

"왕 씨를 처단하는 일은 내 차마 못하겠소. 주모자를 처벌하였으면 그만이지, 멸족을 시킬 것은 무어요."

"후환이 두렵고 국가 백년대계를 저해할 무리들입니다."

"어렵군요. 만조백관과 한량기로들은 뜻이 어떤지 내 알고 싶소."

"전하의 뜻대로 알아 올리겠습니다."

초여름의 더운 열기를 받는 수창궁 천장에서 태조는 대소백관과 한량기로들 수백 명의 가부可否를 알기 위해 무학대사를 뒤세우고 교의에 앉아 있었다.

결과는 절대다수가 가可하다는 표시를 하였다.

"중의가 그러하다면 내 말리지를 않겠소. 하오만 왕의 삼부자는 다치지 말도록 하오. 조상의 제사를 모셔야지 않겠소."

태조의 어명이 떨어지자 뒤의 무학이 부복해서 아뢴다.

"전하, 살육은 삼가 주옵소서. 고려 태조의 관후寬厚하던 그 덕풍을 생각하여 대의를 굽어 살피소서."

태조는 쌀쌀하게 잘라 말했다.

"나는 조선의 태조요, 고려의 태조가 아니오."

"그러하오나 가련한 그 인간들을 어찌 살육장의 이슬로…."

태조는 노기를 띠며 발을 굴렀다.

"왕업은 인간사가 아니요, 천명이오. 천명을 거역하던 자들이 설 자리는 없소!"

태조는 그를 남겨두고 돌아서 지밀로 들어갔다.

삼봉이 무학을 매섭게 쏘아보며 말했다.

"간승奸僧이 따로 있지 않구먼. 절간에 있을 중이 어째서 어전에 엎드려 잔소린가!"

하고는 고개를 들더니 형조와 사헌부의 관리들에게 왕명을 전하였다.

"어명이 지엄하시니 이 길로 군사들로 하여금 거제 · 강화 양 도를 지키게 하고, 각 도 수령은 교지대로 그들의 숫자와 사후처리를 준비토록 하오."

지엄한 어명은 천명이라던가. 여름 태양이 불빛을 퍼붓는 강화 · 거제의 왕 씨 거주지는 때 아닌 통곡이 바다를 울리고 하늘을 울리게 하였다. 천명이기에 인명은 한갓 곡성밖에 되지 않는다.

왕 씨들은 뼈와 가죽만 남은 동성들의 망해진 모습을 마지막으로나마 보기 위해 이름을 부르고 얼굴을 찾으러 허우적댔다. 몸놀림은 사람의 몸놀림이 아니라 허깨비의 허우적대는 모습 그대로였다. 강화로 끌려온 지 일 년 반, 3분의 2는 진강산 기슭의 백골로 사라졌다.

모진 것이 목숨이라고 아직까지 앙상한 몸을 지탱하는 모진 목숨도 목숨이라고 강화섬 한구석에서 꿈틀거리고 있다.

창검을 든 3천의 병사들이 뒤에 철벽처럼 서 있고 그 앞에는 가죽만 남은 동체가 밧줄에 결박지어진 2만여 명의 왕 씨들이 꿇어앉아 있었다. 개경서 내려온 형조전서 윤방경尹邦慶이 그들 앞에 나와 어명을 큰 소리로 읽는다.

"모두 일어서!"

대장군 오을용이 왕의 교지가 끝나자 칼을 높이 쳐들면서 외쳤다. 군중들은 무덤 속으로 드는 송장들처럼 잠자코 일어나 비틀거렸다.

"군고가 울림과 동시에 절벽을 향해 전진한다. 뒤에 처지는 자는 창칼 끝에 죽을 것이니 마음대로 하여라!"

장수들과 형조전서가 길을 비켜 그들 뒤의 나지막한 언덕을 올라가고 북이 울렸다.

절벽으로 다가가는 군중들은 눈 아래 굽어 뵈는 천인단애千仞斷崖와 노한 파도를 보면서도 넋이 빠진 사람들처럼 서슴없이 그 아래로 굴러 떨어졌다. 하나만이 아니고 떼를 지어 사태가 무너지듯 와르르 밀려 내려갔다.

한 역사의 변천은 새 역사를 낳기까지 숱한 애환과 비애를 낳게 마련이지만 천명은 인명의 존재를 중히 여기지 않는다. 그들이 지른 비명의 소리는 바닷바람과 파도 소리에 밀려 허공으로 사라져 갔을 뿐, 똑같은 오류를 범할 다음 대의 사람들의 심금을 울리지는 못한다.

역사의 오묘한 윤회는 어리석은 자들만의 오락장은 필경 아닐 텐데도 말이다.

박천의 머리에 하얀 머리카락이 늘어간다. 그에 비해 박관은 거목처럼 몸이 나고 여물어져 두 형제는 마치 부자지간처럼 보였다.

눈이 내리고 비가 뿌리고 바람이 불고 새가 울었듯이 관악의 자연은 이를 물고 돌았다.

"형수님, 뭘 먹고 싶은 것이 있으신지요? 저자에 나가는 길에 사다 드릴게요."

평소 말이 적은 박관은 한양으로 나갈 때는 꼭 이렇게 묻는다.

소윤은 가만히 고개를 저었다. 과천장에 나간다면 몰라도 한양까지 먼 길을 가는 사람에게 이런저런 부탁을 하고 싶지 않았다.

"왜 내가 사다주는 것이 싫은가요?"

박관이 볼멘소리를 하였다. 그는 이런 것이 탈이다. 잘 나가다가도 중간에 꼭 걸린다.

"아니요, 그렇지 않아요."

"너무하군요."

박관이 등을 돌려 집 뒤로 가버린다.

박천이 외짝 문을 열고 고개를 내밀었다. 그저께 언덕에서 떨어져 허리를 다쳤는데 아직도 제대로 못 쓰고 있다. 너삼으로 술을 빚어 마시고 있다.

"짜식, 무슨 잔소리야!"

박천의 늙은 눈에서 불이 철철 흐른다. 동생이 형수와 눈만 마주쳐도 그는 화를 내었다. 형제간의 우의는 날이 갈수록 틈이 벌어져 이제는 서로를 미워하는 판이 되었다.

형제간의 사이가 벌어지는 데 반비례해서 박관이 소윤에 대해 느끼는 친밀감이 날이 갈수록 더해갔다.

"그만 문 닫고 몸조리하세요."

"나쁜 년! 너도 이제 달라져가는구나!"

박천은 누런 이를 드러내고 으르렁거린다. 소윤은 그 꼬락서니가 측은해서 피씩 웃는다.

나이 환갑이 돼 가니까 노망기가 드는지 걸핏하면 의심을 하고 들었다. 어디 붙어먹을 데가 없어 시동생인가, 좀 멀리로 내려 한량 패거리와 놀아나지.

"조심해!"

문이 탁 닫히고 박천의 모습은 안으로 숨어 버렸다.

소윤은 뒷산 바위 위에 걸터앉아 멀리 한양 하늘을 바라보았다. 안개 같은 것이 낮게 드리워진 위로 삼각산의 봉우리가 그림처럼 떠 보였다. 삼봉재는 지금 없어지고 그 자리에 잡초가 무성할 터인데. 세상이 어떻게 돌아가는지 관악산 깊숙이 박혀 바깥세상을 접하지 않는 그녀는 모르고 있다.

가끔 박관이 한양으로 나갔다가 벌써 옛날이 된 얘기 몇 토막을 듣고 와 세상소식이라면서 전해주어 조금 알 따름이었다.

그에 의하면 고려가 망하고 이성계가 왕이 되었으며 개경을 떠나 한양으로 도읍을 옮긴다고 하였다.

지화는 어떻게 되었을까. 왕비가 될 거고 아이들은 공주와 대군이 된다. 복 많은 여자였다. 관음사 암자에서 울상을 짓고 있던 그녀가 왕비가 되다니….

"혼자 뭘 하고 있지요?"

칡덩굴 속에서 굵직한 남자의 음성이 소윤의 귀를 잡아끈다. 보나마나 박관이었다. 그녀는 아무렇지도 않은 듯 지화 생각을 계속하였다. 나인들을 좌우에 거느리고 궁궐 안을 거니는 모습이 너무 아름답게 보였다.

그런데 나는 이게 뭐냐? 속살이 비치는 누더기를 걸치고 칡뿌리 도토리묵에 보리밥을 찬물에 말아 훌훌 마시고 있다.

해진 옷 사이로 드러난 속살은 까맣게 그을려 있고 발바닥은 가죽 모양 거칠어 빠졌다. 여자다운 데라곤 한 곳이 없이 거지처럼 초라하다. 장판에 내던져 놓아도 거들떠볼 사내 하나 없을 것이다.

그런데 박천 형제는 사족을 못 쓰고 있다. 이래 더러운 년을 금이야 옥이야 아끼고 있다. 여왕님 · 공주님 · 왕비님 못잖게 그들의 정을 받고 있는 것이다. 사람이 사는 세상 안에서 이처럼 훙겨운 정을 일찍이 느끼지 못하였다. 때로는, 아니 거의 매일 선녀처럼 그런 꿈을 꾸며 자고 먹고 놀고 있다. 팔자치고는 상팔자였다.

속세의 불안과 욕심, 명예와 사치라는 것은 소윤에게 하나 붙어 있지를 않다. 체면이 어디 있으며 수치가 어디 있나? 불안이 어디 있으며 죄악이 어디 있나?

처음에는 박천의 탈속한 생활이 조금밖에 이해가 안 되었는데 이제는 그에 앞선 이해를 하고 있다. 삼봉에 대한 연모의 정이 결단코 얕은 것은 아니었으나 결합을 시키기엔 너무 벅차도록 어려운 형편이 많아 꿈으로 돌릴 수조차 없었다. 원하지 않았고 몸부림을 쳤지만 그녀를 묶는 굴레가 너무 억세어 그렇게 되고 말았다. 누구를 탓

할 수도 없고 누구를 미워할 수도 없다.

지금 삼봉과 박천 이 두 사람을 놓고 손짓을 한다면 누가 양팔을 벌리고 쫓아올 것이며 그녀도 흔쾌히 맞을 것인지를 똑똑히 알고 있다.

그러나 그를 위한 염원은 변치가 않았다. 탐욕을 떠난 자신의 욕심과 영일을 떠난 가을 하늘처럼 맑고 샛별처럼 찬연하고 여름 구름처럼 맑고 곱고 아름다울 따름이다.

"어흐음!"

기침 소리가 다시 울렸다.

박관은 침을 꿀꺽 삼키곤 바위 위의 소윤을 지켜보고 있다. 헛기침을 두 번 하였는데도 알은 체를 않는다. 가까이 다가가도 반기지를 않는 게 그의 마음을 끌고 애달프게 만든다.

"형수님!"

그가 짐승처럼 울부짖으며 소윤의 어깨를 텁석 잡고는 머리를 나머지 손으로 휘감았다.

"에그머니, 왜 이러세요?"

소윤이 미처 소리치기 전에 그의 투박한 손이 입을 막고 나더니 바로 품안에다 푹 처박아 버린다. 숨이 끊어질 듯 갑갑하였다. 어디로 가는지 그의 몸놀림과 몸체의 흔들림으로 짐작이 갔다. 집에서 멀어져 가고 있으며 개울 옆의 동굴처럼 생긴 오막한 곳으로 가고 있는 것이다.

"내가 수년 동안 형수님을 얼마나 생각하였다고. 나이 40이 다 되도록 생각을 하였는데 무심도 하시지."

그는 숨을 가쁘게 식식거렸다.

"놓으세요, 이걸 놓으세요!"

"내 말을 들을래요? 안 들을 거지요?"

"큰일 나요. 형님과 이제 피를 보게 될 거예요. 왜 죄를 지으려고 그러세요?"

소윤은 기력을 다해 그의 품에서 빠져나와 달아나려 한다.

막막한 곳까지 왔다. 개울물 소리가 맑게 들렸다.

소윤은 땅바닥에 살며시 내려졌다. 박관은 팔을 두세 번 이리저리 움직이더니 소윤의 가슴팍을 움켜쥐곤 앞으로 잡아 당겼다. 마흔 살이 갓 넘은 그녀의 야윈 가슴이 검푸르게 노출되었다. 그리곤 아래옷을 우악스럽게 잡아 벗기더니 그녀가 꼼짝 못하게 끌어 잡고 위를 덮쳤다.

바로 그때였다. 짐승이 우는 듯한 우람스런 소리가 울리더니만 창을 꼬나든 박천이 그들을 향해 돌진해 오고 있었다.

"천하 몹쓸 놈! 세상 더러운 놈!"

박천은 그 말을 이죽거리며 그들 바로 옆까지 다가와선 소윤더러 나오라고 하였다.

박관은 짐승처럼 엎드린 채 박천의 동정만 살핀다. 여차하면 몸을 날리려는 것이다. 박천이 몸을 꿈틀 뒤로 젖혀 창을 던지자 박관이 얼른 옆으로 굴러 피하더니 땅에 꽂힌 창을 집어 들었다. 그와 동시에 박천이 그 위를 덮쳤다.

둘은 한데 엉켜 땅 위를 구르고 바위에 부딪치며 나뭇등걸에 찔리며 아귀다툼의 싸움을 벌인다. 소윤은 노출된 몸을 두 손으로 가리곤 얼른 움막집으로 내빼었다.

"더러운 놈! 넌 죽어야 한다! 내 손에 죽어야 한다!"

"흥 내가 왜 죽어, 왕후장상도 예사로 하는 그 짓을 난들 왜 못해."

"그러니까 망했잖나!"

둘은 기진맥진하였다. 힘이 세고 젊은 박관이 더 지쳐 있었다. 바위에 부딪친 머리통이 깨져 피를 많이 흘렸고 등걸에 등이 찔려 뼈가 훤히 보였다. 박천도 그 못잖은 상처를 입었다.

박관이 개울 쪽 벼랑에 쿵 떨어지자 박천도 따라 떨어져 그 위에 덮쳤다.

으으음! 박관은 신음 소리를 길게 내고는 축 늘어져 버렸다. 박천은 벼랑을 기어오르느라 안간힘을 썼다.

형제간의 사투死鬪가 빚은 결과는 엄청났다.

박관은 그 자리에서 숨을 거두었지만 박천의 상처는 엄청났다. 치명상을 겨우 벗어난 불구 직전까지 이르렀다.

"난 살았다. 난 널 놓치지 않았다!"

박천이 정신을 가눈 뒤의 첫마디가 소윤의 심금을 울렸다. 마치 미친 사람처럼 눈을 휘둥그레 떠 소윤을 찾으며 외쳤다.

박천이 자리에 드러누웠다. 일어나긴 하였으나 상처의 후유증으로 인해 차츰 죽음의 계界로 접근해 감에 따라 소윤이 두 식구의 끼니를 이어가게 되었다. 하루 이틀 만에 죽을병은 아니지만 오래 살 것 같지는 않았다.

소윤은 그나마도 감사하게 생각하고 박천의 병에 매달려 치료를 하며 생계를 이어갔다.

시월의 초겨울, 가랑잎은 허공을 맴돌다가 궁궐 담을 넘어 경복궁 안뜰로 떨어졌다.

이른 새벽에 일어난 태조는 도승지의 안내를 받으며 전정으로 내려섰다. 미리 나와 도열하고 있던 만조백관들은 주악과 더불어 엎드려 절하고 두 손 모아 읍하였다.

어제 종묘에서 조상들에게 새 왕업의 제를 올리고, 오늘 경복궁 안에서 첫 조하朝賀를 시작하는 것이다.

교의에 앉은 태조도 감개무량하였지만, 그 앞에 도열한 백관들의 심금도 하늘을 날고 별을 딴 듯 감개무량이 극에 달하였다. 한 왕조가 망하고, 다음의 새 왕조가 유혈극 없이 성을 바꾼 혁명을 일으키고, 새 궁궐에 새 도읍지를 찾아 어전회의를 하는 그들이 신기하지 않다는 것이 되레 이상스러울 따름이다.

조하가 끝난 뒤 삼봉은 태조의 부름을 받고 지밀로 들어갔다.

"다른 것이 아니고, 경이 새 궁궐의 명칭과 전각들의 이름을 짓도록 하시오."

삼봉이 이미 준비해 두었던 궁과 전각의 이름을 한 가지씩 떠올리며 설명해 나갔다. 모두 시경의 글귀를 따서 지은 이름이었다. 대궐을 경복궁景福宮, 임금이 기거할 집을 강녕전康寧殿, 신하들의 조하를 받고 의식을 올리는 정전을 근정전勤政殿, 정사를 볼 전각을 사정전思政殿, 그 밖의 대소 전각의 이름을 적은 글을 어전에 바쳤다.

그의 설명을 들으며 글을 일일이 훑어보던 태조는 고개를 끄덕였다.

"아주 잘 되었소. 경은 나를 도와 창업에 이르게 하였고, 오늘 궁궐의 이름까지 지어주니 고맙기 그지없소. 기왕이면 현액도 모두 경이 쓰도록 하오."

"황공하옵기 이를 데 없사오나, 글씨는 성석린 판사를 따를 사람이 없습니다."

태조는 고개를 저었다.

"글씨만이 문제가 아니오. 개국공신의 수위에 있는 경에게 그 이름을 부탁한 데는 내 뜻이 달리 있어서요. 글씨도 경의 손으로 쓰오."

"황공무지로소이다."

삼봉은 감격하여 머리를 조아렸다.

"참 도성 축성공사는 어찌 되었소. 내 그동안 바빠 경과 마주할 시간이 없어서 …."

태조는 경복궁 신축 역사와 더불어 이 왕도를 적의 공격으로부터 지켜주고 왕도의 면모를 갖춰줄 도성을 쌓을 준비를 서둘렀다. 도성축조도감都城築造都監을 설치한 그는 삼봉에게 명령하여 도성을 쌓을 자리를 확정하고, 성의 모습 등을 작성토록 하였다. 지금 한창 공사가 진행 중에 있어 늦어도 내후년 안으로는 사대문을 기조로 한 성곽이 완공될 것이다.

"예, 예정을 앞당겨 완성될 것 같습니다."

"경이 어련히 알아서 하겠소만 서둘더라도 튼튼히 쌓도록 하오.

그리고 병권은 여전히 경이 쥐고 있어야 하오. 모두 어려서 ….”

“예, 《강무도》에 의해 모든 병사들을 잘 훈련시키고 있습니다. 상감께서 용장이 되셔서인지 머잖아 동북의 강자로 군림할 병력을 갖출 수가 있을 것 같습니다.”

태조는 적이 만족하였다. 창업의 대역사가 한 가닥씩 마무리되어 가는 과정에서 그는 힘만으로는 어느 것도 쉬 이뤄지지 않음을 체험하였다. 삼봉이나 조준처럼 사상적인 뒷받침이 없고는 난항을 거듭하다 종국에는 쓰러지고 좌절되고야 만다는 사실을 이번에 체험을 통해 알게 되었던 것이다.

“내 이번 일을 통해 경의 힘이 얼마나 위대하였나를 똑똑히 보았소. 정치란 역시 어렵더군.”

“황공하여이다, 전하.”

“맡겨진 소임만이 아니오. 여느 분야에도 경의 힘이 미치지 않는 곳이 없으니 난 참 덕이 있고 복이 있나 보오. 이제 그만 물러가시오.”

“그러하오이다.”

“머잖아 내 생일이 올 것이니 그때 조용히 나누도록 하오.”

“황공하오이다, 전하.”

삼봉은 어전을 물러나오며 태조는 역시 왕업을 새로 이룰 인물이었음을 다시 느끼게 되었다. 정치란, 더구나 새 왕조의 창업은 창검을 휘두르는 힘만으로 되지 않는다. 그를 이끌어주고 뒷받침할 사상이 있어야 한다.

역사 속에서 이미 숱하게 봐왔듯이 무력으로 천하를 제패한 예도 드물거니와 설령 제패를 하였다 하더라도 단명하는 것이 예삿일이었다.

여조麗朝의 그 썩은 무리들은 태조의 형안에 반도 못 미친다. 여조의 중신들은 삼봉의 반의반에도 못 미친다. 신돈이 어떻고 이곡·이색이 어떻고 정몽주가 명재상이라지만, 그들의 능력은 썩은 왕조를 부채질할 뿐 구해내지는 못하는 것이다. 진보적인 개혁을 극도로 기피하면 그런 사람을 역적으로 몰아 적대시하는 능력이 있을 뿐 천거하고 개혁을 할 능력이 없는 것이다.

그러기에 여조는 망할 수밖에 없었고 종국에는 망하였다. 이성계·정도전에 의해 망하지 않았다 하더라도 누군가에 의해 망했을 것이며 스스로 궤멸되고 말았을 것이다.

목은이 태조의 배려로 한산군에 복위되었다는 소문에 삼봉은 펄쩍 뛰었다. 이미 70을 내일 모레로 바라보는 늙은 능구렁이를 뭣 때문에 한산백韓山伯이라는 작호까지 내렸었나. 여주 신륵사神勒寺의 선반에서 노구를 끌고 옛 왕조를 회상하며 세월을 원망하는 그를 태조가 애석히 여길 것이 무엇인지 서운하기 짝이 없었다.

삼봉은 그가 세상 밖으로 다시 나오지 못하게 하기로 작심을 굳혔다. 이제 더 이상 태조를 만류하기는 어렵다. 수차에 걸쳐 진언하였고 개국이념과 창업의 달성에 관한 정책 속의 구신들의 조목에서 못을 박았었는데도 여전히 목은을 못 잊어 하니 무슨 방법으로 그것을 막을 수 있을지 실로 난감하였던 것이다.

마침 목은이 수원에서 소관을 마치고 여주로 돌아간다는 소식이 있었다. 삼봉은 밀사를 그에게로 보냈다. 독약이 든 음식을 마련해서 그를 대접하였던 것이다.

이색은 그 며칠 뒤인 5월 7일 신륵사에서 눈을 감았다.

"사생死生의 이치는 내 능력으로 어쩌는 도리가 없소. 내 나이가 이미 죽을 때가 되었고, 세상이 내가 죽을 시기를 마련하였으니 이 죽음에 나는 의심을 갖지 않소."

그의 임종을 지켜보던 스님의 손을 잡으며 목은은 마지막 한마디를 남겼다.

"그래도 이럴 수가 있나. 제자가 스승을 이 지경으로 만들다니 … ."

목은의 소식을 전해들은 태조는 고려의 마지막 거인巨人을 위하여 사람을 보내 제사를 지내게 하고는 종일 방 안에서 나오지 않았다.

일세를 풍미하던 그 학문, 만사에 공명정대하고 결백하던 성품, 지조를 지켜 고락을 가리지 않고 험한 세상을 혼자 헤엄치며 만년을 보낸 그 인생, 그렇게도 친하였던 친구가 길을 달리하면서부터 서로 원수가 되고 말았는데, 이제 이승을 하직하였다니. 친구를 잃은 슬픔이 태조의 가슴을 눈물로 적시게 한다.

목은이 가고 난 그해 여름 현비 강 씨가 자리에 눕게 되었다. 뚜렷한 병 없이 시름시름 앓더니 마침내 몸져누운 것이다.

이름난 명의를 다 불러다 묻고 명약을 다 썼지만 차도가 없었다. 피병을 하라는 권유가 잇따라 있어 경복궁 북문을 열고 방번이 살고 있는 구궁으로 현비를 옮겼다.

현비는 스님을 불러 달라 하였다. 스님을 불러다 기도를 드려봤지만 병의 차도는 여전히 없었고, 8월로 들어서고부터 열이 오르고 헛소리를 내기까지 하였다. 뼈와 가죽만 남은 핼쑥한 얼굴은 보는 이의 가슴을 아프게 하였다.

치료의 방법이 궁하였다.

그녀는 병석에 누워서 잠시도 방석이 곁을 떠나지 못하도록 하였다. 아직 소년티를 벗지 못한 방석은 매형 이제와 번갈아 병간호를 하면서 어머니의 점점 사그라져 가는 모습에 눈물을 지었다.

"상감, 저 어린 것들을 두고 내 어찌 눈을 감지요?"

현비는 종일 아들 일에 걱정이 태산 같고 가슴이 미어질 듯 아팠다. 이복형제들의 말방울 같은 눈을 보면 그녀의 몸에서 태어나서 자란 두 형제는 너무 애처롭도록 어리다. 더군다나 세자 방석은 태조의 대통을 이어받을 귀한 몸이다. 지존의 몸이 될 그를 뒤에서 거두지 못하고 먼저 간다고 생각하니 가슴은 천 근 무게에 눌린 듯 아팠다.

태조의 나이가 조금만이라도 젊었으면 그런 염려는 한갓 기우에 들 터이지만 그도 70을 바라보는 노인이다. 언제 어린 것들을 두고 이승을 떠날지 모르는 나이였다.

"내가 늙었다고 내 신하까지 늙었나? 그런 심려는 몸에 해로워."

"그래도 … ."

"삼봉이 있지 않는가. 남은이도 있고."

"정 대감을 만나고 싶구먼요."

이렇게 몸져누웠으니 삼봉이 한층 애절해 보인다. 경우야 다르지만 가슴이 아픈 것은 마찬가지일 것이다.

“내 오늘 보내지.”

“그 대감 참 가련하다오. 임이 있으면서도 이 왕업을 위한 헌신을 하려고 … 백성의 원성과 구족들의 모함이 있을까 봐 찾지 않고 혼자 속을 태우고 있죠 ….”

태조는 아주 오래 전에 잊어버렸던 옛일을 회상하는지 큰 눈을 여러 번 껌벅거린다.

“누구 말이오? 내가 동북면에 있을 적에 자주 들렀다는 사람?”

“예, 공산 스님 암자에서 같이 있었다는 소윤이라고 ….”

“아, 이제 기억이 나는구먼. 참 아름다운 사람이던데.”

“상감과 삼봉의 해후는 소윤에 의해 이뤄졌지요.”

“작호爵戶를 내려야 될 인물이구먼.”

“경솔한 말씀인지 모르지만 조선왕조의 탄생이 그 인연으로 이뤄지지 않았어요?”

“…….”

태조는 애써 기억을 더듬어 소윤의 모습을 찾으려 한다.

삼봉은 태조의 부름을 받아 지밀로 들어갔다. 현비의 병에 대해 근심을 함께하며 장차의 일에 대한 숙의를 하였다.

“현비마마의 병환이 그토록 위중하십니까, 전하?”

몇 차례 문병을 하였지만 그 정도로 심한 것 같지 않았는데, 며칠 사이 갑자기 심하신 모양이다.

“옛 애기를 하더군 … 경에 대한 애기를.”

"무슨 말씀이온지?"

"내 소윤에게 작호를 내릴까 하오. 경의 뜻은 어떻소?"

"……."

삼봉의 입이 벌어진 채 다물어지지 않는다.

"경망스런 일일지 모르나 조선 개국의 산파역을 한 사람을 내 그냥 지나칠 수는 없소. 지금도 행방을 모르오?"

"예, 벌써 8년이 지났습니다, 전하."

"8년이라 … 회군한 그 이듬해구먼 …."

"벌써 저승사람이 되었을 것입니다."

"경이 작호를 짓고 사당이 설 자리를 하나 봐 주시오."

"전하, 그것은 아니 되옵니다. 척불숭유斥佛崇儒를 국시로 삼는 이 왕조에서 어찌 그런 일을 하시렵니까."

삼봉의 가슴은 미어지듯 아파왔다.

소윤을 잃은 것도, 그녀를 애써 찾지 않는 것도 바로 척불숭유의 국시 그 때문이다. 한 몸의 희생으로 한 위대한 정책을 세워 시행해 나가고 국가대계의 기틀을 마련하려는데 소윤을 다시 찾고 숭앙을 하자니 어불성설도 이만저만이 아니었다. 대를 위한 소의 희생은 《소학》小學을 읽은 학동들도 익히 아는 터인데.

"그럴까요?"

"네, 그러하온 줄 압니다, 전하."

"그건 그렇게 하도록 하고. 오늘 현비마마를 문병토록 하오."

"황송하오이다, 마마."

삼봉은 퇴궐하던 길로 현비가 몸져누운 판내시부사判內侍府事 이득분李得芬의 집으로 찾아갔다. 방번의 집에서 이리로 자리를 옮긴 지 며칠이 안 된다.

현비는 뼈만 남은 앙상한 손을 가슴에 얹고 삼봉을 하염없이 바라본다. 그녀의 입에서는 '가여운 사람', '모진 사람', 이런 말이 쉼 없이 중얼거려졌다.

"대감, 모든 것이 원망스럽소."

"후사는 신 등이 능히 알아서 지키도록 하늘에 두고 맹세하겠습니다, 마마."

"고맙소이다."

현비는 잠시 눈을 바깥으로 두었다가 천천히 삼봉에게로 옮겨 놓았다.

"아직도 대업은 창망대해인데 대감은 언제 쉬실 수가 있겠소?"

"무슨 일이온지? 마마."

"상감께서 무슨 분부가 아니 계셨던가요?"

"……."

삼봉은 말뜻을 얼른 좇지 못한다.

"시호를 내리고 사당을 지으라는 어명이 내리시지 아니하였던가요, 대감?"

그제야 삼봉은 알아채고 고개를 가만히 내저었다.

"그 일은 소신에게 맡겨 두옵소서. 상감의 분부는 사사로운 일에는 미치지 않는 것이 법도인 줄 아옵니다."

"그것이 어째서 사사로운 일이오?"

현비는 힘을 들여 간신히 말하였다.

"한 계집아이의 일로 해서 국가대사를 그르치게 할 수는 없는 일이옵니다. 만백성이 어찌 지엄하신 어명을 믿고 따르겠습니까, 마마."

현비는 며칠 뒤 조용히 눈을 감았다.

지아비인 태조와 자식들인 방번·방석·경순공주가 지켜보는 가운데 조용히 승하하였다.

국상이 선포되고 열흘 동안 조회도 중단되었다. 조정에서는 국상을 불교식으로 하느냐, 《주자가례》朱子家禮에 따르느냐 논란이 있었다. 한때 불가에 몸담으려 하였고 공산 스님의 은총이 두터웠으며 불교의식을 쫓기를 바라는 분이 되어 그런 말들이 나왔다.

그러나 삼봉은 태조께 진언을 하여 《주자가례》에 의한 백일장을 하도록 하고 그 준비를 서둘렀다.

태조는 삼봉을 앞세워 현비가 잠들 땅을 고르러 나섰다. 그들은 유능한 풍수들을 데리고 한양 주변의 여러 곳을 일일이 답사하였다. 그러나 그들은 경복궁 서부의 취현방聚賢坊에 자리를 잡았다. 높지도 낮지도 않은 언덕이어서 경복궁을 부르면 대답할 것만 같았다. 여름에 더우면 고개를 돌려 한수를 바라보고 시원한 강바람을 마시고 가을의 단풍이 보고 싶으면 목멱산·북악산·삼각산을 바라보고 못 다한 모정을 풀 길 없어 아들을 찾고 싶을 땐 경복궁을 바라볼 수 있는 묘터였다.

삼봉은 봉상시奉常寺로 하여금 현비의 시호를 신덕왕후神德王后라 칭하고 그 능을 정릉貞陵이라 부르도록 지시했다.

대궐 안 근정전 앞뜰에서 현비의 백팔번뇌百八煩惱를 하나씩 맡아 철저히 소멸시킬 스님 1백 8명이 줄지어 앉아 목탁을 치며 독경을 외웠다.

근정전에 앉았던 태조는 옆에 앉은 삼봉을 물끄러미 바라보며 중얼거렸다.

'내 평생에 저런 매정한 사람을 두 번 다시 만날까.'

삼봉은 현비마저 옆에서 떠나버려 말할 수 없는 외로움에 빠졌다. 소윤의 생각이 전신을 에워싸고 괴롭힐 때는 현비를 찾아가 정사에 관한 뒷얘기도 나누며 위안을 얻었는데, 현비마저 떠나버려 이 세상의 귀한 모든 것을 잃은 것처럼 허전하였다.

태조의 슬픔과 허전함도 그에 비길 수 없으리만치 클 것이기 때문에 그는 아무런 내색을 않았다.

태조가 비탄에 잠겨 국사에 손을 떼는 시간이 많아짐에 따라 멀리 바람이나 쐬고 오라고 권하였다. 그가 해주 쪽으로 사냥을 떠난 뒤 삼봉은 산적한 국사 속에 묻혀 버렸다.

현비와 소윤에 대한 슬픔과 허무를 달래려면 그 길밖에 다른 길이 없었고, 언제나 그런 속에 빠져 있을 몸이 못 되었다 해도 밀리기만 하는 국사. 10년이니 20년 동안 다듬고 고쳐야 5백 년 여조하에서 썩고 더럽혀졌던 민족혼을 일깨울 수 있고, 국가를 바른 반석 위에 올려놓을 수 있을 것 같았다.

백성을 위하고 군왕을 위하는 개혁작업이 12년 사이에 이뤄질 수만 있다면 얼마나 다행할까. 겨우 5년여 동안 기초를 다듬어 놓지도 못하였다. 10년쯤이 걸려야 겨우 기초가 다듬어지고 그 바탕 위에 결실을 위한 대계大計를 세울 수가 있는 것이다.

어수선한 병자년丙子年이었다. 안으로는 국모를 잃고 목은이 죽었으며, 밖으로는 명으로부터 부단한 간섭과 공연한 트집이 조정 안팎을 어수선하게 하였다.

연말께 명에 보낸 정조표전正朝表箋에 대국을 희모실례戱侮失禮하는 문구가 있고, 표문 전체가 정중하지 못하다 하여 그 전문의 기초자를 관송管送하라는 것이었다.

"너무하구먼. 이제 겨우 왕업의 터전을 닦아 국권회복을 하려는데 대명이 이를 시기하여 저해를 하려 하니 실로 통탄할 일이다. 상국의 예는 결코 무력의 우위에서 강압정책을 쓰는 것이 아닐 터인데…."

삼봉은 대명의 태도에 분노를 느끼며 장차 닥쳐올 일을 곰곰이 생각하고 면밀히 검토하였다.

처음의 대명정책은 그들 주장대로 이소역대以小逆大임에는 틀림이 없었다. 소국이 살아남기 위해서는 대국의 말발굽에 짓밟히지 않아야 하는 것이다. 그 다음 기반을 다지고 국력을 쌓고 부국을 다듬은 뒤에는 사대이례事大以禮·사대지례事大之禮·사대성경事大誠敬을 주축하는 우호와 교린의 관계를 유지하여야 한다.

조선의 개국과 때를 같이하여 그는 태조의 명을 받아 국력신장에 진력을 다하였다. 병兵을 튼튼히 가지려면 훈련이 잘 되는 것과 병행하여 군량軍糧이 풍부하여야 한다. 군량은 백성들이 수확하는 농산물의 조세로 충당하여야 한다. 백성들이 골고루 잘 살면 조세의 양이 많아지고 병兵이 강해진다.

개국 5년 만에 10만의 정예군을 양성할 계획이었는데, 지금 그 숫자가 차 가고 있다. 그의 병법을 총괄한 《오행진출기도》와 《강무도》에 의거한 군사훈련과 양병을 서두르고 있다.

그런데 명이 이를 시기하여 조선왕조가 궁지에 몰릴 트집을 잡고 나선 것이다.

명은 표전을 들고 간 하정사 유순柳珣·정신의鄭臣義를 억류하고, 정도전을 표전 찬 필자筆者로 알고 관송하라는 호통을 예부자문禮部咨文을 통해 밝혔다.

조정에서는 우선 명의 노여움을 풀기 위해 통사通事 곽해룡을 명에 보내어 표전의 경박희보한 문구가 있다 함은 양국의 언어상의 차이일 뿐이며 학문이 천박한 사람이 찬 필자로 있었기 때문에 만부득 그렇게 되었다는 해명서와 아울러 선린의 변함없음을 확인하는 표전을 보냈다.

명은 다시 유순의 입을 통해 표전의 찬 필자가 정도전임을 알고 있다며, '정도전은 그 학문의 깊이와 문장의 유려함이 당대의 으뜸이거늘, 이제까지 누차에 걸친 여조麗朝·조선조朝鮮朝의 표전의 예를 보아 그 해명이 온당치 못함이 분명하다. 고로 정도전은 그 책임을 면치 못할 것이다. 만약 조선이 정도전을 내놓지 않는다면 국가의 큰 화근이 될 것임을 경고하노라' 라는 예부자문을 들고 온 설장수 편에다 재천명하였다.

"내가 어찌하여 이 지경이 되었나. 왕조표전을 쓸 때 나는 얼굴 한 번 내밀지 않았는데, 나의 사대론을 이미 간파한 중신이 이를 받들어 주장하였거늘 그것이 어찌 죄가 되어 나를 모함하는가."

삼봉은 통곡하고픈 심정이 되었다.

그는 어전에 나아가 태조 앞에 아뢰었다.

"이미 누삼차에 걸쳐 설왕설래한 바입니다만, 명의 태도가 특정인을 두고 이름은 조선왕조를 맹종의 소국으로 예속시키며 부국강병을 뿌리째 뽑아버리려는 저의 때문인 줄 아옵니다. 연후에 저들의 속국으로 합병하려는 간악한 저의가 숨어 있는 줄 아옵니다."

삼봉의 열변에 태조 이하 백관들은 침울해지며 삼봉의 입만 쳐다본다.

"누차 저들에게 밝혔듯이 신은 이번 표전에 관여한 바가 없습니다. 그런데도 신을 지정함은 전하의 기세를 억누르려는 것과 같은 뜻인가 합니다."

한쪽에서 잠자코 듣고 있던 권근이 말을 받았다.

"그럼 소신이 찬 필자의 책임을 지고 명으로 건너가겠습니다. 이에 김약항金若恒과 의논하였습니다만 정 대감은 전하께옵서는 거론할 나위도 없을뿐더러 조선왕조에서 없어서는 안 될 지난한 중신입니다. 정 대감의 사대론의 지당함에 감동하와 소신이 그 뜻을 받들어 표전 제작에 원용하였기에 그 해명과 아울러 양국의 교린이 금이 가지 않도록 해보겠습니다."

권근은 이미 전 왕조하에서 예부자문을 변조해서 문책을 당해 유배된 적이 있었다. 우왕·창왕에 대한 명의 태도가 신辛 씨라는 이유로 시호를 내릴 수가 없다는 요구를 삭제하여 명의 고려에 대한 대국으로서의 간섭을 그 나름으로 배제한 적이 있었던 것이다.

"그렇게 하면 되겠소?"

태조는 백관들에게 권근의 뜻에 동의하느냐고 물었다.

하륜河崙이 그에 반대의견을 들고 일어났다. 조정 안에서 삼봉과 알력이 가장 심한 그는 이번 표전 찬 필자에 삼봉이 깊이 관여하였을 것으로 믿고 있었으며 그의 득세에 남몰래 시기하고 있었다.

"신이 사려하옵기로는 명의 요구대로 실천함이 가할까 합니다."

하륜이 다음 말을 위한 목청을 다듬는 사이 남은이 재빨리 말을 가로막고 나섰다.

"어째서 하 대감은 조정 중론과 역행을 하는 거요?"

"지금 국가가 초창되어 백도百度가 정돈되지 못하고 있습니다. 이 차제에 대명으로부터 이런 문책을 받게 된 것은 심히 어려운 일인가 합니다. 그들의 요구에 응하는 국가를 그로부터 지키는 것이 대의를 위한 일인 줄 압니다."

하륜의 말을 이어 조준이 나섰다.

"이번 일은 소홀히 다룰 성질이 아닌 것 같습니다. 이제 조선왕조는 첫 출항을 하였는바 사람에 비유하면 유아에 불가하거늘 대명과의 마찰이 있을 경우 이를 어찌 감당할 것인지 우려되옵니다. 아울러 정 대감께서 진언하신 대로 이소역대以小逆大의 맹종을 좇을 수도 없습니다."

"그게 어떻다는 것인가요? 조 대감의 뜻을 분명히 말하오."

태조가 미간을 찌푸려 조준을 나무라는 투로 말하였다.

삼봉과 자웅을 겨루는 그는 아무래도 경제문제 외에는 힘이 달린다. 그의 출세가 한계에 달한 것이다.

"마찰이 없는 쪽을 택함이 가할까 합니다, 전하!"

"……."

"신은 갈 수가 없습니다. 막중한 대사를 두고 어찌 명의 강요에 굴복하겠습니까. 정히 원한다면 하 대감과 조 대감을 권 대감과 함께 보냄이 가할까 합니다."

삼봉의 그 말에 심효생·남은 등이 찬의를 표하였다. 태조는 하륜·권근에게 명하여 명으로 떠날 채비를 하도록 어명을 내렸다.

삼봉은 어전을 물러나오며 하륜의 진언을 곰곰이 생각하였다.

명 태조의 태도가 삼봉을 제거하려는 태도를 보인 이면이 그렇듯 하륜이 삼봉을 명에 보내 죽음을 당하게 하려는 의도의 이면이 무섭기 한량없었다.

하륜은 이방원과 가까운 사이였다. 지금의 조정 안팎에서 삼봉을 가장 못마땅하게 여기는 사람이 이방원이었다. 개국의 공로는 여느 형제에 비할 바가 아니었는데도 세자는 방석에게 앗겼고, 병권마저 방번에게 앗기었다. 논공행상이 말이 아니었다. 그 때문에 그는 세자 책봉에 공이 큰 삼봉을 눈엣가시처럼 여겼고, 세자의 훈도단으로서의 존재가 또한 적대시할 수밖에 없었다.

하륜의 오늘 태도는 다분히 방원의 입김에 의한 것이었다. 그가 한양에 머무는 한 무슨 흉계가 벌어지고 말 것으로 믿어졌다.

하륜 일행이 돌아와 표문 문제가 일단락되는가 싶었다. 그러나 이듬해 명은 다시 횡포를 부렸다. 천추사千秋使 유호가 명으로 가지고 간 계본啓本 가운데 중국을 업신여기는 문구가 있다 하여 유호 등을 억류하고 그 제작자인 공부孔俯 윤순을 잡아 보내라는 트집을 잡았다.

조정은 분노로 들끓었다. 곧 백관회의가 열리고 분노한 중신들은 땅을 치며 명의 그르친 자세에 규탄을 하고 나섰다.

좌간의대부左諫議大夫 정구鄭矩는 욕설을 섞어 명 태조를 규탄하며 자객을 보내 그를 시역하여야 마땅하다고 울부짖었다. 또한 우산기상시右散騎常侍 변중량은 태조에게 상소를 올려 반명태도를 뚜렷이 밝혔다.

백관회의가 명의 태도를 규탄하는 것과 때를 같이하여 당상관들은 어전에 몰려가 태조와 더불어 대명관계에 관한 밀의密議를 열었다.

"판삼사 정 대감부터 의중을 털어놓으시오."

태조가 맨 먼저 삼봉의 의견을 물었다.

"신은 이미 개국 초부터 국방력에 주력을 해왔습니다. 또한 동북의 여진족 토벌에 필요한 정책을 입안하기 위하여 동북면 도선무순

찰사로 돌아온 적이 있습니다. 그와 아울러 작년 표문사건 이래 국방력의 필요성이 더욱 절감하여져 오진도五陣圖의 교도敎導를 훈도단에게 맡기고 각 절제가 군관과 서반의 각 품에까지 오진도를 강무시키기로 방침을 세웠습니다. 또한 그에 정통한 자를 지방에 파견하여 교도케 하여 유사시에 정예병력 10만을 동원할 수 있는 준비를 서두르고 있는 길입니다."

삼봉의 장황한 설명에 태조는 되물었다.

"그렇게 하여 무엇에 쓰려 그러시오? 유사시란 어떤 것을 의미하오?"

"명을 치기 위해 요동으로 출병하는 것을 뜻합니다, 전하."

삼봉은 조금도 망설이는 기색 없이 대답하였다.

태조는 정당문학 하륜을 다음 발언자로 지목하였다.

"정예군의 양성은 백번 지당하오나 요동정벌은 지나친가 봅니다. 아직은 그럴 시기가 아닙니다. 어디까지나 외교적 수단에 의한 대명관계를 지속해감이 지당할까 하옵니다."

남은이 반박하고 나섰다.

"그렇다면 군사력은 어디에 써야 됩니까? 백성이 피땀 흘려 바친 세금으로 양성한 병정을 놀고먹기로 그냥 둘 수는 없지 않소!"

"그것과는 별개의 문제요!"

"뭐가 별개의 문제요. 하 대감은 꼭 다른 뜻이 있듯이 말씀하시는구려."

삼봉이 그들 사이를 가르며 나섰다. 그는 하륜을 한 번 쏘아보더니 태조 쪽을 향해 머리를 조아렸다.

"정병 양성에 이론이 있다 함은 사병私兵으로 착각하는 소치이옵고, 요동정벌에 이의가 있다 함은 이소역대의 사대적 근성의 발로라 봅니다. 전하께서 요동정벌을 거두시어 회군하신 것은 시기적으로 적당치 않았고 여타 조건이 여의치 못한 까닭이었소. 이제 와서 옛일을 회상하고 왈가왈부함은 심히 난처한 일인 줄 압니다."

남은은 얼굴이 붉으락푸르락하여 하륜을 쏘아본다.

태조는 삼봉의 얘기에 고개를 끄덕이고는 조준에게로 말머리를 돌렸다.

"좌정승의 뜻은 어떻소? 몸이 불편한데도 이렇게 나왔군요."

"신의 생각하온 바도 하 대감과 별차 없는가 합니다. 요동을 조선왕조의 보람의 땅으로 삼는 것은 지당한 말씀이오나, 시기가 맞지 않을뿐더러 명을 치기에는 국력이 너무 미약한가 합니다."

"그래서?"

"다른 방법으로도 대명과의 관계를 원만히 해결할 수가 있는 차제에 요동정벌을 계획함은 화를 자초하는 결과가 되기도 하옵니다. 지금 이 땅에는 갖가지의 제도가 바뀌고 개혁의 새 물결이 한창 일고 있는데 막중한 군사작전을 폄은 국력의 신장이 아니라 쇠약을 가져오게 됩니다."

"좌정승의 말은 아녀자나 소인배가 아니면 감히 입에 담지 못할 말인가 합니다."

남은이 버럭 화를 내고 심효생이 뒤따라 조준을 비난하였다.

"어때서 그런가요?"

"대감은 두승지사斗升之事를 출납하는 데는 가할지 모르나, 국가 대사를 함께 도모할 자격이 없소!"

"전하, 그러하온 줄 압니다."

태조는 뒤숭숭한 어전에 정숙을 명한 뒤 조용히 그러나 힘을 주어 말하였다.

"내 여러 대감들의 말을 듣고 보니 모두 일장일단이 있는 것 같소. 그러나 국가대사란 한 개인의 처신과도 다르고, 한 가정의 살림과도 다르오. 내 일찍이 요동정벌의 꿈을 키웠소만 시기가 마땅치 않아 거둔 적이 있었는데 이제는 그 시기가 온 듯하오. 저간의 오해를 풀고 대 조선국으로 성장할 수 있는 기틀을 마련하여야겠소. 만약의 환란에도 대비하기에 좋을 거요."

삼봉이 머리를 깊게 조아렸다.

"그러하온 줄 아옵니다. 일후 요동공략에 관한 시시비비는 일체 금하도록 어명을 내려주십시오."

"그렇게 하겠소. 판삼사사는 판의흥부사判義興府使로 군사력 신장에 주력토록 하오."

"성은이 망극하오이다."

어전회의가 파하고 중신들이 제자리로 돌아가는 길에 남은과 조준·하륜이 복도에서 마주쳤다. 그들은 어제의 혈우관계血友關係도 잊은 듯 매섭게 시선들을 주고받았다.

"어디 두고 보자!"

남은이 그들이 지나간 뒷모습을 지켜보며 중얼거린다.

한여름의 불볕 아래에서 병정들은 숨 막히는 훈련을 계속하고 있었다. 한양을 비롯한 각 도의 군영은 물론 각 현의 병사들도 민병을 동원하여 20만 대군 양성이라는 기치 아래 연일 훈련장에 투입되어 가혹하리만치 고된 훈련을 하고 있었다.

절간에서 어정거리던 젊은 중들은 모두 집으로 쫓겨나 군역에 동원되도록 하였고, 구신舊臣들의 인척들 중 군역에 동원될 만한 젊은 이들은 모두 훈련장으로 몰아붙였다.

"대감, 아무래도 하륜을 멀리 보내야겠어. 조준은 전하께서 가늠하실 일이지만 하륜은 정당문학 자리가 아깝겠어."

남은이 찾아와 삼봉에게 귀띔을 한다. 하륜의 제거는 이방원의 꼭지를 누르는 것과 직결되는데, 삼봉은 그렇지 않아도 그 문제에 신중을 기하고 있었다.

"어디로 어떻게 보내면 좋겠어?"

"지방으로 내려 보내지 뭐. 요샌 늘 이방원의 집을 드나들며 수근대고 있어. 대감은 그 소식 못 들었소?"

"무슨 소식?"

"세자의 이복형제 중에서도 왕이 될 천명天命을 가진 자가 있다는 것 말이야."

삼봉은 웃었다. 그건 벌써 지나간 옛 이야기다. 세자 책봉을 하던 그 이듬해에 있었던 얘기였고, 재작년 신덕왕후의 승하직후에 또 나돌았던 얘기였다.

삼봉은 술자리에서 이방원의 측근으로부터 그 얘기를 듣고는 즉석에서 받아넘겼다.

"그런 것쯤은 왕업을 위해 제거해 버리면 되지 않겠어. 한 나라에 군왕이 둘 셋은 될 수 없잖겠어!"

이 말을 들은 측근은 바로 이방원에게 전했고, 이방원도 펄펄 뛰면서도 가슴이 섬찟하였던지 삼봉을 찾아와 해명까지 하였다.

"대감, 구구한 억측들이 나도는 모양인데 나는 아무런 욕심이 없소. 지엄하신 아버님 상감의 하명에 따를 뿐이오!"

해명이 사과의 의미를 지녀 삼봉은 부드러운 낯으로 그를 대하였다.

재작년까지 있었던 일이 이 해 들어 다시 고개를 쳐들고 있는 모양이다. 거기다 하륜과 방원의 접촉이 번거롭고, 삼봉을 제거하려던 음모가 조정의 어전회의와 천자의 조명詔命 속에서 거론되었다.

명의 태도는 일단락되었고, 조정 안의 분위기는 대충 낌새를 알아챘다.

세자 책봉이 거론되고 현비 소생의 방석을 세자로 책봉할 때 신의왕후 소생인 방원·방간 등이 반발할 것은 자명한 일이었다. 그런 것을 모르고 지내지는 않았다. 그들도 패자로 자인하고 고분고분 주저앉았을 리는 없었다.

그 때문에 병권兵權은 현비 소생의 방번과 사위 이제 등이 쥐고 앉아 방원·방간 등의 반발을 억눌러오고 있었다. 그들은 패자로 승복하려 하지 않고 암암리에 대권을 휘어잡을 모의를 하고 있는 모양이었다. 그러기에 같은 말이 다시 떠돌고 있는 것이 아닌가.

삼봉은 침통해졌다. 지금 형편으로는 무모한 짓일 뿐인데 그들이 그것을 모를 까닭이 없다. 위로는 태조가 두 눈을 시뻘겋게 뜬 채 지켜 있고, 그 아래 방번 · 이제가 병권을 쥐고 있으며, 삼봉 · 남은 등이 세자를 옹위하며 지켜 있다. 손이 들어갈 틈은커녕 바늘 하나 들어갈 구멍이 없는 세자 주변이었다.

"나도 생각이 있으니까 자넨 그들 주변을 잘 살피고 있게. 여차하면 한양에서 몰아내 버릴 테니까."

"언제부터 성현다운 소리를 하였던가?"

성질이 고약하기로 이름난 남은이 성깔을 낸다.

"음?"

"낌새가 시원찮으니까 일찍 손을 쓰지 않고 무슨 점잖은 소린가 말일세."

"자중지란이 일어날 수도 있어. 그리고…."

"그리고?"

"조정 안에서 그런 일을 만든다는 것은 대내외적으로 불리해. 겁낼 것이 무어가 있느냐? 칼을 쥔 쪽은 우리가 아닌가?"

"태평이구먼."

남은이 핑 돌아서 가버렸다. 화가 단단히 난 모양이다.

한여름 동안 삼봉은 황달에 걸려 심한 고생을 하였다. 고생은 되었지만 어지러운 정사를 떠나 독서와 저술에 진력할 시간을 가질 수가 있어 그는 《불씨잡변》佛氏雜辨을 《경제문감》經濟文鑑에 이어 저술하였다. 기쁘기 한량없었다. 이제 눈을 감아도 여한이 없을 기쁨에 사로잡혔다.

몸이 쾌유될 무렵 남은이 헐레벌떡 뛰어왔다.

"뭐가 이래 급한가?"

"하륜을 지방으로 내쫓으세. 끝내 요동정벌을 방해하고 있어."

"어떻게?"

"우리가 논의하였던 시위패의 폐지에 완강히 반대하고 있어. 꿍꿍이속이 뻔하잖아?"

"……."

"이번에는 자네가 반대하더라도 내가 우겨서 내쫓을 거야. 그리고 시위패를 폐지할 거야."

"급하구먼."

대답은 느긋이 하였으나 일이 심상치 않음을 눈치 챘다.

그는 몸을 떨고 일어나던 길로 태조를 찾아가 그간의 일들을 대충 보고하고는 하륜을 충청도 출척사로 내몰 것과 시위패의 철폐를 건의하였다.

"사병제도의 근간을 이루어 지금처럼 병력 충당에 급급한 시기에 정예병을 더 많이 모을 수가 없습니다. 아울러 사병제도를 근본적으로 뿌리 뽑음으로써 일부 특권층의 세력비대를 막을 수 있으며 전지개혁의 혜택을 배제할 수가 있습니다. 이 모두 총동원령 시에 한 덩이로 뭉칠 수 있는 길을 택하는 것이옵기에 통촉해 주십시오."

삼봉은 시위패에 관해 설명할 때는 특권층이란 말에 힘을 주었다.

"그런 것은 이미 경에게 일임하지 않았소."

"황공하오이다, 전하."

"하륜은 정당문학에서 해직하고, 충청도 출척사로 내보내도록 하오."

"황공하오이다."

삼봉은 그 길로 세자궁에 들러 인사를 차렸다. 이제 겨우 백일을 지난 세자의 아들은 귀엽기만 하다. 왕기가 서린 어린애를 눈 안에 넣고 그곳을 물러나왔다.

8월이 중고비를 넘길 무렵이었다. 신덕왕후의 묘소인 정릉 안에 세워지는 흥천사 사리탑 공사를 구경하러 왔던 태조가 심한 현기증을 일으켰다. 곧 대궐로 돌아와 자리에 누웠는데 병이 심한 증세를 보였다. 약을 먹으면 바로 토하고 기운이 쇠해 착 가라앉았다.

태조는 왕자, 중신들의 병문안을 싫어하며 환자들 외에는 일체 접근을 못하도록 하였다. 중요 국사에 관한 거론과 세자만이 그를 방문할 수 있게 되자 밖에서는 이상한 풍문이 떠돌았다. 왕의 병이 위중하여 다시 회생하기 힘들 거라는 것이었다.

삼봉은 남은·세자 등과 의논하여 방원 등이 태조의 지밀 부근에는 얼씬 못하게 하고, 한편으로 왕자들에게만은 예외로 돌려놓았던 시위패를 적용시키도록 하였다.

태조의 병세가 예측을 불허하므로 만약의 경우에 대비해서 평소 불만이 많았고 경계의 인물이었던 방원 등이 무력으로 소란을 피우지 못하도록 하려는 것이었다.

방원은 불안하였다. 충청도로 내려가기 전의 하륜이 귀띔하던 말이 생각났다.

"만일의 경우에 대비해서 이숙번李叔蕃을 여기 데려놓고 갑니다. 만약 갑자기 사람이 필요하시거든 명령해서 쓰십시오. 제가 한양에 머물면 좋겠습니다만, 여러 눈이 지킬 것 같아 이 길로 진천으로 내려가 기다리고 있겠습니다. 일이 벌어지거든 곧장 연락을 주십시오."

하륜은 복수에 빛나는 눈을 번들거리며 육척 거구의 이숙번을 소개하였다. 그는 안산군수安山郡守로 정릉이안군貞陵移安軍을 이끌고 한양에 와 있었다.

"고맙소이다."

"일은 전광석화처럼 해치워야 합니다. 우리들에게는 장비가 튼튼합니까, 병력이 넉넉합니까, 저들은 대군을 거느리고 있습니다. 앉아서 죽음을 당하느니보다는 기습으로 선제공격을 가하여야 합니다. 자객이 일을 치르듯 말입니다."

하륜의 계책은 틈이 없었다. 대담한 태도로 숨 쉴 겨를을 주저 않고 해치우지 않으면 죽음을 면치 못하기 때문에 무조건 우두머리 몇 사람만 포은의 머리통을 박살내듯이 부순 뒤에 다음 일을 생각해야 한다는 것이었다.

방원은 그에 따르기로 하였다

그런데 일이 난항을 만났다. 시위패의 폐지가 그에게 내려진 것이었다. 여느 사람들의 사병은 이미 적용이 되어 사병은 관군에 흡수되거나 평민으로 풀려나고 무기는 회수되었는데, 왕자들은 그에 적용을 않고 지내왔었다. 이번 태조의 병환과 때를 같이하여 방원 등 왕족들에게도 적용이 된 것이다.

눈앞이 아찔해지고 등골에 식은땀이 흘렀다. 일이 사전에 누설되어 제거되거나 처형될 조짐인 것이다. 손발이 떨어져나가 아무 일을 할 수 없는 것은 고사하고 대궐 근처에는 얼씬을 못할 적소의 유배가 되지 않을까 하였다.

한 닷새를 그렇게 지났지만 별다른 제재는 없었다. 다행이었다. 그는 이숙번을 불러들이고, 평소 그와 뜻을 같이하던 이거이李居易·조영무趙英茂·신극례辛克禮·민무질閔無疾·무구無咎 형제를 불러들여 거사를 논하였다.

비록 휘하에 이들과 기병騎兵 10여 명, 보병步兵 10여 명에 불과한 보잘것없는 병력이었지만 하륜이 마련한 작전에 따라 사생결단을 낼 결의로 기습을 한다면 초전에 박살을 낼 수 있었다.

태조의 병환이 위중하여 서량정西涼亭으로 피병을 가게 되었다. 그는 피병을 가면서 왕자들을 모두 병실로 들도록 하였다. 방원은 낮에 집에 잠깐 들렀을 적 아내에게서 들었던 말이 퍼뜩 떠올랐다.

갑자기 복통이 심하다 하여 허겁지겁 달려간 사람에게 멀뚱한 채로 오늘밤 삼봉·남은 등이 세자의 이복형들을 해치려 한다는 놀라운 비밀을 전해주는 것이었다. 이복형제들이 한자리에 모이는 틈을 타서 거세해 버리고 태조 승하 후의 후환을 없애버리려 한다는 것이었다.

방원은 방간·방의에게 그 말을 귀띔해 주고는 종 소근이 대기하고 있던 뒷마당을 빠져나와 말을 달렸다.

방의·방간은 어리둥절해져서 얼른 결단을 내리지 못하다가 방원이 다급히 달아나는 것을 보고는 방원의 사위 이백강李伯剛과 더불어 대궐을 빠져나왔다.

그들은 신극례의 집에서 만났다. 이미 그곳에는 방원의 처 민경옥이 몰래 숨겨두었던 무기를 들고 갑옷에 투구까지 쓴 50여 명이 임전태세를 갖추어 기다리고 있었다.

금방 달려온 방의·방간과 이백강은 영문도 모르고 함께 무장을 하고는 그들과 합세하였다.

한 가지 이상한 일은 그처럼 엄청난 일을 모의하고 실천하려는 지금 대궐 안팎의 경비가 평소와 같았고, 주동인물이 되는 정도전·남은·심효생 등이 한가로이 잡담을 나누며 대궐 밖 사저에 있다는 것이었다.

이미 칼을 든 그들에겐 아무것도 눈에 뵈지 않았다. 철저히 그들을 거세하려던 정도전·남은의 피를 뿜는 목만이 눈앞에 어른거렸다.

그들은 송현松峴 쪽으로 올라갔다. 이미 그곳에 남은·정도전·심효생·이근·장지화와 이무 대감이 있다는 소식을 확인하였던 것이다.

삼봉은 졸음이 좀 왔다. 웬만하면 집으로 들어가 쉬고 싶었지만 대궐 안에서 있을지도 모를 어명을 기다리느라 남은의 첩 집에 와서 쉬고 있었다. 지난 여름철의 황달이 아직 완쾌되지 않은 데다 밀린

격무가 노구를 지키게 만들었다.

그를 더욱 피곤하게 만드는 것은 병사들의 훈련과 강병에 필요한 계획들이었다.

"금년 안으로 10만 정예군을 양성할 수 있을까, 정 대감?"

남은이 반쯤 열린 눈꺼풀 밑으로 삼봉을 건네 보며 물었다.

"10만은 어렵고 6만여 명이 될까."

"그걸로는 동북면을 수복하면 되겠군."

심효생이 끼어들었다.

"할 일이 많아 동북면의 여진도 정벌하고 왜구도 토벌하고…. 무엇보다 주원장을 때려잡는 일이지. 그보다 더 시급한 것은 없어! 아이 졸려."

"술 한잔을 더 할까?"

"그만둬. 대궐에 들어갔다가 술 냄새를 풍기면 어쩌려고. 상감께서 쾌유하셔야 할 텐데 걱정이 크구먼. 아직 하실 일이 너무 많거든. 적어도 세자께서 정사를 돌보실 10년 후까지 옥좌에 앉아 계셔야 돼. 상감 생전에 요동정벌을 밟으셔야 저간의 오욕을 씻지."

"글쎄 말이야. 설마 쾌유하시겠지."

삼봉은 입맛을 다셨다. 입안이 소태처럼 썼다.

"걱정이야. 이 백성 이 나라가. 예삿일 아니라고."

바로 그때였다. 바로 뒤쪽에서 불이야! 하고 외치는 황급한 남자들의 고함 소리가 들렸다. 불길이 영창 밖에서 넘실거리고 있었다. 동시에 바람 소리도 날카로운 화살이 사랑채를 향해 마구 날아들었다.

"어떻게 된 일인가!"

삼봉이 남은의 소매를 쥐고 벌벌 떨었다.

"나도 모르겠어. 빨리 달아나기나 해!"

남은은 삼봉을 뿌리치고 뒤꼍으로 돌아 달아난다.

삼봉도 그들 뒤를 따라 달아났다. 함께 마당에 나갔던 사람들은 대문 밖에 매어둔 말을 찾아나가다 침입자들이 휘두르는 칼끝에 무참히 살해되었다. 그 집의 하인도 남은의 첩도 마당가에서 피를 뿜으며 뒹굴었다.

삼봉은 담을 넘어 이웃집 마루 밑으로 기어들어갔다. 담을 뛰어내릴 때 엉덩방아를 찧었더니 허리를 삐어 하체에 힘이 쭉 빠져 먼 곳으로 달아날 수가 없었던 것이다.

집주인 민부閔富가 마당가에 나와 두리번거리다가 마루 밑에서 신음하는 삼봉을 알아보곤 소스라치게 놀란다. 민부는 곧바로 대문을 나와 옆집으로 달려갔다. 삼봉·남은의 시체를 찾던 그들은 민부의 연락을 받고는 뛸 듯이 기뻐한다. 종 소근小近이 병정 넷을 데리고 민부를 따라가 삼봉을 끌어냈다.

"너 구미호九尾狐 같은 정도전 듣거라!"

이방원이 말 위에 앉은 채 땅바닥에 퍼져 앉은 삼봉을 내려 보며 독기운을 낸다. 살기등등한 그 모습은 독기운만으로도 살인을 할 것 같다.

"정안군, 그대의 용맹은 결국 이렇게밖에 안 되는군요. 하늘이 부끄럽지 않소! 상감께서 중환으로 나라 안팎이 슬픔에 잠긴 이때에 무뢰한이 되어 ….”

“닥치지 못할까! 주둥아리는 살아서 어느 앞이라고 놀리는 거냐!”

삼봉은 이미 체념을 한다.

한밤의 이 폭도들은 법 밖에 섰으며 어명의 천 리 밖에서 노닥거리고 있다. 이 순간의 이 장소만은 정안군 이방원의 세상이며, 이방원이 절대로 군림하고 있다. 여기서 살아날 수 있다면 그것은 전무후무한 기적일 것이었다. 마당 한구석에 피투성이인 채 뒹굴고 있는 시체들은 비록 어둠 속이기는 하지만 남은 · 이근 · 심효생 등임을 알 수 있다.

“내 일찍 대의를 품고 상감을 만나 개국을 하였소만 일이 도중에서 좌절될 줄은 몰랐소. 사나이의 웅지라 채 날개를 펴기도 전에 무너지다니 모든 게 원망스럽소. 내가 없으면 그 많은 과업들은 어떻게 될 것인가? 도중에 좌절되면 시작 않는 것만 못할 것인데 까막눈으로 태평성대를 기다리는 백성들의 실망을 지하에서인들 어떻게 볼 것인가, 실로 천운이 망극한지고 ….”

삼봉은 하늘을 우러르고 땅을 굽어보며 탄식하였다.

“너 같은 역신은 한 대에 박살을 내야 옳다만 네 그 별난 주둥아리로 마지막 한마디만 해봐라.”

방원이 야유를 던진다.

“… 다른 것은 아무것도 없소. 내 죽고 난 뒤라도 이 백성 이 왕조를 위해 세웠던 계획일랑 거두지 말아주오.”

“고작 하였다는 것이 우리 형제 왕자들을 제거하려는 그것이었는데 무슨 잔소린가? 비천한 몸으로 태어나 곡산 여우현비의 꾐에 빠져 맞장구를 쳐댄 너는 이미 죽었어야 할 몸이야!"

"그런 말 마오!"

비천한 몸이란 말에 그의 전신은 쥐가 난 것처럼 찌르르 울렸다. 비천한 몸, 소윤이가 생각났던 것이다.

"네 과업이란 것은 이 조선을 망가뜨릴 요동정벌이다. 그게 무슨 위업이라 떠드나! 나쁜 놈! 더런 놈! 네 죄는 만천하에 알려 역사로 하여금 너를 매장시키도록 하겠다. 얘들아, 시간이 없다. 지체 말고 저놈을 목 베어라!"

방원의 노한 소리가 밤하늘을 울렸다.

종 소근이 장검을 빼들고 그의 뒤로 다가오더니 발길질을 하며 침을 뱉었다.

"내 평생에 주색을 탐하였나, 재물을 탐하였나, 오직 일념 조선 건국이었는데! 요동정벌은 천명을 거역한 짓은 아닐 텐데 무심한 하늘이구먼."

"닥쳐, 이 요망한 것아!"

소근이 고함을 치며 칼을 높이 쳐들었다간 아래로 내리쳤다. 그의 몸이 옆으로 기우뚱하다가 썩은 고목처럼 쓰러졌다. 모여 섰던 반도들이 그의 시체를 밟고 뭉개며 이를 갈았다. 그리고는 그의 사체를 소나무 위에다 내동댕이쳤다.

삼봉의 위난을 전해들은 두 형제 유游와 영泳이 허겁지겁 달려왔다.

"넌 누구냐?"

“정유, 정영 형제올시다.”

“정도전의 새끼들이구나! 뭣 때문에 왔느냐?”

“가친이 위기에 몰렸다기에 ….”

“효자로구나.”

숱한 창과 칼 그리고 몽둥이가 두 형제의 몸뚱이에 집중으로 가해졌다. 그들의 사체는 비참하게 끌려 삼봉의 시체 위에 포개졌다.

(끝)

역사와 신화를 아우르는 문호文豪 이병주

언관言官과 사관史官을 지향한 언론인 출신 작가

고 승 철 소설가

중소기업 간부인 S씨는 지난여름 휴가를 지리산에서 보냈다. 혼자 배낭 하나 달랑 메고 서울 남부터미널에서 고속버스를 타고 떠났다. 아내는 친정 가족들과 함께 유럽 여행을 갔고, 대학생 아들, 딸은 여름 계절학기에 등록해 A+ 학점을 따겠다고 벼르느라 제정신이 아니었다. S씨는 지리산 입구인 구례에서 민박집을 찾아 1주일을 묵었다.

그가 지리산 휴가를 결심한 것은 서점에서 이병주 소설을 발견한 게 계기가 됐다. 청년 시절에 그는 이병주 문학의 열혈 독자였다. 장대한 스케일의 '남성 문학'에 매료됐다. 그는 한동안 잊고 있었던 이병주 소설의 마력에 다시 사로잡혔다.

S씨는 〈관부연락선〉을 읽고 "과연 이병주!"라는 감탄이 절로 나왔다고 한다. 과거에 읽던 맛과는 달랐다. "독자의 나이에 따라 감명의 깊이가 달라진다"는 말이 실감났다. 대하소설 〈지리산〉을 펼치자 가슴이 벅차올랐다. 거실 소파에서보다 지리산 산자락에서 거

대한 산의 기운을 느끼며 독파하고 싶었다. 하루 한 권씩 읽을 작정이었다.

S씨 같은 '이병주 마니아'들은 연령층으로는 대체로 40대 이상이다. 이들은 1970~80년대 청년, 중년 시절에 이병주 소설을 즐겨 읽었다. 작가가 왕성한 집필활동을 할 때다. 당시엔 월간지의 영향력이 막강했는데, 이병주는 월간지의 단골 작가였다. 〈신동아〉에 〈황백의 문〉과 〈그해 5월〉을, 월간 〈세대〉에 〈지리산〉을, 〈문학사상〉에 〈행복어사전〉을 연재했다. 〈조선일보〉에 연재한 〈바람과 구름과 비〉도 대중 독자에게 신문 연재소설을 읽는 묘미를 제공했다.

이병주 문학, 제대로 평가받아야

세월이 흐르면서 잡지와 신문에서 연재소설이 점차 사라졌다. 독자는 긴 글을 읽기 싫어하게 됐다. 또한 문학성을 갖추면서도 대중 독자가 재미있게 읽을 수 있는 장편소설을 공급하는 작가가 드물어졌기도 했다. '이병주 마니아'들은 이병주 소설에 대한 향수鄕愁가 강렬하다. 이들은 이병주 문학이 제대로 평가받지 못하는 점을 아쉬워한다. 박경리, 이문열, 황석영, 박완서, 조정래 등 한국 소설문학의 거장들에 비해 지명도가 떨어짐을 안타까워한다. 문학평론가들이 이병주 문학에 대해 별로 관심을 기울이지 않는 것을 서운하게 생각한다.

열성 독자인 C씨는 권위 있는 문학평론가인 K교수에게서 직접

들었다는 이야기를 소개했다. 한국의 근대사 100년을 배경으로 한 3대 명작 대하소설大河小說이 있는데 시대 순으로 열거하면, 최명희 작 〈혼불〉, 박경리 작 〈토지〉, 이병주 작 〈지리산〉이라는 것이다. 작품 가치 순으로 평가하자면 〈지리산〉, 〈토지〉, 〈혼불〉이라고 한다. 〈지리산〉이 최고봉이라는 것이다.

'이병주 마니아'들에게 반가운 소식이 전해진다. 2008년 4월 24일 경남 하동군에 '이병주문학관'이 문을 연 데다 '이병주 기념사업회'가 이병주 문학을 재조명하는 활동을 본격적으로 전개하겠다는 것이다. 특히 20~30대 독자층에서도 이병주 소설의 진가가 알려지기 시작했다는 것이다.

하동 이명산에 문학관 열어

경남 하동군 북천면 직전리 231번지. 이명산 산기슭인 이곳에 '이병주문학관'이 세워졌다. 하동에서 2번 국도를 타고 진주로 가다 이명산 입구에서 우회전하면 나타난다. 2,992㎡ 대지에 504㎡ 건평의 2층 건물이다.

경사진 지붕이 강조된 문학관 건물은 목재 위주로 지어졌다. 대자연 속에 콘크리트 건축물이 들어서면 부조화가 일어날 것이므로 환경친화적으로 건축되었다. 언뜻 보면 고급 펜션 같다. 멀리 건물 뒤편으로 보이는 이명산 능선 라인과 건물 지붕선이 절묘한 조화를 이루었다. 자가용을 몰고 오는 관람객을 위해 적절한 주차공간도 마련됐다.

문학관은 전시실, 강당, 창작실 등을 갖추었다. 문학관 건립비용을 포함해 진입도로 포장, 전망대 설치 등 이명산 문학예술촌 조성사업에 국비 13억 5,100만 원, 도비 4억 500만 원, 군비 16억 4,600만 원 등 모두 34억 200만 원이 들었다.

전시실에 들어서니 천장이 높아 시원한 느낌을 준다. 1921년 3월 16일 하동군 북천면에서 태어나 1992년 4월 3일 타계할 때까지의 작가 생애를 정리한 자료를 4개 구역으로 나눠 전시했다. 제 1구역은 '냉전시대의 자유인, 그 삶과 문학'이라고 명명됐다. 오래된 흑백사진으로 본 일본 유학생 이병주는 체구가 듬직한 청년이다. 작가는 일본 메이지대明治大 전문부를 졸업하고 와세다대 불문과를 다니다 학병으로 끌려갔다.

메이지대 성적증명서가 진열장 밑에 보인다. 1941년 4월에 입학해 1943년 9월에 졸업한 것으로 돼 있다. 작가는 무슨 과목을 수강했을까. 당시 메이지대는 어떤 강좌를 개설했을까. 궁금한 마음에 깨알같이 작은 글씨의 성적증명서를 살폈다. 1학년 때 이수한 과목은 일본문학사, 일본연극사, 외국문학연구, 문학개론, 심리학, 미술사, 음악해설, 영화개론, 영화사, 영어, 각본해설 등이다.

2학년 때의 이수과목은 논리학, 경제학개론, 무대미술연구, 영화기술연구, 불어 등이다. 3학년 과목은 희곡연구, 자연과학사, 영화연출대본연구, 불어, 졸업논문 등이다. 3년간 메이지대를 다니면서 문학, 음악, 영화, 미술 등 예술 전반에 걸쳐 다양하게 수강했음을 알 수 있다.

제 2구역은 '한국의 발자크, 지리산을 품다'란 개념으로 꾸며졌다. 작가로 데뷔한 사연 등이 소개됐다. 제 3구역은 '끝나지 않은 역사, 산하에 새긴 작가혼'으로, 제 4구역은 '아직도 계속되는 월광의 이야기'로 구성됐다.

재현해 놓은 작가의 집필실이 눈에 띈다. 밀랍으로 만든 작가의 인형이 책상 앞에 앉아 집필하고 있다. 작가의 트레이드마크인 검은 뿔테안경과 콧수염이 돋보인다. 한복을 입고 몽블랑 만년필로 원고지에 글을 쓰는 모습이다. 집필실 벽에는 '기불탁속'飢不啄粟이라는 글이 씌어 있는 액자가 걸렸다. '굶을지라도 조粟는 먹지 않겠다'는 문사로서의 결연한 의지를 표현한 글이다.

책상 위에는 작가가 평소 탐독하는 책 몇 권이 놓였다. 일본어판 〈현대 프랑스어 문법〉과 *Three Faces of Marxism* 등 영문 원서들이다. 원고지와 담배 파이프도 있다. 유품 38점은 작가의 장남인 이권기 경성대 일어일문학과 교수가 기증했다. 전시실 한쪽 공간에는 대형 만년필 모형이 눈길을 끈다. 긴 세월 하루에 수십 매씩 원고를 쓴 작가의 노고勞苦를 상징하는 물건이 아니랴.

헌책방 뒤지며 소설 찾아

이병주 문학관이 세워지기까지엔 최증수崔增秀 관장의 헌신적인 역할이 컸다. 최 관장은 인근에 있는 북촌초등학교 교장을 지내다 2007년 8월 정년퇴임한 교육계 인사다. 그는 교장 부임 초기에 제자들에게 읽힐 위인전을 고르다 나림那林 이병주의 작품을 발견했다. '나림'은 작가의 아호다. 나림은 북촌초등학교를 다닌 대선배였다. 모교가 낳은 문호文豪를 후배 학생에게 소개하는 것을 사명감으로 여겼다.

최 교장은 뿔뿔이 흩어진 이병주 작품을 모으기 시작했다. 고서점, 고물상 등을 돌며 눈에 띄는 대로 구입했다. 10권을 발견하면 10권을, 20권을 찾으면 20권을 모두 사 모았다. 교장실 한쪽에 서가를 마련했다. 이렇게 수집한 책이 1천 권에 육박했다. 책 표지를 덮은 먼지를 털고 가지런히 정리하면 뿌듯한 기분이 들었다. 작품을 꼼꼼히 읽는 데도 시간을 보냈다. 이병주 문학을 재조명하고 계승, 발전시키는 일을 본격적으로 추진해야겠다는 소명감이 꿈틀거렸다. '나림 문학'은 최 교장에게 '신앙'으로 다가왔다.

2001년 9월 최 교장은 '나림 이병주 선생 기념사업회'를 발기했다. 뜻 있는 지역주민들이 주머니를 털어 성금을 냈다. 재경 하동향우회가 3천만 원을 기부하고 하동군청이 2천만 원을 지원했다. 조유행 하동군수도 지대한 관심을 나타냈다.

2002년 4월, 제 1회 '이병주 문학제'를 열었다. 행사의 하이라이트는 지리산이 멀리 보이는 섬진강변에 이병주 문학비를 세운 것. 다듬지 않은 둥그스름한 자연석에 '那林 李炳注 文學碑'라 새겼다. 비석을 괴는 돌에는 이병주 아포리즘의 백미인 '태양에 바래지면 역사가 되고, 월광에 물들면 신화가 된다: 소설 산하山河에서'란 글씨가 새겨졌다.

최 교장을 비롯한 하동 문화계 인사들은 문학비 제막식, 학생 백일장, 문학강연회 등으로 꾸민 문학제를 준비하면서 강연회 연사를 초청하는 일에 골몰했다. 격格에 맞는 문인을 먼 하동 땅까지 모셔오려면 쉽지 않은 일이었다. 한국의 대표 작가로 꼽히는 이문열 선생이 떠올랐다. 퇴짜 맞으면 어쩌나, 강연료는 얼마를 주어야 할까 고민하며 연락했다. 뜻밖의 성과가 있었다. 이문열 선생이 강연을 흔쾌히 수락하면서 강연료도 받지 않겠다고 했다. "한국 소설문학의 거봉인 나림 선생을 추모하는 행사에 초청되는 것만으로도 영광"이라는 겸양을 보이더라는 것이다. 이문열 선생은 하동문화예술회관에서 열린 강연회에서 열강했다.

당시 상황을 취재한 강동욱 〈경남일보〉 기자는 "이병주와 하동 섬진강"이란 글에서 이문열 작가와의 대화 내용을 소개했다. 문학비 제막식을 마치고 이문열 작가와 함께 섬진강 둑을 걸으면서 나림의 문학세계를 물었다고 한다. 이문열 선생은 "우리 문학이 근대사를 거치며 정치와 연관을 맺으면서 문학을 작품 자체로 평가하지 않는 현상이 나타났다"면서, "이병주 문학에 대한 평가가 미흡하다"고 말했다는 것. 그러고는 "지나간 사람은 모두 공과가 있고 명암이 있다"면서 "문학을 문학 이외의 것으로 판단한다면 도공陶工이 내놓은 청자의 빛깔을 보지 않고, 도공이 만들다 깨트린 도자기를 찾아내 실패한 도공이라 말하는 것과 같다"고 설명했다는 것이다.

'이병주 문학제'는 그 후 매년 4월 하동에서 개최된다. 2005년에 열린 제 4회 행사까지는 지역행사로 치러졌다. 회를 거듭할수록 호응도가 뜨거워졌다. 지역민들이 애향심에서 시작한 행사가 전국의 유력 문인, 언론인, 저명인사들의 심금을 흔들었다. 2005년 11월 '이병주 기념사업회'가 정식 발족됐다. 기념사업회는 설립 목적으로 '나림 이병주 선생의 사상과 문학을 기리며 그 연구사업 등을 추진하는 동시에 범국민적 독서문화운동으로 확장하는 데 있다'고 밝혔다.

한 운명론자의 두 얼굴

사업회의 실무를 맡는 사무총장에는 김종회 경희대 국문과 교수가 뽑혔다. 김 교수는 2004년 4월 30일 제 3회 이병주문학제에서 〈한 운명론자의 두 얼굴〉이라는 제목의 이병주 소설 관련 평론을 강연한 문학평론가다. 김 교수는 고등학교를 하동 바로 옆 도시인 진주에서 나와 청소년 시절부터 나림에 관한 에피소드를 자주 들은 인연이 있다.

기념사업회 발기 취지문을 읽어보니 글에서 향기가 풍긴다. 거장 문인을 기리는 글답게 품격이 드높다. 오늘날 한국 문학의 문제점에 대한 자성의 목소리도 담았다.

> 한국 문학의 걸출한 작가 나림 이병주 선생이 유명을 달리한 지도 벌써 13년의 성상을 헤아리게 되었다. 1921년 산자수명한 고장 경남 하동에서 태어나 1992년 타계하기까지 70여 년의 세월이 선생의 생애였으되, 그 생애는 한국 근대사의 아프고 슬픈 여러 사건들이 휘몰아친 격동의 현장이었다.
>
> 이 고난의 시기를 안으로 삭이고 문필로 가공하여, 선생은 탁발한 체험적 인식의 작가로서 소설적 발화법의 뛰어난 형상력, 그리고 근・현대사 전체를 아우르는 시각의 역사성을 확립해 놓았다. 데뷔작 〈소설・알렉산드리아〉에서 대하 장편 〈지리산〉에 이르기

까지, 우리는 선생의 작품에서 문학적 사상 및 세계관의 넓이와 깊이, 그리고 그것을 소설로 풀어내는 장쾌한 작품구조와 호활한 문장을 배웠다.

더욱이 시대 현실에 대한 문학적 각성도 사라지고 삶의 여러 부면을 절실하게 반영하는 리얼리즘적 표현방식도 쇠퇴하여, 대다수 소설들이 얄팍한 문체를 앞세운 기교주의와 개별적인 형식 실험에 침윤해 있는 오늘날, 선생과 같은 수발한 작가, '새로운 한국의 발자크'를 기대하는 일이 섣부른 꿈으로 그치고 말 것 같아 두려운 형국에 있다.

그러기에 다시 이병주 선생인 것이다. 선생의 생전에 선생을 '정신적 대부'로 받들고 그 작품을 탐독하던 광범위한 영역의 옛 독자들에게 소박하고도 소중한 충정을 담아 이 글을 보낸다. 동시에 이것은 이병주 선생을 중심에 둔 새로운 독서문화운동의 제안이기도 하다. (중략)

첫째, 이 모임을 통해 글 읽기의 재미와 보람을 느끼는 사람들의 건실하고 격조 있는 문학적 만남을 주선하려 한다. 이병주 선생의 소설 읽기와 이를 기리는 일에서 시작하여, 평범한 일반적인 독자에서부터 전문성을 가진 문학연구자나 비평가가 정기적으로 한 자리에 모여 그 글 읽는 즐거움과 깊이 있는 문학 해석을 함께 추구하는 모범을 만들고자 한다.

둘째, 이병주 선생의 문학을 체계적으로 연구하고 분류하여 전집을 발간하는 한편, 그 문학 논의의 광장을 새롭게 펼쳐보려 한다. 작품의 수준에 따라 선별과정을 거쳐 값있는 글을 모은 발간사업을 진행하면서, 이와 더불어 이병주문학상을 제정・운영하여 후진을 격려하는 뜻 깊은 문학행사도 추진하려 한다.

셋째, 여기에 참여하는 이병주 선생의 지인들과 독자들이 수준 있는 유대와 친분을 나누는 동시에, 이러한 글 읽기 운동이 범국민적 정신문화운동으로 승화될 수 있도록 확장하려 한다. (후략)

2005년 11월 이병주 기념사업회 발기인 일동

기념사업회가 정식으로 발족된 이듬해인 2006년 4월 7일에 열린 제5회 이병주문학제는 규모가 더 커졌다. 여러 문인과 저명인사들이 경향 각지에서 하동으로 모여들었다.

멀리 서울에서 온 문인 가운데 공지영, 서하진 씨 등 젊은 여성 소설가도 포함돼 있어 눈길을 끌었다. 공지영 작가는 "요즘 젊은이들이 이병주 문학을 모른다고 해서 깜짝 놀랐다"면서, "이병주 문학제가 세대 간 문화격차를 좁히는 계기가 되기를 바란다"고 말했다.

공지영, 20대에 이병주 탐독

후배 작가 공지영은 "산하가 된 그 이름 이병주"란 글을 썼다. 그에게 박경리의 〈토지〉가 모성적 글쓰기로 매혹시켰다면, 이병주의 〈지리산〉, 〈산하〉는 남성적 글쓰기의 호쾌함을 일깨워주었다고 한다. 이 두 작품은 소설이 진실로 서사, 즉 이야기이며 '역사의 그물이 놓치고 있는 인생에의 따뜻한 애정과 기록'임을 가르쳐주었다는 것이다. 공지영은 20대 시절을 다음과 같이 회고했다.

이병주…. 나는 그를 생각하면 하는 수 없이 나의 20대를 함께 생각하고야 만다. 1980년대 초, 전두환 군사독재 정권 아래서, 젊은 날이 하염없이 한심해지고 있을 때 도서관 안에 도피하듯 틀어박혀 읽은 것이 그의 소설들이었다. 이 세상에서 되고 싶은 것도 하나 없고 되어야 할 것 하나 없던 것 같은 시절, 과연 생을 걸고 우리가 도전할 만한 것이 하나라도 있을까 하는 고민이 아마도 세상은 어차피 불의하고 불우하다는 확신으로 나른하게 굳어져 가고 있을 무렵이었을 것이다.

그때 만난 〈지리산〉은 하나의 충격이었다. "나에게는 조국이 없다. 오직 산하만이 있을 뿐이다"라는 구절 하나로 반공법 위반 혐의로 감옥에서 실형을 살고 나온 그의 마흔네 살 늦깎이의 젊은 피가 갓 스물, 늙어가고 있는 나를 두드린 것이었다. 유신이라는 독재정권의 코미디 같은 억압과 그 현실의 틈새에서 어떻게든 역사의 잃어버린 한 결을 재현하고자 하는 그의 열정을 행간으로 느끼며 나는 책에서 밤새 눈을 떼지 못했다.

이병주문학제는 2007년부터 '이병주 하동 국제문학제'로 확대됐다. 외국 문인들을 초청해 강연회와 심포지엄을 열고 '이병주 국제문학상'도 제정됐다. 2007년 국제문학제에는 일본, 중국, 대만, 베트남, 필리핀, 인도네시아, 태국 등에서 대표 작가들이 초청돼 왔다. 이들은 이병주 국제 문학상의 시상 기준을 정했다. 이병주 선생의 문학정신과 문학세계에 비추어 장편소설 작가 가운데 역사성과 이야기성의 소설적 특성을 보여주는 작가를 선정하는 것을 원칙으로 했다. 기존에 널리 알려진 작가보다는 새로운 성과물의 장편소설을 발표한 참신한 작가를 우선하기로 했다.

'한국의 발자크' 꿈꾸다

소설가 이병주는 '소설보다 더 파란만장한 생애를 보낸 인물'로 꼽힌다. 자신의 절실한 체험에다 약간의 소설적 장치를 가미하면 작품이 될 정도다. 언론인으로 지식인으로 교감하며 그와 가까이 지냈던 남재희 전 노동부장관은 "이병주의 소설을 읽는 이유"라는 글에서 "이병주 소설은 대개 자서전적이거나 반半 자서전적이다. 어떤 작가나 그러한 면이 있는 것이기는 하지만 이병주의 경우는 의식적으로 그러는 것 같다. 지주의 아들, 수재, 주로 불어인 대단한 어학력, 광범위에 걸친 독서량, 일본 유학, 학병, 중국대륙, 교사, 좌우익의 사상대립, 신문사, 감옥, 선거, 정치 등등 그의 소설만 면밀히 분석, 종합하면 전기傳記는 쉽사리 완성될 수 있을 것 같다" 라고 술회한 바 있다.

이병주 문학을 이해하려면 그의 생애를 살펴봐야 한다.

그는 일제 강점기인 1921년 산골 마을인 하동군 북천면의 부유한 집안에서 태어났다. 북촌공립보통학교에 입학했고 1933년 양보공립보통학교를 졸업했다. 하동과 가까운 도시인 진주에 가서 진주공립농업학교27회를 다녔다.

청년 이병주는 일본으로 건너가 1941년 4월 메이지대에 입학했다. 거기서 2년 6개월간 문학과 예술을 집중적으로 공부했다. 불어를 배우면서 발레리, 보들레르 등 프랑스 시인들에 매료됐다. 위고, 발자크, 졸라 등 시대상황을 소설로 쓴 작가에도 관심을 가졌다. 프랑스 문화를 직접 체험하기 위해 당시로서는 드물게 파리에 가서 1주일간 머물렀다. 현장에서 본 화려한 서양문명은 근대화 이전의 조선에서 자란 청년에게 큰 충격을 주었다. 초라한 한국의 현실을 생각하면 허탈감이 들었지만 그럴수록 짐짓 오연傲然한 결기를 과시했다.

책상 앞에 '나폴레옹 앞엔 알프스가 있고, 내 앞에는 발자크가 있다'는 글을 써 붙였다. '소설에 의한 사회사社會史'라는 거창한 구상을 펼친 프랑스 소설가 발자크를 경쟁상대로 삼은 것이다. 그는 불어를 더 배우기 위해 와세다대 불문과에 진학했다.

그러나 학업을 마칠 수 없었다. 제2차 세계대전이 일어나자 1944년 학병으로 동원돼 중국 소주蘇州로 갔다. 일본군 제60사단 치중대에서 보초병으로 근무했다.

귀국 후 '해방 공간'에서는 진주농대, 해인대(현재 경남대) 등에서 영어, 불어, 철학 등을 강의했다. 당시 대학은 조용한 상아탑이 아니고 정치운동의 소용돌이를 일으키는 곳이었다. 물론 진주의 대학가는 서울보다는 조용했다. 그는 진주 문화예술계에서 이름을 떨치기 시작했다. 동서고금을 아우르는 해박한 지식을 전달하는 명강의, 일본 유학과 중국 체류 경험을 전달하는 구수한 입담 덕분에 '스타'로 부상했다.

한국전쟁이 터져 형제처럼 살갑게 지내던 친구 이광학을 잃는다. 천재라 불리던 지기였다. 그 충격으로 이병주는 잠시 해인사로 입산하기도 한다. 학승 고봉高峰스님의 상좌로 지내며 고승 경허鏡虛스님과 용산龍山선사에게서 가르침을 받았다.

박정희와 통음하며 시국 토론

1955년 이병주는 부산에 있는 〈국제신보〉에 입사, 언론인으로 활동한다. 자유당 정권을 통렬히 비판하는 사설을 써서 〈국제신보〉의 성가를 높였다. 그는 경쟁지 〈부산일보〉의 황용주 주필과 친했다. 황 주필도 프랑스 문학 애호가였다. 딸 이름을 '란서'라고 지을 정도였다. 프랑스의 한자식 표기인 '불란서'에서 따온 이름이었다. 의기투합한 그들은 시대를 논論하고 문화를 평評했다.

어느 날 "요즘 신문 소설 수준이 형편없다"고 이병주가 개탄했다. 그 말은 들은 황 주필이 "그러면 자네가 〈부산일보〉에 소설을 연재해보게"라고 제의했다. 이래서 〈부산일보〉에 〈내일 없는 그날〉이란 장편을 1957년 8월 1일부터 이듬해 2월 28일까지 6개월간 연재한다. 〈국제신보〉의 논설위원이 〈부산일보〉에 소설을 연재한 것은 이례적인데 황 주필의 후원 덕분이었다.

박정희, 황용주, 이병주. 이들이 부산에서 만난 것도 운명적인 것일까. 박정희와 황용주는 대구사범학교 4회 동기생이었다. 박정희가 1960년 1월 부산 군수기지사령관으로 부임하면서 이들 동기생은 자주 만나 대폿잔을 기울였다. 〈국제신보〉의 주필 겸 편집국장 이병주도 가끔 동석했다. 세 사람이 만나면 시국을 논하며 통음하기 일쑤였다. 1917년생인 박정희는 자신보다 네 살 아래인 이병주를 동생처럼 다정하게 대하려 했으나 이병주는 그리 탐탁찮게 여긴 것으로 알려졌다.

1961년 5월 16일 박정희가 쿠데타를 일으켜 정권을 잡았다. 이병주는 이를 비판하는 관점에서 '조국이 없다. 산하山河가 있을 뿐이다'는 내용으로 남북통일에 관한 민감한 부분을 건드리는 논설을 썼다가 필화筆禍를 입어 혁명재판소에서 10년형을 선고받았다. 2년 7개월간 복역했다. 출감 이후엔 거주지를 서울로 옮겨 외국어대, 이화여대 등에서 강사로 활동한다.

1965년 월간 〈세대〉에 이병주의 원고뭉치가 왔다. 〈알렉산드리아〉라는 제목이 붙었다. 필화 사건으로 구속된 언론인 이야기였다. 이병주 자신의 체험과 관련된 것임을 독자는 금방 짐작할 수 있었다. 언뜻 읽으면 논픽션 같기도 했다. 불필요한 오해를 없애기 위해 이광훈 편집인은 원작자가 붙인 제목 앞에 '소설'을 덧붙였다. 독자에게 소설임을 확실하게 나타내려는 의도였다. 이 중편소설이 이병주의 공인된 데뷔작이다. 이 작품 하나로 이병주는 일약 유명 소설가로 부상한다.

지인들과의 술자리도 잦았다. 고급 요정에서부터 허름한 선술집까지 가리지 않고 다녔다. 요정에 가면 남은 안주를 종이에 싸 달라고 해서 가져갔다. 마포의 전세방 근처에 있는 단골 포장마차에 들러 날품팔이꾼들과 어울려 한잔 더 하기 위해서다. 나림은 "거기에 가서 일류 요정의 안주를 풀어놓으면 통금시간까진 대통령이 되는 거라"고 말했다. 나림의 교유 폭은 그야말로 '대통령부터 거지까지'였다.

1966년 월간 〈신동아〉에 〈매화나무의 인과因果〉를 발표해 주목을 받았고, 1968년 4월부터 1970년 3월까지 〈월간중앙〉에 그의 대표작 가운데 하나인 〈관부연락선〉을 연재했다.

1972년 10월, 박정희 대통령이 '10월 유신'을 선포하며 정권을 연장하자 이병주는 개탄했다. 지인들과 통음하며 "내가 '한국의 사마천'이 되어 소설로 이를 비판하겠다"고 다짐했다고 한다. 〈신동아〉에 연재된 〈그해 5월〉이 바로 이 작품이다. 작품을 구상할 때 이병주는 고뇌의 늪에 빠져 가까운 지인들은 그가 혹시 자살 충동 또는 피살 위협을 느끼지 않는지 걱정했다. 당시 서울에 와 있던 영국인 기자 프리드리히 조스는 이병주에게 "영국으로 망명하는 게 낫겠다"면서, "홍콩까지의 밀선이나 영국망명자협회의 일은 내가 맡겠다"고 제의하기도 했다.

나림은 사초史草를 쓰는 심경으로 신들린 듯이 엄청난 분량의 원고를 집필했다. 소설, 수필, 칼럼, 르포, 독후감 등 장르도 다양했다. 한 달 평균 집필 량이 원고지 1천 매라고 하니 가히 초인적이다. 단행본으로 나온 책만도 1백 여 권이나 된다. 장편소설만도 35편에 이른다. 이 때문에 일부 작품은 태작駄作으로 꼽히기도 한다.

문학평론가 임헌영 선생은 이병주 문학에 대해 "나는 이병주가 근대 문학사 이래 드문 이야기꾼이자 민족사와 권력의 담론가로 재평가받아야 한다는 굳은 신념을 가지고 있다"고 밝힌 바 있다. "이병주 소설의 역사인식 연구"란 논문으로 학위를 받은 손혜숙 박사는 이병주 소설의 특성을 다음과 같이 요약했다.

> 이병주는 공적인 역사에서 배제되어 왔던 사적인 역사를 통해 공적인 역사에 균열을 내고 역사를 새롭게 재구축하려 시도한다. 이러한 작가의식은 당대의 일상사로 그 범위를 확대해 나갔고, 이것

은 다시 당대 역사의 한 부분으로 기록되고 있다. 즉 그는 공적인 역사에서 배제되어 왔던 인물들의 일상을 통해 과거 역사를 재평가하고 의도적인 배제와 생략이 존재하지 않는 새로운 역사를 구축하고 있다.

나림의 여러 소설들은 격랑激浪의 한국 근현대사와 궤를 함께 했다. 그러나 그 이전 시대를 배경으로 한 역사소설들도 적잖다. 여말선초麗末鮮初의 격변기를 그린 〈소설 정도전〉과 〈포은 정몽주〉는 조선 건국을 둘러싼 이성계·정도전·정몽주 등 3인의 우정과 갈등을 묘사했다는 점에서 함께 읽으면 더욱 묘미를 느낄 수 있다.

임진왜란 당시의 지장智將 홍계남洪季男 장군의 삶을 그린 〈유성流星의 부賦〉와 이상국가를 꿈꾼 천재 문사이자 홍길동전의 저자 허균許筠의 일대기인 〈허균〉도 나림의 대표적인 역사소설이다.

아들과 식당 술집 순례

'아버지 이병주'는 어떤 인물일까. 나림의 아들인 이권기 교수의 증언을 들어보자. 부산 경성대에서 일본 문학을 강의하는 이 교수는 "이병주, 그리운 나의 아버지"란 글을 정리한 바 있다.

이 교수는 기자와의 전화 통화에서 "아버지는 한마디로 매우 자상한 분이셨다"면서 "꾸중할 것이 있으면 언성을 높이는 대신에 종이에 쓴 메모를 주셨다"고 말했다. 이 교수가 소개한 몇몇 에피소드에서 짙은 부성애가 나타난다.

아들이 대학 1학년생이던 여름방학 때였다. 친구와 여행을 가려고 아버지에게 꽤 큰돈을 요구했다. 아버지는 "서가에 꽂힌 영어책 중 아무거나 뽑아서 한 페이지만 번역해 그게 마음에 들면 요구한 금액을 주겠다"고 제안했다. 아들은 보기에 멋진 두툼한 하드커버 책을 뽑아왔다. 아버지는 "다른 책을 가져오는 것이 어때?"하고 운을 떼며 "옆에 펄 벅의 책이 있을 텐데"라고 말했다. 아들은 자존심 때문에 처음 고른 책을 번역하겠다고 우겼다. 아들은 한 문장도 해석하지 못하고 포기하고 말았다. 그 책은 난해하기로 유명한 제임스 조이스 작 〈피네건스 웨이크〉였다. 아버지는 빙그레 웃으며 아들이 요구한 금액의 절반을 주었다.

1991년 3월 30일, 부산 하얏트 리젠시 호텔에서 나림의 고희연이 열렸다. 아들이 부산에서 살기 때문이다. 칠순잔치 후 아버지는 아들에게 경비가 얼마 들었는지 물으며 그 돈을 부쳐주겠다고 했다. 아들이 괜찮다고 했더니 아버지는 "나는 '영원한 현역'이며 물려줄 재산 없는 아들에게 신세지고 싶지 않다"며 곧 송금했다. 아들은 섭섭한 감도 있었으나, 다른 친구들의 아버지를 생각할 때, 칠순에도 경제활동을 하는 건강과 능력을 가진 아버지가 한편으론 고맙고 자랑스러웠다.

1991년 11월 나림은 미국 뉴욕으로 갔다. 교포들이 많이 사는 플러싱에 거주하며 작품을 구상했다. 솔제니친이 러시아 혁명의 진실을 후세에 남기기 위해 집필한 〈붉은 수레바퀴〉와 같은 대작이었다.

이권기 교수는 1992년 문교부 해외파견 교수로 일본에 갔다. 그해 2월 말 이들 부자父子는 도쿄에서 상봉한다. 건강이 상한 나림이 도쿄를 거쳐 한국으로 돌아가던 길이었다. 부자는 데이코쿠帝國 호텔에 묵으며 1주일여를 보냈다.

나림은 병세가 악화돼 자주 피를 토했다. 그러면서도 점심시간 때는 호텔 근처의 책방에 들르고 근처에 있는 유명한 식당으로 아들을 데리고 다녔다. 나림은 그때 이미 짠맛을 느끼지 못했고 아이스크림과 커피맛만을 느꼈다. 아버지가 식사를 제대로 못하자 아들도 식욕이 나지 않았다. 아버지는 "내게 신경 쓰지 말고 많이 먹어라"면서 "네 월급으로 쉽게 갈 수 없는 집들을 데려가줄 테니까 애비가 사줄 때 실컷 먹어두라"고 했다.

낮에는 식당이나 책방, 밤에는 술집으로 부자의 데이트는 계속됐다. 어느 날 조그만 술집에서 아버지는 아들에게 "저기 접시를 닦고 있는 아가씨 있지, 저 아가씨가 이 집 주인 마담의 딸인데, 시카고 대학의 철학박사야, 그러니 너 대학교수라고 지식이 있는 체하다가는 큰코다쳐, 조심해" 하고는 웃었다.

아버지는 학창 시절 다니던 술집에 가보자고 했다. 긴자에 있는 허름한 술집이었는데 7~8명의 손님이 겨우 앉을 수 있는 집이었다. 손님 시중을 드는 호호백발 할머니가 아버지를 반갑게 맞았다. 아버지는 그 집에서 나오자 "그 여자도 젊은 시절엔 꽤나 미인이었다"면서 "이 집은 일본 문단사에 나오는 유명한 집"이라고 말했다. 아들이 나중에 확인해 보니 탐미주의 작가 다니자키 준이치로가 1930년에 친구인 시인 사토오 하루오에게 자기 부인을 양도한 사건이 있었는데, 양도 약속 장소가 바로 그 술집이었고 그 장면의 증인이 그 술집 주인 할머니였다.

관 속에 보부아르 책 넣어

서울로 출발하기 전날 나림은 가지고 있던 돈 중에서 달러를 제외한 엔화를 전부 아들에게 주면서 "모처럼 일본까지 와서 너무 궁색하게 지내지 말고 가보고 싶은 데가 있으면 여행도 하고, 먹고 싶은 것도 사먹고, 릴랙스하게 생활해라"고 당부했다. 1992년 3월 9일 나리타공항에서 나림은 계속 기침을 하면서 아들에게 "나중에 또 보자"고 말하며 떠났다. 그것이 부자의 마지막 대면이었다.

나림이 타계할 무렵의 행적은 별로 알려지지 않았다. 그의 소설을 주로 출판한 서당출판사의 이종호 발행인이 "선생님과 보낸 마지막 한 달"이라는 글을 쓴 바 있다. 이 글은 〈세우지 않은 비명碑銘〉이란 이병주 작품집 서문에 실려 있다. 이 발행인은 나림과 함께 〈국제신보〉에서 근무했고 나림이 상경한 후 서울로 와 〈조선일보〉 기자로 활동했다. 이 글과 아들 이권기 교수의 회고담을 요약하면 다음과 같다.

김포공항에 도착한 나림을 본 이종호는 깜짝 놀랐다. 너무도 수척했기 때문이다. 곧장 서울대병원으로 모셔갔다. 입원 5일째부터는 호전 기미를 보였다. 6일째는 머리맡에 원고지와 펜을 갖다놓았다. 입원한 지 한 달이 가까워오자 꽤 회복됐다.

아들이 국제전화로 안부를 물었더니 나림은 "많이 좋아졌으니 걱정 말고 시몬 드 보부아르의 〈인간은 모두 죽는다〉의 이와나미 문고판을 사 보내라"고 말했다.

나림은 이종호에게 "이제 퇴원해도 좋다고 하니 롯데호텔에 방이

나 하나 얻어 좀 쉬었다가 뉴욕으로 갈까 해"라면서 "뉴욕으로 동행할 속기사 한 사람을 빨리 구해줬으면 좋겠다"고 부탁했다.

이종호가 대졸 여성 속기사를 데리고 나림을 찾은 것은 4월 3일 오전 11시경. 그 여성은 면접에서 통과돼 이튿날 오전 속기 준비를 하고 다시 병실을 방문하기로 했다. 그날 오후 3시 나림은 각혈이 심해 질식사하고 말았다. 나림은 한 달 전에 폐암 선고를 받았다.

문상을 온 황용주 선생은 "너 내 절 받으려고 먼저 죽었나"면서, 오열했다. 황 선생의 도움으로 남한강 공원묘지에 장지를 정했다. 아들은 아버지가 저승에서도 그렇게 좋아하던 독서를 하시라고 아버지의 안경과 시몬 드 보부아르의 책을 관 속에 넣었다.

젊은 독자에게도 호응 일어나

대학에서 언론학을 가르치는 강사 K씨는 박경리 선생이 타계했을 때 수강생들에게 "한국 근·현대사의 시대 상황을 소재로 한 명작을 읽으면 감동과 배경 지식을 얻는다"면서, 학생들에게 "이런 부류에 들 명작이 어떤 것인지를 열거해보라"고 말했다. 조정래 작 〈태백산맥〉과 〈아리랑〉이라 대답하는 학생이 몇몇 있었다. 읽지는 않았고 책 제목만 들었다고 했다. 현기영 작 〈순이삼촌〉을 들먹인 학생도 "읽지는 않았고 고교 때 국어 선생님에게서 꼭 읽어보도록 권유를 받았다"고 밝혔다. 읽은 책을 말해라 했더니 여러 학생이 조세희 작 〈난장이가 쏘아 올린 작은 공〉이라 대답했다.

K씨는 "이병주 소설을 아느냐"고 물었다가 머쓱해졌다. 아무도

몰랐다. 주옥같은 대하소설이 있다고 소개했지만 학생들은 시큰둥한 반응이었다. "그렇다면 〈그 테러리스트를 위한 만사〉라는 중편을 한번 읽어보라"고 권유했다. 며칠 뒤 어느 학생이 "추천하신 작품을 읽고 큰 감명을 받았다"면서 "다른 작품도 읽어보겠다"고 했다. 또 다른 학생도 "하루키 등 일본 작가의 소설을 즐겨 읽었는데 이병주 소설을 읽어보니 새로운 경지가 열리는 듯했다"고 말했다.

K씨는 대학생인 아들, 딸에게도 이병주 소설 몇 권을 안겼다. 며칠 뒤 영화보다 더 박진감 있는 내용이었다는 반응이 왔다. K씨는 인터넷을 검색하다 젊은이들이 부산에서 페리호를 타고 일본 오사카로 가면서 〈관부연락선〉을 중심으로 한 이병주 문학 토론회를 가졌다는 글을 발견했다. 매우 좋은 아이디어였다. 자신도 가족과 함께 그런 선상 토론회를 가지기로 결심했다.

이병주문학관에는 요즘 관람객의 발길이 이어지고 있다. 특히 학생들의 현장 학습장으로 인기를 끌고 있다. 부근에 있는 이명산 부일수련원에서 수련활동을 하는 중·고교 학생들은 으레 이곳에 들러 이병주 문학의 일단을 맛본다. 최증수 관장은 "학생들에게 이병주 문학의 가치를 알리는 데 주력하고 있다"면서 "이들이 자라면서 이병주 문학의 생명이 영원히 이어질 것으로 기대한다"고 말했다.

* 이 글은 〈신동아〉 2008년 10월호에 게재된 필자의 글을 토대로 다시 정리한 것입니다